SHADOW
LAND

Kate Brian est l'auteur de nombreux romans pour adolescents, dont les séries *Campus* et *Privilège*, chez Bayard.

Ouvrage publié originellement par Hyperion, un département de Disney Book Group,
sous le titre : *Endless*.

18, rue Barbès, 92128 Montrouge Cedex
ISBN : 978-2-7470-4832-3
Dépôt légal : juin 2017

Loi n° 49-956 du 16 juillet 1949 sur les publications destinées à la jeunesse.

KATE BRIAN

SHADOWLAND

Enfer et paradis

Traduit de l'anglais (États-Unis)
par Pascale Jusforgues

bayard

Pour ma famille, avec mon éternel amour

Les cloches sonnent

– Rory, attention !

J'ai voulu m'arrêter mais le bord du sentier boueux s'est brusquement dérobé sous mon pied gauche et j'ai commencé à glisser vers le torrent qui rugissait impétueusement en contrebas. La pluie avait depuis longtemps transpercé le tissu dérisoire de mon coupe-vent. Après avoir battu dans le vide, ma main glacée s'est raccrochée à la manche de Joaquin Marquez. Il m'a hissée sur la terre ferme, et les pulsations affolées de mon cœur ont fini par retrouver un rythme à peu près régulier. En temps normal, ce chemin était assez large pour que deux voitures puissent s'y croiser sans problème. À présent, il était réduit de moitié et se ravinait chaque minute de plus en plus.

La pluie tombait sans interruption depuis samedi soir. On était mercredi, et la moitié des terres de Juniper Landing s'était transformée en gadoue. Sur les plages, on trouvait des bandes de sables mouvants. Les herbes folles,

les roseaux et les fleurs s'affalaient à terre, vaincus par la violence des intempéries.

– Ça va ? m'a demandé Joaquin.

J'ai hoché la tête tout en continuant à m'agripper à ses coudes pour garder mon équilibre. Ses yeux bruns baignaient dans l'ombre de sa capuche ; une barbe de plusieurs jours couvrait ses joues et son menton volontaire d'un chaume foncé. Voler à ma rescousse : ça devenait une habitude chez Joaquin. Je trouvais bizarre qu'il se prenne pour mon ange gardien alors qu'il était sorti avec ma sœur, mais j'étais contente d'avoir quelqu'un à mes côtés. D'autant plus que le garçon avec qui, moi, je sortais, n'était plus en mesure de jouer les protecteurs. Pour la bonne raison qu'il avait filé.

C'était pour ça qu'on était dehors sous cette pluie diluvienne : pour retrouver Tristan Parrish. Le type dont j'étais encore amoureuse quelques jours plus tôt. Celui qui nous avait tous trahis. D'après Joaquin, il y avait une grotte sous le pont. C'était là que Tristan se réfugiait pour s'adonner à de « grandes réflexions », les jours où il voulait rester seul, où il avait envie de respirer loin des autres CAP.

Malheureusement, l'endroit était situé dans une partie de l'île que Joaquin évitait autant que possible, à moins d'avoir un visiteur à escorter jusqu'au pont. Du coup, on ne savait pas trop où on allait, et ce déluge rendait notre mission nettement plus difficile.

– Ça ne finira donc jamais ? ai-je lancé, excédée.

Comme en réponse, un éclair a zébré le ciel, bientôt suivi d'un coup de tonnerre monstrueux qui a ébranlé la terre entière. Par-dessus l'épaule de Joaquin, j'ai alors aperçu une silhouette qui se découpait en ombre chinoise, debout sur un rocher, à moins de cinquante mètres de nous. J'ai enfoncé mes ongles dans le bras de mon sauveur.

– Ce ne serait pas… ?

Le temps que Joaquin fasse volte-face, il n'y avait plus personne. La silhouette s'était évaporée en un clin d'œil. J'en ai conclu que l'orage me jouait des tours.

– Qu'est-ce qu'il y a ? m'a demandé Joaquin.

– Rien. Oublie.

Je ne voulais pas admettre que j'avais des hallucinations.

– C'est juste que… je n'en peux plus, Joaquin.

– Détends-toi, respire à fond. Je vais essayer de voir où on est.

Tandis que mon compagnon d'infortune s'éloignait de quelques pas afin de scruter la grisaille, j'ai vaguement réussi à évacuer le stress causé par cette vision. Puis je me suis tournée vers le pont. Le brouillard qui l'enveloppait ne laissait distinguer que les signaux lumineux – et parfaitement inutiles – qui clignotaient au sommet de ses quatre piliers. Pour moi, le pont était devenu le symbole de tous les dysfonctionnements qui s'étaient récemment produits sur l'île. Juniper Landing était un entre-deux, une zone de transit entre la mort et l'au-delà, un lieu où les âmes se voyaient offrir une dernière chance de réparer une faute commise de leur vivant. Joaquin et moi, on était des « condamnés à perpète », des CAP. Comme tous les autres membres du groupe, on était chargés d'aider les visiteurs de passage à régler leurs problèmes personnels avant qu'ils gagnent leur ultime demeure. Le moyen de transport, c'était le pont. Lorsqu'une personne était prête à partir, on l'accompagnait jusqu'à l'entrée du pont. Là, on lui remettait une pièce d'or. Sitôt en contact avec la personne concernée, la pièce savait d'emblée si cette âme était vouée à la Lumière ou bien condamnée à Shadowland – tout dépendait de son comportement dans la vraie vie. Quand cette personne s'engageait sur le pont, une sorte de passage s'ouvrait afin qu'elle s'engage dans la bonne direction. Ce système, en place depuis l'aube des temps, fonctionnait à la perfection et contribuait au maintien de l'équilibre universel.

Du moins jusqu'à maintenant. Car à présent, tout allait de travers, et nous étions en train d'en payer les conséquences. Lesquelles étaient gravissimes. Nous étions quasiment sûrs que les pièces d'or jouaient un rôle important dans cette affaire. Surtout depuis que Tristan en avait caché un sac entier – contenant bien plus de pièces qu'aucun CAP n'en avait jamais vues rassemblées en une seule fois – et qu'il s'était enfui à la seconde même où on avait découvert son magot. On ne savait pas ce qui clochait exactement avec ces pièces, ni de quelle manière elles avaient été truquées, ni où Tristan les avait trouvées. La seule certitude c'était que, la semaine précédente, plusieurs âmes avaient échoué à Shadowland alors qu'elles n'y étaient absolument pas destinées. Mon ami Aaron, par exemple, ainsi que Jennifer, qui était sous la responsabilité de Joaquin. Ou encore mon père. Tous ces gens fondamentalement bons avaient été condamnés à l'enfer. Et cela peu de temps avant qu'on ne déniche le fameux sac de pièces chez Tristan.

À la pensée de mon père, seul, terrifié, et sans doute soumis aux pires tortures de Shadowland, une boule douloureuse s'est coincée au fond de ma gorge. Pendant quelques secondes, j'ai été incapable de respirer.

– Je crois que c'est par là, m'a annoncé Joaquin en désignant le pont. En route !

Je l'ai laissé passer en premier, non sans jeter un dernier coup d'œil au rocher sur lequel j'avais aperçu la mystérieuse silhouette. L'endroit était désert. Je me suis forcée à respirer à fond deux ou trois fois afin de refréner une bouffée d'angoisse. Alors qu'on se rapprochait du pont, j'ai discerné deux formes nébuleuses vêtues d'un ciré noir, qui ondulaient dans le vent comme des fantômes. Depuis la découverte des pièces falsifiées, les CAP montaient la garde à tour de rôle pour s'assurer que personne ne traverse le pont. J'ignorais qui était de service ce soir-là et je n'arrivais pas à mettre de nom sur ces visages lointains, floutés par la pluie. Curieusement, leur sombre présence était moins rassurante que menaçante.

« Ça va aller, me suis-je encouragée, tu vas y arriver. Dès qu'on aura remis la main sur Tristan et Nadia, on les fera parler, ils sauront comment régler le problème. »

Tristan. Le souvenir affreusement net de son visage et de ses sourires hypocrites m'a donné un goût amer dans la bouche. Je l'avais cru. Je lui avais accordé ma confiance comme à personne. Je l'avais aimé… et il m'avait trahie. On m'avait soupçonnée d'acheminer de bonnes âmes vers Shadowland, mais il s'était avéré que c'était Tristan le coupable. Tristan qui m'avait affirmé qu'on ne pouvait pas enfreindre la loi à Juniper Landing. Qu'il fallait croire au système. Que tout irait pour le mieux.

Moi, j'avais cru à ses belles paroles. Il m'avait embrassée. Près de lui je me sentais en sécurité. Et puis, il avait expédié mon père direct à Shadowland.

Joaquin s'est engagé sur un sentier abrupt et tortueux, qui menait à un affleurement rocheux en surplomb au-dessus de l'océan, pratiquement au pied du pont. Un filet d'eau glacé m'a ruisselé le long du cou. Je n'ai pas pu m'empêcher de me demander, pour la millionième fois : « Pourquoi ? » Pourquoi Tristan avait-il fait ça ? À Aaron, à Jennifer, à mon père… à nous tous. Qu'avait-il à y gagner ? Et, beaucoup plus égoïstement, pourquoi m'avait-il fait ça, à moi ? Pourquoi m'avoir embobinée et séduite ? Pourquoi m'avait-il incitée à croire en cet endroit, en notre mission, pour ensuite me tourner le dos, me trahir et détruire notre univers ?

Joaquin s'est retourné et m'a tendu la main. Je m'attendais à ce que la mienne glisse entre ses doigts, mais sa poigne était étonnamment solide. Il y a encore quelques semaines, jamais je n'aurais cru que j'accepterais un jour de tenir Joaquin par la main. Je l'avais détesté au premier regard. Beau gosse, arrogant, frimeur, conscient de son charme, il jouait sans scrupule avec le cœur des filles. Notamment avec celui de ma sœur, Darcy.

Pourtant, plus je connaissais Joaquin, plus je l'appréciais. Il se souciait réellement des âmes dont il avait la charge, ainsi que de ses amis et de Juniper Landing. Quand la situation avait commencé à se gâter sérieusement, il était devenu mon garde du corps attitré, et depuis la félonie de Tristan, nos liens s'étaient resserrés. Nous étions les deux plus motivés pour retrouver Tristan : Joaquin était son meilleur ami, moi j'étais son amoureuse (enfin, ex-amoureuse plutôt). On tenait absolument à lui mettre la main dessus afin qu'il nous donne des explications.

C'était ce qui nous poussait à continuer nos recherches, l'espoir d'obtenir des réponses aux questions qui nous brûlaient les lèvres : pourquoi Tristan avait-il agi de la sorte, comment avait-il pu trahir les personnes qu'il prétendait aimer et, par-dessus tout, comment délivrer mon père, Aaron, Jennifer et les malheureuses âmes qui se trouvaient par erreur à Shadowland ? J'ignorais ce qu'on allait faire de Tristan et de Nadia – une autre CAP qui avait disparu en même temps que lui – une fois qu'on les aurait retrouvés. Mon cerveau refusait d'anticiper la scène.

– À mon avis, c'est là, en bas, a déclaré Joaquin, les paupières plissées, ses longs cils ourlés d'une guirlande de gouttelettes. J'ai remarqué ce chemin, un jour. On dirait une suite de marches taillées dans le roc.

Personnellement je ne voyais rien, mais j'ai haussé les épaules.

– OK, on y va.

On a commencé à descendre à flanc de falaise au moyen de cet escalier géant. Mon pied a dérapé dès la première marche, une fois encore, Joaquin m'a rattrapée de justesse. Rétrospectivement, la peur nous a cloués sur place.

– Ça va ?

J'ai hoché la tête.

– Bon, a repris Joaquin, reste derrière moi et fais bien gaffe.

Il n'a pas eu à me le redire.

On a poursuivi la descente en silence. J'essayais de me concentrer sur le bruit de ma respiration, le crépitement de la pluie sur ma capuche, le fracas des vagues loin en dessous de nous, mais je repensais sans cesse au visage de Tristan, le jour où on avait trouvé le sac de pièces d'or dans sa chambre. L'éclat de ses magnifiques yeux bleus lorsqu'il avait compris qu'il était découvert.

Je n'étais pas idiote, je savais ce que j'avais vu. Tristan était coupable. J'aurais juste souhaité que mon cœur soit aussi lucide et clairvoyant que ma raison.

Après ce qui m'a paru une éternité, Joaquin a sauté d'un coup les deux dernières marches et atterri sur une étroite bande de sable mêlé de coquillages brisés qui longeait le pied de la falaise. Après l'avoir imité, je me suis trouvée face à la gueule béante d'une grotte.

– Gagné ! a soufflé Joaquin.

Un brusque accès de chaleur a embrasé chaque parcelle de ma peau. J'étais en nage sous mon coupe-vent. Tristan était là. Avec Nadia. Ou pas. N'importe comment, on était proches du but.

Et j'allais revoir Tristan.

J'ai serré les dents. Abruti de cœur !

À travers le rideau de pluie et de brume, j'ai aperçu un amas de trucs blancs et gris devant l'entrée de la grotte. De plus près, j'ai vu le sang, les yeux vitreux, les cous tordus, les plumes cassées. Des mouettes mortes. Par dizaines. Des nuées de mouches s'agitaient au-dessus de ces malheureuses charognes démantibulées. J'en ai vu une se poser au bord d'une orbite creuse. En l'espace de quelques secondes, vingt mouches se sont engouffrées dans le crâne de l'oiseau.

Soudain le vent a tourné, et la puanteur m'a frappée comme une brique en pleine figure. Je me suis couvert le nez et la bouche en toute hâte.

– T'occupe, avance, m'a ordonné Joaquin.

On a enjambé les dépouilles et pénétré dans la grotte. Près de l'ouverture, le sable était complètement gorgé d'eau, et mes baskets faisaient un bruit de succion chaque fois que je levais un pied. J'ai baissé ma capuche, pas mécontente d'être enfin au sec, mais je me suis remise aussitôt sur le qui-vive en sentant l'odeur âcre d'un feu de bois récent.

Joaquin a capté mon regard. Il a sorti une lampe électrique de sa poche, sans l'allumer, puis il a posé un doigt sur ses lèvres. Compris. On a commencé à avancer en catimini. Arrivé à un angle, Joaquin a risqué un œil un peu plus loin. Il s'est détendu et a allumé sa torche.

– Ils ne sont pas là.

Déçue, j'ai avancé à l'intérieur de la grotte. La voûte n'était qu'à cinq centimètres de ma tête, mais l'espace était assez vaste. Alors que Joaquin promenait le faisceau de sa lampe de droite à gauche, quelque chose a soudain attiré mon attention.

– Là ! Contre le mur du fond.

Joaquin a éclairé l'endroit que je lui indiquais. Une couverture bleu et blanc. On s'est précipités dessus. Je suis arrivée la première et me suis aussitôt agenouillée. Dans cette partie de la grotte, le sable était frais mais sec. J'ai soulevé la couverture. Ce qu'il y avait dessous m'a laissée sans voix. Un pied-de-biche, une trousse de premiers secours, un marteau, plus trois ou quatre compresses sanglantes roulées en boule. J'ai aussi remarqué deux petites piles de vêtements soigneusement pliés – ceux de Tristan et ceux de Nadia –, plusieurs barres énergétiques non entamées et trois bouteilles d'eau.

– Apparemment, ils étaient ici il n'y a pas longtemps, ai-je grogné.

Je n'avais pu m'empêcher d'éprouver une pointe de jalousie en voyant ces vêtements côte à côte, intimement, et ça m'énervait. Dehors le tonnerre grondait toujours, mais la roche était un bon isolant phonique.

– Qu'est-ce qu'ils fabriquent avec un pied-de-biche ? s'est étonné Joaquin en s'accroupissant à son tour.

Puis il a saisi une compresse entre le pouce et l'index.

– Et ce sang, c'est celui de qui ?

– Je ne veux pas le savoir, ai-je répondu avec un frisson.

Joaquin s'est frotté les mains après avoir lâché la compresse, puis il s'est relevé. Je le sentais tendu. J'ai ramassé la lampe et laissé son faisceau courir sur le sol jusqu'à ce que je tombe sur les restes d'un feu de camp encore fumant. Joaquin a poussé un juron à voix basse.

– On les a ratés de peu.

– C'est plutôt une bonne nouvelle, ai-je positivé. Ils ne sont sûrement pas loin.

Je me suis redressée, galvanisée par un flot d'adrénaline.

– Viens, on va les rattraper !

– Ben voyons ! a raillé mon compagnon. Si tu as l'intention de suivre leurs traces, c'est raté, la pluie les aura toutes effacées.

– Arrête de râler ! Qu'est-ce que tu comptes faire ? Rester ici, histoire de leur laisser le temps de filer ?

Je me suis dirigée vers la sortie. Joaquin m'a emboîté le pas, le faisceau de sa lampe dansant devant nous.

– C'est la chasse au dahu, a-t-il grommelé. En plus, la nuit va bientôt tomber.

– Mais toute cette histoire est une chasse au dahu ! ai-je protesté en écartant les bras. C'est la meilleure piste qu'on a depuis trois jours, on ne va quand même pas rentrer chez nous !

Joaquin m'a attrapée par le bras et m'a fait pivoter face à lui au moment où j'allais remonter ma capuche.

– Dis-moi juste ce que tu…

Le tintement d'une cloche lointaine l'a interrompu net. J'ai repensé à la cloche de la vieille chapelle près de chez moi, à Princeton, qui sonnait à l'occasion des mariages. Sauf que celle-ci n'avait rien d'un gai carillon. Elle émettait une plainte grave et insistante. Joaquin est devenu blême.

– Qu'est-ce qu'il y a ? ai-je voulu savoir.

– La cloche…

Il s'est tourné face au sud, vers la ville invisible du pied de la falaise.

– Oui, j'ai compris, c'est une cloche, mais qu'est-ce que ça signifie ?

– On ne l'utilise qu'en cas d'urgence.

Joaquin a sauté par-dessus les cadavres de mouettes, puis a longé l'étroit banc de sable et de coquillages en direction de l'escalier taillé dans la roche.

– Quel genre d'urgence ? ai-je insisté tout en pataugeant après lui.

Un pied sur la troisième marche, Joaquin s'est accordé une pause pour étirer ses longues jambes. Ensuite il m'a regardée. Je ne l'avais jamais vu terrifié à ce point.

– Je n'en sais rien, Rory, m'a-t-il répondu. La dernière fois que cette cloche a sonné, c'était quand Jessica a condamné tous ces innocents à Shadowland. On ne l'a pas entendue depuis cent ans.

Destruction

On est partis à toute allure vers la ville. La pluie me fouettait le visage, mes pieds glissaient sur les feuilles tombées à terre, j'avais les poumons en feu à force de courir. Le vent nous apportait une inquiétante odeur de fumée humide et nauséabonde. À la faveur d'une brève pause, j'ai perçu un cri déchirant auquel de nombreux autres ont fait écho. Les yeux de Joaquin reflétaient la même appréhension que les miens. Nous nous sommes remis en route à une cadence accélérée.

Arrivée au promontoire rocheux d'où l'on avait une vue imprenable sur le port et les quais de Juniper Landing, j'ai failli basculer par-dessus bord à la vue de ce qui se passait. J'ai retrouvé l'équilibre *in extremis* et, courbée en deux les mains sur les cuisses, j'ai tâché de reprendre mon souffle tandis que Joaquin faisait de même à côté de moi.

Un incendie s'était déclaré à bord du ferry qui, depuis toujours, transportait de nouvelles âmes jusqu'à Juniper

Landing. La poupe était en proie aux flammes et l'avant du bâtiment commençait déjà à couler. Des cris retentissaient de partout. Sur l'étroit rivage qui bordait la baie, on distinguait une rangée de corps à plat ventre. Des dizaines de personnes désespérément accrochées à des débris d'épave se faisaient chahuter par la houle pendant que d'autres s'efforçaient de gagner la terre ferme à la nage. Des CAP ont plongé du quai pour leur venir en aide.

– Putain ! s'est écrié Joaquin entre deux halètements.

On a dévalé la colline et foncé vers le port en coupant par l'ouest de la ville. L'atmosphère était saturée de fumée. Aux alentours des magasins, on a croisé quelques résidents qui observaient la catastrophe dans une sorte d'hébétude, les yeux agrandis par l'effroi. Le calme étrange qui s'était abattu dans les rues formait un contraste brutal avec le chaos qui régnait sur les quais. La longue promenade en planches était flanquée de chaque côté d'affleurements rocheux battus par les flots. Tandis que des CAP s'occupaient d'allonger les blessés sur la plage, les passagers indemnes gagnaient péniblement les quais en remontant la cale ou, pour les plus mobiles d'entre eux, en empruntant l'escalier de pierre. Partout où mon regard se posait, j'apercevais des amis ou l'un des nôtres qui volaient au secours de quelqu'un.

Fisher Morton, le nouveau copain de Darcy, portait en travers de ses larges épaules un homme apparemment inanimé. Après l'avoir déposé sur le rivage, il s'est de nouveau élancé vers les vagues. Bea McHenry, de l'eau jusqu'aux genoux, s'efforçait de remorquer trois personnes agrippées à un morceau d'épave. Plus loin, Krista Parrish et Lauren Caldwell procédaient aux premiers soins des brûlés et autres blessés. Des inconnus erraient sur la plage, appelant des noms à grands cris ou implorant de l'aide. J'ai enlevé mon coupe-vent et couru vers l'océan, suivie de près par Joaquin.

– Arrêtez-vous.

La voix autoritaire de la maire m'a clouée sur place. Je me suis retournée. Elle était là, debout près de l'eau sur les rochers, dans un trench noir ceinturé à la taille, abritée sous un grand parapluie noir, sa chevelure blonde ramassée en un chignon bas. Ses prunelles bleu glacier me toisaient froidement.

– Ces gens ont besoin de nous ! me suis-je écriée.

– Laissez-les se débrouiller, a-t-elle répliqué avec un bref mouvement de tête en direction des nageurs, dont ma sœur faisait partie. Il nous faut plus de main-d'œuvre ici pour inventorier les dommages.

Inventorier les dommages. Quelle façon de parler ! Pourtant, quand j'ai observé le nombre de blessés recroquevillés sur eux-mêmes ou étendus sur le sable, j'ai admis que Mme Parrish avait raison. Ces gens ne risquaient pas de mourir, et pour cause, mais on devait traiter en priorité ceux qui souffraient le plus et les séparer de ceux qui n'avaient que des bosses et des bleus, donc pour cela effectuer un tri préalable.

– Joaquin ! Rory ! Venez me donner un coup de main !

Krista, la « sœur » de Tristan dans le monde de Juniper Landing et l'une de mes amies depuis quelques semaines, nous a fait signe d'approcher. Elle se tenait auprès d'un homme dont le bras formait un angle pour le moins anormal. Toujours impeccable, même dans les pires circonstances, Krista portait un ciré blanc et un jean bleu pâle, mais ses splendides cheveux blonds avaient perdu de leur éclat et sa peau était d'une blancheur crayeuse. Au moment où Joaquin la rejoignait, j'ai vu arriver Kevin Calandro et l'officier Dorn dans un camion-remorque chargé de caisses et de cartons. Ils se sont garés sur le parking.

– On a le matériel ! a crié Kevin en sautant de la cabine.

Ses cheveux noirs, d'habitude hirsutes, étaient plaqués en arrière, et son débardeur noir permettait d'admirer les flammes tatouées qui dansaient le long de ses bras musclés. Menton pointé en avant, l'air déterminé, il est allé ouvrir le hayon du camion.

– Apporte-moi une attelle, m'a ordonné Joaquin. Et aussi une écharpe !

J'ai couru vers Kevin et je l'ai aidé à décharger, déchirant les cartons au hasard. Ils étaient remplis de produits de première nécessité : crèmes, désinfectant, bandes, ciseaux, trousses pour points de suture, etc. Dans la troisième caisse, j'ai trouvé une douzaine d'écharpes bleu et blanc, ainsi que des attelles en plastique. J'en ai pris une de chaque.

– Tiens, prends ça aussi, m'a dit Kevin en me lançant un gros rouleau de sparadrap que j'ai attrapé au vol de ma main libre.

– Merci !

Je suis repartie à toute vitesse vers Joaquin et Krista tout en essayant de repérer Darcy en cours de route. Où était-elle ? Est-ce qu'elle allait bien ?

– Au secours, au secou... ours ! a émis une voix railleuse dans mon dos.

Mon dos s'est aussitôt raidi et mon sang s'est glacé dans mes veines. Ray Wagner, une des âmes qui étaient sous ma responsabilité, a déboulé devant moi dans son manteau marron crasseux, un épi rebelle dressé sur son crâne malgré la pluie battante, le visage fendu d'un vilain rictus qui découvrait des dents jaunes et une langue noircie par le tabac à chiquer. J'ai fait mine de l'ignorer et, d'un bond, j'ai sauté sur la plage, mais Ray s'est accoudé à la rambarde du quai et a explosé de rire tout en m'observant comme s'il était au spectacle.

– Comment je fais ? ai-je demandé à Joaquin, qui soutenait le bras du blessé aussi délicatement que possible.

L'homme était rouge de douleur, les rides de son front se creusaient dès qu'il esquissait le moindre geste. Krista se tenait en retrait et suivait l'opération avec de grands yeux. On l'aurait crue suspendue à un fil.

– Passe-lui l'écharpe au-dessus de la tête, vas-y doucement, m'a répondu Joaquin. Ensuite, tu me donneras l'attelle.

– Tout se passera bien, ai-je murmuré à notre patient tandis que je lui glissais l'écharpe autour du cou. On s'occupe de vous, ne vous inquiétez pas.

– Ne vous inquiétez pas, ne vous inquiétez pas, gnagnagna ! a cancané Ray du haut de son perchoir.

Je lui ai décoché un regard assassin, il a ricané de plus belle.

Dans un accès de folie meurtrière, Ray Wagner avait tué quatre personnes à Richmond, en Virginie, avant d'être abattu sur le parking d'un supermarché alors qu'il s'apprêtait à faire une cinquième victime. En temps normal je me serais dépêchée de l'expédier dans l'au-delà, mais comme on avait suspendu tous les départs en raison des défaillances du système, ce dangereux psychopathe était encore parmi nous. Mes amis se trouvaient dans le même cas de figure. Lauren était chargée d'une certaine Piper Molloy, criminelle en col blanc qui avait jeté bon nombre de familles à la rue après avoir escroqué toutes leurs économies. Bea avait hérité de Tess Crowe, qui était descendue du ferry deux jours plus tôt. Avec ses dents pourries, ses cheveux en bataille et ses ongles noirs, elle semblait tout droit sortie de l'âge de pierre. Tess avait assassiné ses parents, son frère et sa sœur avant d'être internée dans un établissement psychiatrique. Bea était souvent obligée de l'enfermer dans le grenier de la maison qu'elle partageait avec deux autres CAP. Aucun des trois ne fermait l'œil de la nuit quand Tess griffait le bois de la porte en hurlant comme une forcenée.

À un moment, il a été question de rassembler les visiteurs destinés à Shadowland dans la prison située au sous-sol du commissariat, mais celle-ci ne comprenait que deux minuscules cellules qui n'auraient jamais pu les accueillir tous. Jusqu'à nouvel ordre, nous étions donc forcés de baby-sitter ces hôtes indésirables et de veiller à ce qu'ils ne causent pas de problèmes. Ray Wagner – en sadique qu'il était – était le seul à s'être déplacé pour assister à la tragédie du naufrage. C'était bien ma veine.

– Oh, bon sang, ce que ça fait mal ! n'arrêtait pas de grogner l'homme à qui l'on posait une attelle.

– J'ai bientôt fini, l'a informé Joaquin en déchirant un morceau de sparadrap avec les dents.

Il a fixé l'attelle avec quatre tours d'adhésif, après quoi nous avons doucement introduit le bras au creux de l'écharpe. J'ai aidé l'homme à s'asseoir sur une bitte d'amarrage.

– Merci, a-t-il soupiré en s'affaissant légèrement sur lui-même.

– Restez ici en attendant qu'on vous conduise quelque part, a ajouté Joaquin.

– Je ne sais pas ce que j'aurais fait sans vous, les gars, merci, a lâché Krista, visiblement flageolante.

– De rien, a répliqué Joaquin. Maintenant la question est : à qui le tour ?

On a balayé la mer et la plage du regard. Non loin de nous, une femme sanglotait auprès de son mari en sang. Un homme à la démarche chancelante s'est écroulé dans le sable, la poitrine agitée de spasmes. Joaquin avait mis le doigt sur le problème : par où commencer ? J'ai soudain perçu un vif mouvement du coin de l'œil, presque un éclat. Les cheveux de ma sœur qui fonçait vers l'eau. Elle n'avait sur elle qu'un short et un débardeur trempés. Nul doute qu'elle n'en était pas à son premier plongeon.

– Darcy ! ai-je crié.

Elle ne m'a pas entendue. Je l'ai vue disparaître sous l'écume des vagues, puis émerger et nager en direction d'une fillette qui se débattait désespérément. Quand l'eau s'est refermée sur la petite, Darcy a plongé à sa recherche. Les yeux rivés sur l'endroit où elle venait de s'enfoncer, j'ai attendu qu'elle refasse surface.

« Où est-elle ? » me demandais-je avec une anxiété grandissante au fur et à mesure que passaient les secondes.

– Là ! s'est exclamé Joaquin comme s'il avait lu dans mes pensées.

Il m'a désigné un point, à cinq ou six mètres de là où je regardais, et j'ai enfin repéré ma sœur qui regagnait tant bien que mal la côte à la nage, un bras glissé sous les aisselles de la fillette.

– Ça va, elles s'en sortiront, a commenté Joaquin en me pressant doucement l'épaule.

– Qui c'est, celui-là ?

La question émanait de Krista et portait sur un garçon d'environ notre âge, grand et costaud, qui émergeait des flots, chargé d'une vieille femme qu'il venait de secourir. Après l'avoir étendue sur le sable sec, il est reparti aussitôt en nageant avec énergie vers le ferry. Même s'il était condamné à sombrer, un homme d'une cinquantaine d'années restait accroché au bastingage, telle une moule à son rocher. Le garçon a réussi à lui faire lâcher prise et l'a ramené à terre sain et sauf, à la suite de quoi il s'est de nouveau élancé à l'eau comme si c'était son élément naturel.

– D'où il sort ? ai-je demandé.

– Aucune idée, m'a répondu Joaquin.

Darcy venait juste de ramener sa protégée sur la plage. Je me suis précipitée vers elle en me tordant les pieds sur les rochers avant d'atteindre la bande de sable.

– Darcy ! Tu vas bien ? La petite aussi ?

Ma sœur a rejeté ses longs cheveux en arrière. Elle avait l'air épuisée mais sans plus. La fillette, en revanche, gémissait en grimaçant.

– À mon avis, elle a la jambe cassée, a déclaré Darcy. Regarde comme elle est pâle ! Il faudrait la conduire à l'hôpital. Les secours ne sont toujours pas arrivés ? Et la gendarmerie maritime ? Mais qu'est-ce qu'ils foutent ?

J'ai dégluti avec difficulté. Darcy ignorait la vérité. Pour elle, nous étions encore en vie, en lieu sûr ; l'agression de Steven Nell nous avait valu de bénéficier d'un programme de protection des victimes en attendant l'arrestation du tueur et, par la suite, le feu vert du FBI pour rentrer chez nous, à Princeton, et retrouver tous nos amis. Darcy ne savait pas qu'un endroit comme Juniper Landing ne possédait pas de service d'urgence médicale, pour la simple raison qu'il n'y avait aucune vie à sauver.

– Euh… Les conditions d'accès sont sans doute difficiles, avec ce temps pourri, ai-je avancé en guise d'explication.

– Mmouais… En tout cas, il faut emmener cette gamine à l'hôpital, a insisté ma sœur.

Joaquin, qui soignait une blessée à quelques pas de nous, m'a lancé un coup d'œil.

– Il n'y a pas vraiment d'hôpital, ici, a-t-il avoué avec réticence.

– Pas d'hôpital ?

En tournant la tête, on s'est retrouvées sous le regard outré du champion de natation qui nous dominait de sa grande taille, haletant, ses cheveux noir de jais dégoulinant d'eau de mer.

– Comment ça, pas d'hôpital ? a-t-il répété.

Il avait la peau hâlée, un œil bleu, l'autre marron. L'ensemble était si étonnant et si réussi que je me suis surprise à le contempler béatement. Darcy s'est levée, aussi muette et époustouflée que moi.

– Oui, ils ne sont pas de la même couleur ; non, je ne sais pas pourquoi, a déclaré le beau brun d'un ton blasé.

Puis il s'est adressé à Joaquin :

– Vous faites comment en cas d'urgence ? Vous conduisez les malades sur le continent ?

– Mais sans le ferry, on n'arrivera jamais à évacuer tout le monde ! s'est affolée Darcy en gesticulant.

– Eh bien, euh… on…, a pataugé Joaquin.

Les secondes semblaient des heures. Les gens ont commencé à s'attrouper pour suivre la discussion, des blessés soutenant leur bras ou plaquant sur leur plaie un pansement de fortune. Chacun était suspendu aux lèvres de Joaquin.

– Amenez-les à la clinique.

Un frisson désagréable m'a parcouru le dos. Du haut de la promenade en planches, la maire de Juniper Landing nous toisait de toute sa hauteur.

– La... c... clinique ? ai-je balbutié.

Elle a levé les yeux au ciel.

– Évidemment. Vous savez de quoi je parle, non ?

D'un geste élégant, elle a montré la colline où se dressait une somptueuse demeure coloniale (la sienne) qui dominait toute la ville.

– Maintenant venez, vous tous, a-t-elle ajouté d'une voix forte. Aidez ceux qui ont du mal à se déplacer. Une fois installés à l'intérieur et au sec, nous ferons le point sur la situation.

Pendant un bon moment, personne n'a bougé. Qui aurait pu nous en blâmer ? Obéir aveuglément à la maire, transférer tous ces blessés chez elle, sans infirmiers, sans ambulances, sans matériel, ce n'était assurément pas une procédure normale en cas de catastrophe.

Seulement voilà, on était à Juniper Landing et j'avais compris depuis longtemps que rien, ici, n'obéissait aux procédures normales. Et les autres n'allaient pas tarder à s'en rendre compte.

Imprévu

Les gens hurlent et se lamentent autour de moi, mais pour le moment je reste tranquille. Je regarde la proue du ferry s'enfoncer lentement dans l'eau jusqu'à ce qu'elle ait disparu. Complètement engloutie. Ça, je ne l'avais pas prévu. Sans le ferry, pas de nouvelles âmes. Le choix va commencer à se resserrer, et je n'ai pas encore atteint mon but. Il m'en faut encore cinq.

Mais ça ira, il suffit que je maintienne ma concentration. Je dois veiller à ce que seuls les bons s'en aillent, pas les mauvais. Expédier des méchants c'est bien joli, mais pour moi c'est une perte de temps. Je dois accomplir ma destinée avant qu'ils découvrent le pot aux roses. Avant qu'ils me percent à jour.

Je me détourne à l'instant où une main se tend vers moi et j'observe Rory. Elle est en train d'aider une pauvre femme en sang à monter dans un camion. Bientôt, ce sera à elle de voir. Sauf qu'elle ne le sait pas encore.

La clinique

– Comment tu t'appelles ?

Le champion de natation marchait en regardant droit devant lui, la fillette sauvée par Darcy étroitement accrochée à son cou. La tête posée sur l'épaule de son porteur, elle reniflait sans cesse. Ses cheveux blonds, trempés, pendaient dans son dos comme de longs écheveaux de soie. Darcy était partie en avant avec Krista pour se changer. La vieille dame que je soutenais pour ma part était encore assez alerte, et nous avancions lentement mais sûrement sur l'herbe couchée par le vent. Elle avait une profonde entaille au front, qu'elle protégeait de sa main libre avec un tampon de gaze, mais à part cela elle était indemne. Dans la baie, l'eau avait totalement englouti le ferry. Je n'en revenais pas, de ce naufrage.

– Liam, m'a répondu le roi des nageurs sur un ton mélancolique. Liam Murtry.

– Moi c'est Rory. Rory Thayer.

Il m'a jeté un regard si furtif que je me suis crue le jouet d'une illusion.

– Ravi de te connaître.

– Je m'appelle Myra Schwartz, a enchaîné ma patiente en portant la main à sa poitrine.

Un collier de gouttelettes bordait la partie inférieure de ses lunettes à montures rouges.

– Et toi, ma chérie, quel est ton nom ? a-t-elle ajouté en levant les yeux avec un gentil sourire.

– Maman m'a dit de ne pas parler à des inconnus, a répliqué la fillette d'une voix douce qui m'a fendu le cœur.

– Brave petite, a murmuré Myra.

Puis elle m'a adressé un clin d'œil, l'air de dire, *on est solidaires*. Je lui ai souri en retour.

– Attention ! Chaud devant ! a crié une voix.

Liam nous a tirées à lui, Myra et moi, pour laisser le passage à Kevin et Fisher, chargés d'un vieux brancard sur lequel gémissait un gros bonhomme en costume sombre. Pendant qu'on les regardait s'éloigner au petit trot, j'ai réalisé que Liam me tenait toujours fermement par le bras. J'ai posé les yeux sur sa main et j'ai attendu. Il a fini par me lâcher et m'a dit d'un air gêné :

– Excuse-moi. C'est juste que... avec tous ces évènements...

Pour la première fois depuis qu'on s'était mis en route pour la maison de la maire, j'ai vraiment fait attention à ce qui se passait autour de moi. L'officier Dorn, vêtu d'une immense cape verte de l'armée d'où émergeaient sa tête massive et sa coupe en brosse, avait improvisé un poste de commandement au pied de la colline, d'où il distribuait le matériel médical déniché dans le sous-sol du commissariat. Comme il y avait peu de brancards, Dorn était obligé de les attribuer à tel ou tel blessé en fonction de la gravité de son état. Pete Sweeney et Cori Morrison sont passés à côté de moi, soutenant entre eux deux un homme qui boitait sévèrement. Pete se baissait pour compenser la différence de taille entre Cori et lui. Bea et Ursula, la pseudo-grand-mère de Joaquin, transportaient sur un brancard une femme au teint cireux tirant sur le verdâtre. De nouveaux arrivants surgissaient de partout. Certains gémissaient, d'autres grimaçaient de douleur ou pleuraient carrément, mais tous s'efforçaient de grimper la côte qui menait à la « clinique » tandis que les CAP couraient à droite et à gauche pour aider les moins valides. La petite fille que portait Liam a soudain tourné la tête vers moi et m'a demandé :

– Où est ma maman ?

Prise de court, j'ai capté le regard de Liam.

– On va la trouver, ne t'inquiète pas, lui a-t-il affirmé en lui caressant doucement le haut du dos. Tu vas bientôt la revoir, ta maman.

Une boule de chagrin m'a serré la gorge. On a continué à avancer sans un mot, Myra et moi. À moins que la fillette ait été tuée en même temps que ses parents dans un accident de voiture ou autre, je savais pertinemment qu'on ne retrouverait pas sa mère. La plupart des enfants qui débarquaient seuls à Juniper Landing n'y restaient que cinq secondes environ. On les dirigeait automatiquement vers la Lumière, vu qu'ils étaient trop jeunes pour avoir de graves questions à régler avant leur transfert ou pour avoir commis des actes horribles qui les auraient condamnés à Shadowland. Mais depuis qu'on avait cessé d'escorter nos visiteurs vers l'au-delà, les quelques enfants qui étaient arrivés récemment se trouvaient encore sur l'île. Oliver, un adorable petit garçon, n'arrêtait pas de pleurer et de réclamer ses parents. La maire l'avait alors pris à part et avait exercé sur lui sa « magie », si bien que le gamin en avait oublié jusqu'à l'existence même de ses parents. Regonflé à bloc, il était allé jouer à chat avec les autres enfants à qui Mme Parrish avait déjà lavé le cerveau. Ce jour-là, j'ai compris l'aspect bénéfique du pouvoir de la maire.

– Tu m'as impressionnée, tout à l'heure, ai-je glissé à Liam, histoire de changer de sujet.

– Bah, c'est mon métier, je suis sauveteur, m'a-t-il dit avec un vague haussement d'épaules.

On approchait de la maison des Parrish. L'allée qui menait à l'entrée était bordée, de part et d'autre, d'œillets d'Inde flétris et de feuilles pourries par la pluie – chose qu'on n'avait jamais vue à Juniper Landing où rien ne mourait, pas même les plantes. Un embouteillage s'était formé devant la porte. Les gens se hissaient sur la pointe des pieds et se dévissaient le cou pour estimer la longueur de la queue. La protégée de Liam s'est remise à pleurer.

– J'ai l'impression qu'on en a pour un bout de temps, a déclaré Myra en posant sur la fillette un regard inquiet.

– Bon. Suivez-moi, ai-je chuchoté.

Intrigué, Liam a arqué ses noirs sourcils, et notre petit groupe s'est écarté de la file. Je me suis dirigée vers l'arrière de la maison. La cuisine et le grand salon donnaient sur un agréable patio – du moins par beau temps. Après avoir ouvert la porte coulissante, nous nous sommes faufilés à l'intérieur.

Le plaisir d'être enfin au sec a été de courte durée, tant le spectacle qui m'attendait dans la vaste demeure de la maire était stupéfiant. Le mobilier chic et confortable qui ornait la grande pièce avait cédé la place à des rangées de lits de camp couverts chacun d'un drap blanc. Krista et Lauren s'affairaient avec efficacité, distribuant des oreillers, disposant sur les tables des compresses, des pansements et des flacons d'antiseptique. Au fond de la salle, on voyait affluer les victimes du naufrage par la porte d'entrée. Le commissaire Grantz s'occupait d'inscrire leur nom, et la maire en personne se chargeait d'évaluer leur état de santé. Le patient de Pete et Cori était déjà installé sur un lit de camp.

– Où je la mets ? m'a demandé Liam à propos de la fillette toujours agrippée à lui.

– Tu vois cette grande blonde à côté de la porte ? Amène-la-lui, elle lui parlera.

– D'accord.

Liam s'est éloigné avec sa protégée.

– Venez, Myra, ai-je dit à la mienne. On va vous trouver une place.

– Je ne voudrais pas resquiller, a-t-elle objecté en regardant autour d'elle avec embarras.

– On ne dira rien à personne, promis.

Mon sourire complice a fait taire ses scrupules. Quand on s'est remises en marche, Myra a soudain eu un malaise. J'ai essayé de la retenir mais je n'avais pas assez de force pour maintenir ce corps inerte. Pete s'en est rendu compte. Il s'est précipité à mon secours, attrapant Myra par l'autre bras.

– Et maintenant ? ai-je demandé.

– On n'a qu'à l'allonger là.

Pete m'a indiqué un lit de camp vacant. On s'en est approchés à petits pas, puis on a pivoté pour s'asseoir sur le matelas, Myra entre nous deux.

Elle grognait dans son inconscience, la tête pendant mollement en avant. Puis elle a bougé un bras et porté la main à son front.

– Que s'est-il passé ?

– Vous avez perdu connaissance, je crois.

– Étendez-vous mais gardez la tête surélevée, lui a conseillé Pete en lui glissant un oreiller sous la tête.

Je l'ai dévisagé avec étonnement. Ses yeux verts étaient injectés de sang et son nez luisait. Il était en sueur tellement il se dépensait.

– Mon père était médecin, m'a-t-il expliqué. Quand

quelqu'un se trouve mal ou a un vertige, il faut l'allonger, mais la tête doit rester plus haut que le cœur.

– J'ai de la veine d'être tombée sur vous, jeune homme, a plaisanté Myra.

J'ai souri à Pete, qui m'a gratifiée d'une sorte de grimace.

– Oui, beaucoup de veine, ai-je répété.

Avec Pete, on n'était pas les meilleurs amis du monde. Il n'y avait pas si longtemps, lui et son amie Nadia m'avaient accusée d'envoyer des innocents à Shadowland. C'était la première fois que je lui reparlais depuis que Tristan et Nadia s'étaient enfuis, ce qui avait signé leur culpabilité dans l'affaire. Voilà pourquoi Pete avait du mal à me regarder dans les yeux.

Myra m'a tapoté le bras en disant :

– Merci, Rory. Va t'occuper des autres, maintenant.

– Je reviendrai vous voir, l'ai-je assurée. Merci, Pete !

Il s'activait déjà auprès d'un nouveau blessé amené par Cori.

Je me suis avancée dans la salle et j'ai immédiatement été prise dans un tourbillon frénétique. Darcy et Fisher conduisaient des patients vers leur lit pendant que les CAP les plus chevronnés soignaient les plaies des uns, écoutaient les plaintes des autres. Le flot des « survivants » qui franchissaient la grande porte d'entrée semblait sans fin, je me suis demandé s'il y aurait de la place pour tout le monde. Et pourtant, la maison était grande ! J'ai soudain remarqué deux personnages si étranges que j'en ai eu le souffle coupé. Ils se tenaient debout, serrés l'un contre l'autre, à quelques lits de l'endroit où je me trouvais : un garçon et une fille, environ vingt ans, avec des cheveux blond-blanc coupés au bol. Leurs traits étaient quasiment identiques – front large, nez droit, menton pointu – à tel point qu'il aurait été difficile de deviner leur sexe si la fille n'avait pas porté une robe noire unie, et le garçon un pantalon foncé et une chemise blanche. Ils se parlaient à voix basse, tempe contre tempe, tandis que leurs yeux bleu pâle furetaient dans la pièce comme s'ils ne voulaient pas perdre une miette de ce qui s'y passait. C'était étrange, cette pose, cette façon de communiquer sans se regarder. Étrange et inquiétant. La peur s'est insinuée en moi sournoisement, de la même façon que le brouillard avait envahi la plage le soir de mon arrivée sur l'île. Ces jumeaux avaient quelque chose de louche. Je le sentais viscéralement.

– Rory !

J'ai fait volte-face pour répondre à l'appel de Krista, qui m'a fait signe d'approcher. Elle s'était fait une queue-de-cheval basse, avait enfilé une robe toute simple en coton blanc ainsi que des claquettes, et semblait nettement plus détendue que tout à l'heure sur les quais. Je l'ai vue brancher une bouteille d'oxygène, actionnant manettes et boutons avec l'aisance d'une infirmière chevronnée. Avant de la rejoindre, j'ai lancé un bref coup d'œil aux jumeaux. Voyant qu'ils m'observaient, je leur ai tourné le dos, puis je me suis mise à marcher comme si de rien n'était.

– Où est-ce que tu as appris tout ça ? ai-je demandé à Krista.

– Nulle part, m'a-t-elle répondu en haussant les épaules. J'ai l'air d'assurer ? Tant mieux.

J'ai grimacé un sourire.

– Tiens, aide-moi à déballer le matériel, a poursuivi Krista en soulevant un carton qu'elle a posé sur le lit d'à côté. Ça, c'est facile.

– OK.

On a sorti, entre autres produits de premiers secours, des oreillers gonflables et des poches de gel réfrigérant. Pendant que je m'activais, j'ai cru sentir le regard inquisiteur des jumeaux sur ma nuque, mais quand je me suis retournée pour vérifier, ils étaient de nouveau en train de scanner la salle et de chuchoter en remuant à peine les lèvres.

– Alors, c'est qui ce beau gosse ? m'a interrogée Krista. Je t'ai vue entrer avec lui.

D'un mouvement de menton, elle a désigné Liam, en pleine discussion avec la maire près de l'entrée. Mme Parrish a gentiment pris la fillette dans ses bras, puis l'a emmenée dans son bureau. Liam les a suivies des yeux jusqu'à ce que la porte se referme sur elles. De mon côté, j'ai poussé un soupir de soulagement : dans cinq minutes, la petite aurait cessé de réclamer sa mère, c'était déjà ça. La mienne me manquait toujours, surtout quand je traversais des périodes difficiles comme maintenant, mais elle était morte depuis quatre ans, donc bien avant les évènements qui bouleversaient Juniper Landing. Au moins, je savais qu'elle était quelque part au royaume de la Lumière. Heureusement qu'elle n'était pas témoin de la folie actuelle.

– Il n'y a que toi pour poser ce genre de question à un moment pareil ! ai-je fait remarquer, moitié sérieuse, moitié amusée.

– Oh, dis, arrête ! a protesté Krista. Comme si ça t'avait échappé !

– Il s'appelle Liam Murtry, si tu veux tout savoir.

– Et il vient de sauver une douzaine de personnes, a complété Krista en jetant un regard admiratif au héros du jour. Superman à Juniper Landing, c'est géant !

– Ouais, il a vraiment l'air parfait. Ça veut sûrement dire qu'en réalité, c'est un psychopathe sanguinaire.

J'avais l'intention de rester dans un registre léger, mais ma voix m'a trahie. Je n'étais vraiment pas fine psychologue, je me trompais à tous les coups sur la nature des gens.

Krista m'a lancé un regard un peu choqué.

– Quoi ? ai-je contré en baissant le ton. J'ai des excuses : d'abord je me fais assassiner par mon prof préféré, ensuite je tombe amoureuse d'un type qui croit malin de bouleverser à lui seul l'équilibre de tout l'univers !

J'ai secoué la tête et pris les derniers rouleaux de gaze avant de déchirer le fond du carton afin de l'écraser plus facilement.

– À partir de maintenant, plus question de me fier à mon intuition.

De nouveau, j'ai jeté un coup d'œil aux deux jeunes sinistres, collés par la tempe comme des siamois, les lèvres toujours en mouvement. Ils me faisaient vraiment flipper. Conclusion : c'étaient probablement les gens les plus sympas de la Terre. Enfin, de Juniper Landing.

– Tout le monde croit dur comme fer que Tristan est coupable, ça me tue ! a grommelé Krista. Enfin quoi, c'est Tristan, il n'a pas pu nous trahir !

– Alors où est-il, Krista ? Pourquoi est-ce qu'il ne revient pas pour se justifier ?

Comment avait-il pu nous faire ça ? Pourquoi s'en était-il pris à des innocents ? À mon père ? À moi ?

Krista s'apprêtait à me répondre quand sa « mère » et l'officier Dorn se sont matérialisés auprès d'elle. La bouche de la maire s'est étirée en un sourire lugubre.

– Il faut qu'on parle, a-t-elle lâché.

Politique locale

Je me méfiais de cette femme. Et j'étais pratiquement certaine que c'était réciproque. Alors qu'elle nous précédait, Krista et moi, Joaquin et Dorn nous ont emboîté le pas. Bien. La présence de Joaquin m'a rassurée. Tout en avançant, j'ai jeté un œil en direction de Darcy, histoire de m'assurer que tout allait bien de son côté. Je l'ai aperçue en train de bander la cheville d'un vieil homme, elle était souriante et bavardait tranquillement avec son patient. Quand on a tous été réunis dans le bureau, Dorn a fermé la porte derrière nous. Le brouhaha de la clinique s'est mué en un bourdonnement bas et continu.

L'officier de police s'est posté devant la porte et m'a épinglée du regard, les mains croisées devant lui, tel un agent des services secrets. Pendant que je restais plantée au centre de la pièce à côté de Krista, Joaquin s'est calé dans un fauteuil en cuir, comme s'il était le maître des lieux. Dehors la tempête se déchaînait sur l'océan, les nuages s'amoncelaient, le ciel noircissait à vue d'œil.

L'extrémité d'une branche cassée venait griffer le montant de la fenêtre à intervalles réguliers, juste derrière l'épaule gauche de la maire.

– Alors, en quoi pouvons-nous vous être utiles, madame ? a lancé Joaquin, les bras repliés sur sa nuque.

Devant le regard hostile que lui a décoché Mme Parrish, il s'est contenté de lever un sourcil.

– Les choses sont allées beaucoup trop loin, a soupiré la maire.

– Rien de tel qu'une bonne cata pour mobiliser les élus locaux, pas vrai ? a ironisé le beau brun.

– Je vous dispense de vos plaisanteries, monsieur Marquez ! Il est grand temps qu'on retrouve Tristan et Nadia, et qu'on comprenne enfin ce qui ne tourne pas rond ici.

– Ah bon ? Parce que vous nous croyez, maintenant ?

Jusqu'à présent, la maire avait dédaigné nos avertissements car elle refusait d'admettre la trahison de Tristan. Moi non plus, je n'avais pas envie d'y croire. Mais à défaut de pouvoir compter sur ma déplorable intuition, je savais que je pouvais me fier à mes yeux et à la culpabilité que j'avais lue dans les siens lorsqu'on avait découvert le sac de pièces truquées dans sa chambre. Ensuite je l'avais vu s'enfuir comme un voleur.

– Je ne dis pas que Tristan est coupable, a nuancé l'altière Mme Parrish en plissant les paupières. Seulement, il connaît cette île mieux que quiconque. Si quelqu'un peut nous fournir des réponses, c'est bien lui. On n'a toujours pas réussi à le localiser ? Nadia non plus ?

Échange de regards hésitants entre Joaquin et moi. Après s'être redressé sur son siège, il s'est frotté les cuisses avec le plat des mains.

– On est sur une piste, a-t-il déclaré sur un ton sérieux. Il y a encore peu de temps, ils se cachaient dans une grotte au pied du pont.

– Hein ? s'est écriée Krista en pâlissant.

Nerveuse, elle s'est mise à jouer avec son bracelet de cuir tressé – tous les CAP en portaient un. Tout à coup, j'ai été prise de démangeaisons sous le mien.

– Et vous ne les avez pas poursuivis ? a critiqué Dorn.

– Le naufrage du ferry, ça vous dit quelque chose ? a répliqué Joaquin avec sarcasme.

Il s'est levé. Il était aussi grand que Dorn et presque aussi large d'épaules.

– C'était l'alerte générale, a-t-il continué. Sur le moment, on a estimé que c'était prioritaire.

– Bon, formez de nouvelles équipes de recherche, a ordonné la maire. Doublez les effectifs. Dès qu'on sera sortis du pétrin à la clinique, déployez-vous dans tous les coins. L'île n'est pas si grande que ça, ils ne peuvent pas rester cachés éternellement, vous finirez bien par les trouver.

– À propos de pétrin..., a amorcé Krista.

On a attendu qu'elle embraye. Dehors, un éclair démentiel a déchiré le ciel. La maire a fermé les yeux, et je l'ai vue compter silencieusement jusqu'à dix. Un formidable coup de tonnerre a alors retenti. Sentant les murs trembler, je me suis agrippée au dossier d'une chaise en attendant la fin des grondements.

– Eh bien, Krista, vas-y, je t'écoute, s'est impatientée Mme Parrish.

– Voilà, je m'interroge, a énoncé Krista. Qu'est-ce qui va se passer ? Maintenant qu'il n'y a plus de ferry... est-ce que ça signifie qu'on n'aura plus de nouveaux arrivants ?

Joaquin, la maire et Dorn se sont regardés, chacun attendant visiblement que l'autre le devance dans sa réponse. De réponse, on savait tous qu'il n'y en avait pas. Pareille situation ne s'était jamais présentée. Mme Parrish et Joaquin étaient à Juniper Landing depuis plus longtemps que Dorn, mais même avec un siècle d'expérience sur place, la solution à nos problèmes était au-delà de leurs compétences. La maire est allée s'asseoir à son bureau. Puis elle a posé ses coudes sur un sous-main en cuir impeccable et élégamment reposé la tête sur le bout de ses doigts. Après un bref soupir, elle a relevé le menton.

– Je n'en sais rien, a-t-elle finalement déclaré. Mais si c'était le cas, ce serait une bénédiction.

– Une bénédiction ? a répété Joaquin, l'air consterné. Une bénédiction d'être inutile, de devoir renoncer à notre mission, de ne plus avoir d'objectif ?

– De toute façon, c'est impossible, a placé Dorn. Voilà plusieurs jours qu'on n'a effectué aucun transfert et la ville est au maximum de sa capacité d'accueil, nous n'avons plus un seul lit. Sans parler des discours qu'il faut improviser pour expliquer le mauvais temps, le brouillard, les problèmes de logistique et d'organisation. Et, cerise sur le gâteau : de dangereux criminels en liberté parmi une foule d'innocents. Alors ouais, je suis d'accord avec notre maire, dans ces circonstances le naufrage du ferry est une bénédiction.

– Ce n'est pas pour autant qu'il faut relâcher notre vigilance, a fermement souligné Mme Parrish. Avec ces orages et la surpopulation auxquels nous sommes confrontés, il devient de plus en plus difficile de surveiller nos visiteurs. Combien sont sous votre responsabilité, vous le savez ?

Cette question s'adressait à nous tous, mais c'est vers moi qu'elle s'est tournée en la posant.

Les lèvres pincées, j'ai repensé aux pièces d'or qui apparaissaient quotidiennement sur ma table de nuit et qui s'entassaient désormais au fond d'un tiroir. Au début, j'arrivais à tenir le compte des âmes dont j'avais la charge, mais j'avais fini par perdre le fil après les évènements de ces derniers jours.

– Non, ai-je avoué en regardant mes pieds.

– Et vous ? a-t-elle interrogé les autres.

– Non plus, ont lâché Krista et Joaquin d'une seule et même voix.

La maire a encore laissé échapper un soupir.

– Il faut absolument retrouver Tristan. Je veux que tous les CAP s'y mettent. Cette situation est intolérable, nous devons y mettre un terme, et le plus vite possible.

On a soudain entendu frapper à la porte. Celle-ci s'est ouverte avant même que Dorn ait eu le temps de tourner la poignée, et Darcy a fait son apparition, l'air affolée. À ma vue, elle s'est montrée soulagée.

– Ah, tu es là, Rory ! C'est du délire, là-bas, je me demandais où tu étais passée.

Elle s'est avancée dans la pièce sans se soucier de savoir si elle dérangeait ou pas, puis elle m'a prise dans ses bras. J'ai jeté un regard anxieux en direction de Mme Parrish, déjà prête à encaisser une remarque acide de sa part, mais elle n'a pas plus réagi que quand Liam a franchi la porte à son tour.

– Euh, je crois que vous devriez venir, a-t-il suggéré à la maire. Les esprits commencent à s'échauffer.

La femme s'est levée, a rapidement rectifié sa coiffure et lissé la veste de son tailleur, puis elle s'est plaqué un large sourire sur les lèvres avant de se diriger vers ma sœur et moi en disant :

– Il y a néanmoins une bonne nouvelle.

– Ah oui ? ai-je rétorqué, sceptique, tout en me plaçant machinalement devant Darcy pour la protéger.

– Oui.

La maire a pris un malin plaisir à faire durer le suspense et m'a encore toisée impérialement avant de lâcher :

– Darcy, Liam, félicitations à vous deux ! À partir d'aujourd'hui, vous êtes des CAP. Bienvenue parmi nous !

– Hein ? a croassé Krista.

Les yeux comme des soucoupes, je me suis tournée face à ma sœur. Elle n'avait bien entendu aucune idée de la signification de ces mots. À savoir qu'elle allait demeurer à Juniper Landing et qu'on ne serait donc jamais séparées l'une de l'autre. Très égoïstement, j'ai éprouvé une bouffée d'euphorie. Mais juste après, une curieuse douleur m'a étreint la gorge. Cela signifiait aussi que Darcy n'accéderait jamais à l'au-delà ni à la paix éternelle. Qu'elle n'irait pas rejoindre notre mère dans la Lumière.

Comment allais-je lui expliquer sa nouvelle existence ?

– Je regrette de vous l'annoncer aussi abruptement, a poursuivi la maire. D'habitude, nous nous y prenons de façon un peu plus subtile. Mais étant donné les circonstances, je n'avais pas le choix.

J'ai songé au jour où j'avais moi-même appris la vérité. Sur la plage, Tristan m'avait informée que j'étais morte, puis il avait ordonné à Fisher de m'assommer pour m'empêcher d'en parler à ma famille. Je m'étais réveillée dans un sous-sol, en compagnie du groupe des CAP qui m'avaient alors expliqué mon nouveau statut. Pas franchement subtile non plus comme méthode, mais ce n'était guère le moment d'ergoter.

Pour toute cérémonie, la maire a serré la main frêle de Darcy, puis le battoir de Liam. Aussitôt après, elle a marché à grands pas vers la porte en lançant :

– Rory, Krista, Joaquin, je vous laisse le soin de les mettre au courant, d'accord ?

L'officier Dorn paraissait aussi estomaqué que nous lorsqu'il s'est décidé à la suivre. La porte s'est refermée sur eux.

– Euh… de quoi elle parle ? s'est enquis Liam en écarquillant ses yeux vairons.

– C'est quoi, un CAP ? a embrayé Darcy.

– Euh… Je…

Aïe ! Comment répondre à cette question ?

– Allô, Rory ?

Ma sœur a agité une main devant mes yeux.

– Tu veux bien nous expliquer ce qui se passe ?

J'ai planté mon regard dans ses yeux verts, comme les miens et ceux de notre mère et, après une bonne goulée d'air :

– Écoute, Darcy. J'ai une bonne et une mauvaise nouvelle.

C'était pour moi la meilleure façon de présenter les choses.

Sœurs à jamais

– Est-ce qu'on va revoir maman ? m'a demandé Darcy, les yeux pleins de larmes.

Une boule au fond de la gorge, j'ai secoué la tête de droite à gauche. On était dans sa chambre, sur la banquette de la fenêtre à encorbellement. Krista et Liam s'étaient assis sur le lit, Fisher se tenait debout. Il avait insisté pour être présent afin de soutenir Darcy. Du coup, Joaquin était resté à la clinique pour le remplacer.

On était rentrés à la maison, et là, on avait exposé tranquillement les faits à ma sœur et à Liam. Après avoir entendu l'essentiel, ma sœur était montée dans sa chambre en pleurant. Liam était tellement remué qu'il avait failli casser la figure à Fisher. Tous deux avaient fini par se calmer, et Darcy venait de poser la question que je redoutais entre toutes, hormis une autre.

– Maman est partie vers l'au-delà depuis longtemps, ai-je commencé avant de m'interrompre, étranglée par une douleur qui, chaque fois que j'évoquais la mort de ma mère, semblait empirer au lieu de s'apaiser.

Ma sœur a reniflé, les yeux baissés.

– Il nous a tués, hein ? a-t-elle articulé lentement. C'est comme ça qu'on est morts, c'est pour ça qu'on est ici. Steven Nell nous a tués.

J'ai acquiescé en silence, sans chercher à retenir mes larmes.

– Oh, Rory !

Darcy a craqué. Elle s'est jetée à mon cou, s'est mise à sangloter, et son chagrin a ravivé le mien. On a continué à pleurer de concert pendant je ne sais combien de temps. De leur côté, Liam, Krista et Fisher gardaient le silence et détournaient les yeux avec tact. Quand on s'est enfin arrêtées, j'étais complètement vidée. Darcy s'est écartée de moi et je me suis adossée à la vitre.

– Attendez..., a glissé Liam. Vous dites que vous avez été assassinées ?

Je lui ai répondu par un hochement de tête.

– C'est une longue histoire.

– J'hallucine ! Et moi, comment je suis mort ? a-t-il voulu savoir.

– Tu t'es noyé, mon pote, l'a informé Fisher.

– Tu rigoles ? C'est impossible, je nage comme un poisson !

– Pourtant c'est la vérité. Si tu n'étais pas devenu CAP, c'est moi qui t'aurais escorté vers l'au-delà, donc j'ai assisté à la scène quand je t'ai donné une tape dans le dos, tout à l'heure.

– Tu m'as vu mourir ? s'est écrié Liam en pâlissant.

– Ça fait partie de nos pouvoirs, entre autres, a glissé Krista avec amertume.

– Et toi, tu es morte comment ? lui a demandé le champion de natation.

Krista a changé de position sur le dessus-de-lit à fleurs et tiré sur le bas de sa blouse blanche pour couvrir ses cuisses.

– Disons que j'ai fait une bêtise, a-t-elle répondu du bout des lèvres.

– Genre noyade ? a lancé Liam sur un ton léger, histoire de la mettre à l'aise.

La plaisanterie n'a pas été du goût de Krista.

– Non, absorption de médicaments, a-t-elle rétorqué en le fixant avec froideur. Je n'avais pas l'intention de me tuer, c'était juste pour attirer l'attention de mon ex. L'ennui, c'est que... j'ai avalé beaucoup trop de comprimés.

Elle a laissé dériver son regard, incapable de soutenir celui de Liam.

– Waouh, a soufflé Darcy.

– Et toi, Fisher ? a repris Liam.

– Accident de foot. J'ai percuté un type et, bam ! (il s'est frappé la paume du poing). Coup du lapin. Fin de partie.

Liam a émis un sifflement. Avec ma sœur, on s'est regardées. Fisher parlait de sa mort comme d'un vulgaire fait divers de la rubrique sportive d'un journal.

– Revenons à Nell, m'a dit Darcy. Qu'est-ce qui lui est arrivé ?

– Tu ne t'en souviens pas ?

– Maintenant, je me rappelle qu'il est venu ici mais… comment c'est possible ?

Je me suis éclairci la gorge.

– Eh bien… En quelque sorte, je l'ai tué.

– Hein ?

– Tu as tué un mec ? s'est écrié Liam en s'avançant au bord du lit pour étirer ses longues jambes. De quelle façon ?

Il avait dans l'œil une lueur d'excitation assez déplacée, étant donné le sujet. Mais puisqu'on l'avait élu CAP, c'était forcément quelqu'un de bien, non ?

J'ai continué mon récit en m'adressant exclusivement à Darcy.

– J'étais sur le point de mourir, mais j'avais réussi à lui prendre son couteau, alors je…

Je me suis interrompue, non seulement parce que je détestais me remémorer cette scène mais aussi parce que je ne voulais pas verser dans le Grand-Guignol en donnant trop de détails sanglants. *Je le lui ai planté dans le ventre ? Je l'ai étripé ?* Non.

Faute de trouver la bonne formule, je me suis tournée vers la fenêtre et j'ai contemplé la maison d'en face. Cette maison grise qui m'obsédait au début de mon séjour, car j'étais persuadée qu'il y avait quelqu'un qui m'épiait depuis le premier étage. Je ne m'étais pas trompée : Tristan avait passé de longues heures à me surveiller, prenant des notes sur la CAP potentielle que j'étais. Un goût amer m'est monté à la bouche quand j'ai repensé au jour où il m'avait amenée ici et qu'il m'avait montré l'endroit précis d'où il m'observait. Ce jour funeste où j'avais tenté de l'embrasser. Et il m'avait repoussée.

À présent, tout était calme dans la maison grise. Sombre. Comme les ténèbres qui planaient sur cette maudite île.

– Waouh ! Rory, tu déchires ! s'est exclamée Darcy, les joues encore luisantes de larmes. Tu te rends compte de ton exploit ?

Je me suis raidie. Avant, il n'y avait pas si longtemps, j'aurais effectivement été fière d'avoir débarrassé la Terre d'un homme qui avait assassiné quatorze filles, plus moi, plus mon père et ma sœur pour faire bonne mesure. Mais aujourd'hui, je n'éprouvais rien de tel.

– Je ne sais pas, ai-je marmonné.

– Tu te fiches de moi ? Pense au service immense que tu as rendu à la société ! En ce moment, il y a une fille qui court, qui joue au foot, qui se balade avec son copain ou qui fait du shopping avec sa mère, et c'est grâce à toi. Parce que tu as éliminé le salopard qui avait des vues sur elle.

– Elle a raison, tu sais, est intervenue Krista. Tu es une héroïne, Rory !

J'ai tenté un sourire tandis que ma sœur me couvait d'un regard admirateur, mais dans le même temps j'ai compris pourquoi j'étais en conflit avec moi-même. En supprimant Steven Nell, je ne pensais pas aux filles que j'allais sauver, ni même à celles qu'il avait déjà tuées. Je pensais à moi. Je pensais au mal qu'il nous avait infligé, à ma famille et moi. Et j'avais la rage. J'avais buté ce type par pure vengeance. Il n'y avait rien de glorieux ni d'héroïque là-dedans. Je n'étais pas sûre d'être légitime dans mon rôle de CAP.

– Et papa ? a lancé Darcy en s'essuyant les yeux. Où est-il ?

Voilà la question que je redoutais le plus. Maintenant qu'elle faisait partie intégrante de Juniper Landing, Darcy se souvenait à nouveau de notre père. Quand j'avais fait allusion à lui après son départ, quelques jours plus tôt, elle m'avait dévisagée comme si j'étais folle. À présent, elle me regardait avec des yeux pleins d'espoir. J'ai décidé de m'en tenir au strict minimum, du moins pour l'instant. Inutile de l'affoler en lui détaillant le chaos qui régnait ici.

– Il est parti.

– Alors il est dans la Lumière avec maman.

Ce n'était pas une interrogation mais une affirmation. J'ai renoncé à la contredire. Voyant Fisher soulever des sourcils étonnés, je lui ai intimé le silence par un regard appuyé, en espérant que Krista l'avait capté elle aussi.

– On ne les reverra plus jamais ? m'a demandé Darcy d'une voix brisée.

– Non, lui ai-je confirmé après m'être éclairci la gorge.

– C'est dur.

– Je sais, mais la bonne nouvelle, c'est qu'on restera ensemble. Les CAP sont assignés à Juniper Landing. On ne nous séparera jamais.

Le visage de ma sœur s'est éclairé.

– C'est vrai ?

– Oui, promis, ai-je souri.

On est restées là, main dans la main, à regarder la pluie tomber. De notre vivant, on s'était brouillées à cause d'un garçon dont je me souvenais à peine. Darcy était souvent d'une humeur massacrante et ne manquait pas une occasion de nous rappeler, à mon père et moi, qu'une fois son bac en poche, elle quitterait la maison sur-le-champ. Sans regret. Je n'aurais jamais imaginé qu'on puisse un jour se retrouver assises l'une à côté de l'autre dans un silence paisible et agréable. C'était fou comme nos relations avaient changé.

– Tout bien réfléchi, a soudain déclaré Darcy, je ne sais pas si j'ai vraiment envie de passer toute ma vie avec toi.

Fisher s'est esclaffé, et j'ai donné une petite tape à ma sœur en éclatant de rire à mon tour. Ce genre de vanne, c'était du Darcy tout craché. J'étais contente qu'elle ait gardé cette forme d'humour. J'aurais dû lui parler des graves évènements qui se produisaient sur l'île, de notre père et de tous ceux qui avaient été transférés à tort vers Shadowland, et de la nécessité de les rediriger au plus vite vers la Lumière. Seulement je ne voulais pas gâcher ce moment de grâce. Pour Darcy, apprendre qu'on était décédées et qu'on ne reverrait plus jamais nos parents, c'était déjà beaucoup à encaisser en un seul jour. Je ne tenais pas à la faire flipper à mort avec le reste.

Pour l'instant, mieux valait la laisser assimiler ce qu'elle savait. Personnellement, je m'autorisais à savourer cette sensation qui me gagnait petit à petit. L'espoir infime, délicat comme un fin duvet blanc, que tout allait s'arranger d'une façon ou d'une autre.

Tout à coup, j'ai perçu un éclat dans l'angle de mon champ de vision : quelque chose venait de bouger dans la maison d'en face. J'ai tressailli, puis je me suis détendue en entendant le tonnerre gronder au loin : ce n'était sans doute qu'un éclair reflété par une vitre. L'orage me jouait encore des tours.

– Mais enfin, pourquoi est-ce que tu ne m'en as pas parlé avant ? a voulu savoir Darcy. Tu es au courant depuis combien de temps ?

– Une semaine, ai-je avoué.

– Elle n'avait pas le droit de te dire la vérité, a intercédé Fisher. Toi non plus, tu ne dois en aucun cas en informer nos visiteurs de passage. Sinon tu les condamnes direct à Shadowland… et tu finis aux Oublis.

– Sérieux ? Je trouve ça un peu rude, a répliqué Darcy.

Fisher a haussé les épaules.

– C'est pas moi qui fixe les règles.

– En résumé, si je veux expédier un connard en enfer, j'ai qu'à lui annoncer qu'il est mort ? a suggéré Liam.

Fisher lui a assené une violente claque derrière la tête.

– Hé, je rigolais ! a protesté Liam, complètement décoiffé.

– Ce n'est pas un sujet de plaisanterie, a contré Krista. Surtout les Oublis.

Liam s'est redressé et s'est mis à marcher nerveusement dans la pièce.

– Je viens d'apprendre que je suis mort, OK ? Pardon de vouloir détendre l'atmosphère.

– Écoute, ai-je tempéré, c'est juste à cause d'une vieille affaire que personne ne souhaite voir se répéter. Il y a longtemps, une CAP prénommée Jessica a estimé que nos visiteurs méritaient de connaître leur sort. Elle est donc allée frapper à toutes les portes pour répandre la vérité.

– Et ensuite ? a fait Darcy.

– Eh bien, tous ces gens ont gagné un aller simple pour Shadowland, a énoncé Fisher sur un ton lugubre. Damnés pour l'éternité.

– Alors qu'ils n'avaient rien fait de mal, ai-je complété.

Un éclair a encore frappé. Darcy et Liam étaient blêmes. Krista s'apprêtait à dire quelque chose quand des bruits de pas dans l'escalier l'ont arrêtée. Peu après, on frappait à la porte.

– Entrez, a lâché ma sœur d'une voix faible.

Joaquin s'est présenté, une main posée sur la poignée, l'autre sur le chambranle.

– Ça va ? a-t-il lancé à ma sœur.

– Ouais, je survivrai... enfin, façon de parler.

– Bon.

Joaquin a tourné son regard vers moi.

– On est tous convoqués en réunion au commissariat. Ordre de la maire. Faut y aller.

Darcy a esquissé un sourire à mon attention.

– L'appel du devoir ?

– Oui, lui ai-je répondu, l'estomac noué. Mais j'ai encore quelques trucs à te dire en cours de route.

Pour ce qui était de lui laisser du temps, c'était raté.

Le mal rôde

– Jusqu'à nouvel ordre, a annoncé la maire, l'île est en état d'alerte maximale.

Un murmure inquiet s'est répandu parmi la centaine de CAP rassemblés dans la salle du commissariat. Comme celle-ci était relativement exiguë, on se tenait coude à coude. Certains avaient pris place sur des sièges en plastique disposés le long des murs, d'autres s'étaient juchés sur le marbre du comptoir d'accueil, le trop-plein se serrait entre les bureaux des agents. J'ai jeté un coup d'œil à mes amis – Bea, Lauren, Krista, Joaquin, Fisher et Kevin. Personne n'en parlait, mais l'absence de Tristan se faisait cruellement ressentir. Pete et Cori s'étaient calés dans un coin, près d'un palmier en pot. Le visage à moitié caché derrière ses boucles noires, Cori nous observait avec méfiance, comme si nous étions là pour l'accuser de quelque chose. Après avoir croisé mon regard, Pete a baissé la visière de sa casquette de base-ball et gardé les yeux rivés sur le sol. Les autres membres de l'assistance n'avaient d'attention que pour la maire, à qui on avait réussi à ménager un espace libre d'un mètre de rayon au centre de la pièce.

– Qu'est-ce que ça signifie, au juste ? a lancé l'épicier de Juniper Landing.

Darcy était près de moi. Droite comme un I, elle suivait la discussion avec un air à la fois sérieux, concentré et légèrement anxieux. Elle avait enfilé un tee-shirt noir uni et un jean retroussé. J'ai remarqué qu'elle avait ressorti le petit collier en or que ma mère lui avait offert pour ses douze ans. Elle s'amusait machinalement à faire coulisser le pendentif en forme de papillon le long de la chaîne. Pour une fille dont l'existence venait d'être totalement bouleversée, elle tenait drôlement bien le coup.

– Comme vous le savez, une équipe surveille l'entrée du pont depuis quatre jours.

La maire marqua une pause, le temps d'adresser un signe de tête à l'officier Dorn et au commissaire Grantz, qui ont commencé à distribuer des feuilles de papier agrafées.

– Dès maintenant, nous allons poster des sentinelles à divers endroits de l'île. Chacun et chacune d'entre vous devra assurer un ou deux tours de garde par jour. Je vous demande de noter par écrit tous les déplacements de nos visiteurs. Où ils vont, avec qui, ce qu'ils font. J'ai besoin de connaître leur comportement afin de savoir s'ils sont prêts ou pas pour l'au-delà.

Dorn nous a remis un emploi du temps établi sur plusieurs pages. Darcy et Liam ont feuilleté le leur, puis se sont regardés avec une mine accablée. J'étais contente que ma sœur ne soit pas la seule débutante en tant que CAP. Au moins, ils étaient deux dans la même galère.

– Certains d'entre vous s'occuperont des enfants, a développé Mme Parrish. D'après le dernier calcul, nous avons huit mineurs de moins de douze ans. Ils sont logés chez moi, sur la colline, ils y sont en lieu sûr. Krista a déniché des jouets et des jeux vidéo dans la salle des reliques, et nous allons transformer l'un des salons en salle de jeu. Ces jeunes âmes doivent rester aussi innocentes qu'à leur arrivée, j'insiste sur ce point. Alors en leur présence, s'il vous plaît, ne faites aucune allusion aux désagréments que nous subissons.

Grantz s'est approché d'elle et lui a murmuré quelque chose au creux de l'oreille. La maire a serré les mâchoires et hoché la tête, l'expression soudain assombrie.

– Comme le commissaire Grantz me rappelle de le préciser, il y a aussi la question des hôtes « indésirables ». Voilà maintenant cinq jours que personne n'a quitté l'île. Nous redoutions avant tout que les âmes promises à la Lumière n'échouent à Shadowland, mais il faut également tenir compte de celles qui y sont affectées d'office. Ces individus, coupables de crimes atroces de leur vivant, auraient dû être immédiatement acheminés vers leur destination finale. Étant donné les circonstances, ils rôdent librement parmi nous. Nous ne pouvons pas non plus courir le risque de les transférer à l'heure actuelle, au cas où ils seraient orientés par erreur vers la Lumière.

La maire a scruté son auditoire lentement tandis qu'un murmure d'inquiétude s'amplifiait dans les rangs. Pour ma part, j'ai frissonné en repensant à Ray Wagner, qui s'était méchamment moqué des naufragés ce matin.

– Nous devons absolument empêcher ces criminels de nuire, a poursuivi Mme Parrish avec gravité. Par conséquent, je vous demande de rester un instant à la fin de cette réunion pour inscrire le nom des visiteurs qui sont, selon votre intime conviction, voués à Shadowland, et ce de façon qu'on puisse les surveiller de près. Quand nous serons enfin au bout de nos problèmes, il va sans dire que ce sont eux qui partiront en priorité.

– Pourquoi on ne les mettrait pas en prison ? a suggéré quelqu'un.

– Manque de place, a rétorqué Grantz. En plus, des arrestations en pleine rue ne passeraient pas inaperçues. L'île est petite, les nouvelles vont vite.

– C'est en étant vigilants que nous arriverons à contrôler la situation, a ajouté la maire, cette fois d'une voix ferme.

Darcy s'est penchée vers moi en murmurant avec anxiété :

– Et Nell ? Il est parti, hein ?

Je lui ai pris le poignet.

– Depuis longtemps.

Elle a poussé un soupir sans paraître soulagée pour autant. Je la comprenais.

Tout à coup, Joaquin a surgi de la foule pour entrer dans le cercle de la maire.

– Il y a quand même une bonne nouvelle aujourd'hui ! a-t-il annoncé avec un entrain quelque peu forcé. Deux personnes se sont montrées dignes de devenir CAP. J'ai le plaisir de vous présenter Darcy Thayer et Liam Murtry !

Les deux élus ont agité timidement la main. Il y a eu quelques applaudissements que Joaquin a réussi à transformer en ovation grâce à une gestuelle de chauffeur de salle.

– La cérémonie d'initiation aura lieu chez moi ce soir, à minuit, a-t-il continué. Vu le programme chargé que nous avons tous, nous serons forcément moins nombreux que d'habitude, mais si vous arrivez à vous libérer, ce serait super !

Joaquin s'est reculé de quelques pas et rangé à côté de moi.

– Pourquoi on ne fait pas ça à la grotte ? lui ai-je murmuré.

– Par ce temps ? Personnellement, j'aimerais bien rester au sec pendant plus d'un quart d'heure d'affilée.

– Très juste. Tu habites où ?

La maire a toussoté en nous fixant d'un regard sévère. On s'est tus immédiatement.

– Merci pour votre intervention, monsieur Marquez. Le dernier point à l'ordre du jour, et non le moindre, c'est de localiser Tristan et Nadia, puis de les ramener ici afin de les interroger.

Dans la pièce, l'atmosphère a changé subitement. Tristan était le Golden Boy de Juniper Landing depuis des générations et des générations, une véritable star. Maintenant que tout le monde était au courant de sa trahison, la consternation se lisait sur tous les visages.

– Veuillez consulter votre emploi du temps, a continué Mme Parrish. Ceux qui font partie d'une équipe de recherche, allez voir le commissaire Grantz : il a divisé l'île en plusieurs zones, il vous dira à laquelle vous êtes rattachés.

Les CAP ont étudié et comparé leurs horaires dans un bruissement de papiers.

– Si nous restons solidaires et si nous coordonnons nos efforts, nous parviendrons à mettre un terme à cette pagaille, a ensuite souligné la maire. Des questions ?

C'est alors que la porte à double battant s'est ouverte, laissant pénétrer, en même temps qu'un vent mordant, les jumeaux déjà croisés à la clinique. Ils étaient tous deux couverts d'un poncho en plastique transparent, leurs cheveux blond-blanc coiffés avec la raie sur le côté, gauche pour la fille, droit pour le garçon, de telle sorte qu'ils semblaient le reflet l'un de l'autre. Ils se sont avancés, scannant l'entourage au passage. Ils marchaient du même pas, si serrés qu'on avait l'impression qu'ils se tenaient par la main – ce qui n'était pas le cas, comme j'ai pu le constater lorsqu'ils se sont arrêtés dans le cercle.

– Puis-je vous aider ? leur a demandé la maire.

Ils ont aussitôt dardé leurs prunelles sur elle.

– Oui, ont-ils répliqué à l'unisson.

Comme dans un numéro minutieusement répété, ils ont ôté leur poncho de manière parfaitement synchronisée.

Autour d'eux, les CAP ont échangé des regards perplexes. Bon. Je n'étais pas la seule à les trouver louches, ces deux albinos.

– Je m'appelle Selma Tse, et voici mon frère Sebastian, a débité la fille d'une voix nasillarde. Je tiens à vous signaler quelque chose : nos portables sont en état de marche, et pourtant on n'a ni Internet, ni aucun réseau.

– On vient d'aller en ville, c'est quasi désert, a complété Sebastian.

Dans un admirable mouvement d'ensemble, ils ont chacun tourné la tête d'un côté et promené un regard méfiant sur l'assistance.

– On dirait que tout le monde est rassemblé ici, a ajouté Selma. La ville entière.

– Que se passe-t-il ? a embrayé Sebastian. Ce n'est pas normal.

Un grondement de tonnerre a ponctué sa remarque. Les lumières du plafond ont vacillé, la moitié de la salle a étouffé un cri. Instinctivement, j'ai agrippé Joaquin par le bras. Silence.

– Excusez-moi d'abréger, a dit la maire d'un ton aigre, mais où voulez-vous en venir exactement ?

– D'accord, a lâché Sebastian en faisant un pas en avant. Vous êtes qui, vous tous ? Comment on est arrivés ici alors qu'on ne se souvient ni l'un ni l'autre d'être parti de chez nous ? Et c'est quoi ce Juniper Landing de merde ?

J'ai enfoncé les doigts dans le biceps de Joaquin. Normalement, nos visiteurs étaient programmés pour se croire en vacances. Ils baignaient dans une agréable et douce insouciance. Mais pas ces deux-là.

– Je m'en doutais, ai-je chuchoté. Je savais qu'ils n'étaient pas nets.

– Est-ce que quelqu'un va nous répondre ? s'est impatientée Selma de sa voix de crécelle.

À en juger par l'éclat de leurs yeux bizarres, les jumeaux n'allaient sûrement pas s'en tenir là.

La girouette

Tête baissée, je traversais la ville au pas de course pour aller chez Joaquin assister à l'initiation de Darcy et Liam. J'essayais autant que possible d'éviter les flaques d'eau. Les trottoirs étaient lézardés, fissurés, parfois même profondément défoncés à certains endroits, égrenant une succession de pièges auxquels il était difficile d'échapper dans l'obscurité. À l'angle de l'épicerie-snack, le caniveau était bouché par un amas de feuilles mortes, si bien que l'eau tourbillonnait violemment sur place. Une souris morte, ballottée par les remous, suivait le mouvement, le ventre à l'air.

J'ai accéléré la cadence, regrettant que Darcy ne soit pas avec moi. Elle devait veiller sur les enfants jusqu'à une heure avancée et me rejoindre chez Joaquin une fois sa garde terminée. Il était près de minuit. La ville, déjà bien calme en pleine journée, était maintenant plongée dans le silence, excepté le crépitement de la pluie et les mugissements du vent. De loin, j'ai remarqué qu'une lumière isolée brillait faiblement au dernier étage de la bibliothèque. Alors que je m'apprêtais à obliquer vers les quais, j'ai cru voir bouger quelque chose derrière une fenêtre. Je me suis arrêtée net, le cœur battant, serrant ma capuche sous mon menton. Une ombre est passée devant la lumière – impossible de dire s'il s'agissait d'un homme ou d'une femme.

Peut-être étais-je encore le jouet de mon imagination, mais je suis restée là, seule, grelottante, les yeux rivés sur cette fenêtre. J'allais me traiter de folle et abandonner ma surveillance, quand la silhouette a ressurgi. Cette fois, au lieu de passer elle s'est campée dans l'encadrement, face à l'extérieur. Face à moi.

Soudain un nouvel éclair m'a aveuglée, et le coup de tonnerre qui a éclaté presque simultanément m'a fait sursauter malgré moi. Quand j'ai de nouveau observé la fenêtre, l'ombre avait disparu.

J'ai tourné les talons et détalé à travers le parc tout en esquivant les branches cassées qui jonchaient les allées. J'avais l'horrible impression que quelque chose me poursuivait dans la nuit, gagnant du terrain à une vitesse surnaturelle. Des feuilles mortes voletaient devant mes yeux, j'ai buté sur une racine mais je me suis rattrapée de justesse et j'ai continué à courir.

Malgré le raffut de la pluie, j'ai soudain entendu de la musique en provenance du Cygne Noir, seul établissement de la ville encore ouvert à cette heure tardive. « Si seulement j'arrivais à l'atteindre, à trouver une personne en chair et en os ! » ai-je souhaité de toutes mes forces.

Arrivée au bout des quais, j'ai sauté sur la promenade en planches. L'endroit était désert. Quelqu'un m'a agrippé le bras. J'ai hurlé à pleins poumons.

– Rory ?

Ce n'était que Liam. En compagnie d'une fille avec de magnifiques yeux de biche et de longs cheveux noirs fourrés sous la capuche d'une cape en plastique transparent. Le garçon qui est sorti du bar pour les rejoindre devait être son frère. Plus petit qu'elle, il était aussi brun de peau et avait les mêmes yeux en amande.

– Ça va ? s'est enquise la fille, visiblement inquiète pour moi.

J'ai essayé d'imaginer le tableau : avec mon air hagard, mes yeux rouges et ma respiration haletante, je devais être le portrait craché d'une hystérique paranoïaque.

– Oui, merci, ai-je soufflé. Ce n'était sûrement pas une bonne idée de traverser le parc toute seule en pleine nuit.

Je lui ai tendu une main froide, humide et tremblante.

– Je m'appelle Lalani, m'a dit la fille en me la serrant. Et voici mon frère, Nicholas.

– Salut, a lâché le garçon avec un signe de tête et un demi-sourire.

– Lalani et Nick étaient sur le ferry, mais ils ont réussi à gagner la côte à la nage, m'a informée Liam.

Il a gratifié Lalani d'un regard admiratif.

– Vous n'êtes pas blessés ? ai-je voulu savoir.

– On vient de Hawaï, m'a répondu Nicholas. La mer, ça nous connaît.

– Hawaï ! a répété Liam avec enthousiasme. C'est cool, non ?

– Génial, ai-je grincé, soudain consciente de ce qui se passait.

Liam était tombé amoureux de Lalani, c'était clair.

– Tu vas toujours chez Joaquin, hein ? ai-je voulu m'assurer.

– Ouais, ouais, j'allais justement me mettre en route. Lalani et Nick rentrent à leur hôtel.

Liam s'est tourné vers la fille.

– On se voit demain, d'accord ?

– Qu'il pleuve ou qu'il fasse beau, a répondu Lalani en rougissant.

Ce serait sous la pluie, aucun doute là-dessus.

Liam paraissait indécis. J'étais sûre qu'il avait envie de l'embrasser, mais ma présence et celle de Nick l'en ont dissuadé.

– Bon, eh bien, au revoir, a-t-il lâché finalement.

– Au revoir, a gazouillé Lalani.

Nick a levé les yeux au ciel, puis s'est éloigné avec sa sœur.

– On ira faire du surf, m'a informée Liam en les suivant du regard jusqu'à ce que les ténèbres les engloutissent.

– Bonne idée... surtout par ce temps, ai-je commenté tandis qu'on s'engageait dans la ruelle entre le Cygne Noir et la Cabane du Crabe.

J'ai sauté par-dessus une flaque aussi grande qu'une mare, et Liam m'a imitée.

– Alors comme ça, tu en pinces pour une visiteuse ? lui ai-je lancé.

– C'est si évident ?

– Plutôt, oui !

Après avoir contourné plusieurs poubelles pleines à ras bord, on est arrivés devant l'escalier qui était censé mener à l'appartement de Joaquin. Avant de monter j'ai ajouté :

– Fais attention, quand même.

– Qu'est-ce que tu veux dire ? m'a demandé Liam.

Les marches, étroites et décolorées par l'eau de Javel, étaient tellement branlantes qu'elles semblaient dater du XIXe siècle.

– Rien... Je ne voudrais pas que tu aies de la peine, c'est tout, ai-je déclaré tout en sachant que je n'étais certainement pas la mieux placée pour donner des conseils dans ce domaine. Lalani va bientôt partir pour l'au-delà.

« Du moins espérons-le », ai-je complété en mon for intérieur.

– Ah, d'accord.

On s'est arrêtés sur un minuscule palier desservant une unique porte en bois plein. Liam est resté pensif quelques secondes, puis il a repris avec entrain :

– Sauf si elle devient CAP !

J'ai frappé à la porte en souriant malgré moi. C'était sympa d'être avec quelqu'un d'optimiste. Dire que je l'avais plus ou moins soupçonné d'être un psychopathe sanguinaire !

Joaquin a ouvert. Il n'a pas dû être très content de me voir avec Liam, car ses sourcils se sont légèrement contractés, mais il s'est vite ressaisi.

– Salut ! Entrez.

– Je ne savais pas que tu habitais au-dessus du bar, me suis-je étonnée tandis que Liam pénétrait dans l'appartement.

– Avec Ursula, on a emménagé depuis peu. Avant on vivait dans une maison rue du Crépuscule. Où tu n'es jamais venue non plus, d'ailleurs, a précisé Joaquin avec un sourire taquin.

Quand j'ai franchi le seuil, j'ai été agréablement surprise. L'appartement, qui occupait la même superficie que la salle du Cygne Noir, était vaste et bien distribué. La cuisine, moderne et d'une propreté impeccable, jouxtait le coin repas. Un muret surmonté d'une cloison à claire-voie les isolait d'un salon très convivial, avec des canapés et des fauteuils disposés en cercle autour d'une grande table basse sur laquelle brûlaient des lampes-tempête. Au fond de la pièce, deux portes à moitié ouvertes laissaient entrevoir une salle de bains au carrelage gris et blanc ainsi qu'une chambre aux proportions généreuses. Sur la droite, un long couloir courait de l'entrée jusqu'au bout de l'appartement.

Liam est allé se joindre à Bea, Lauren et Fisher, qui bavardaient dans le salon tout en buvant de la bière. Bea, vêtue d'un jean et d'une chemise à carreaux, avait ramassé sa chevelure rousse en un chignon flou, coiffure qu'elle avait adoptée depuis le début du mauvais temps. Lauren – carré noir retenu par un bandeau à rayures – portait un sweat-shirt bleu si long qu'il couvrait les trois quarts de son short kaki. Maintenant débarrassé de son ciré, Liam arborait un tee-shirt bordeaux avec un logo tout écaillé et un jean passablement usé. Décidément très branché, ce garçon. Fisher, quant à lui, portait son éternel pantalon cargo foncé et un tee-shirt bleu pâle si moulant qu'il dessinait ses pectoraux dans les moindres reliefs.

– Salut tout le monde ! ai-je lancé en tendant mon coupe-vent trempé à Joaquin.

– Rory ! se sont exclamées en chœur Lauren et Bea.

– Où est Darcy ? m'a demandé Fisher en se dévissant le cou comme s'il s'attendait à la voir franchir la porte dans la seconde.

– Elle est de garde avec Krista, elle viendra dès qu'elle aura terminé, lui ai-je répondu.

Je me suis tournée vers Joaquin.

– Ursula n'est pas là ?

– Si, mais elle est encore patraque, elle s'est couchée de bonne heure, m'a-t-il appris en désignant le couloir d'un mouvement de menton.

Puis il a ouvert un placard et s'est hissé sur la pointe des pieds pour attraper un grand saladier en métal qu'il a posé sur la table, déjà encombrée de paquets de chips, de différentes sauces en pot et d'un assortiment de légumes crus taillés en bâtonnets.

– Tu as prévu un buffet ? l'ai-je questionné. Je croyais que c'était une initiation.

Joaquin, pourtant très sûr de lui d'habitude, m'a regardée avec un certain désarroi.

– C'est déplacé, tu trouves ? Comme c'est moi qui reçois, je m'étais dit que…

– Mais non, c'est parfait, t'inquiète ! l'ai-je rassuré en riant.

– Bon.

Il s'est mis à trancher un poivron, maniant le couteau avec l'habileté d'un cuisinier professionnel. J'étais sidérée.

– Tu as fait l'école hôtelière ?

– Non, mais quand on se fait la cuisine depuis cent ans, on finit par avoir les bons gestes !

Il s'est passé les mains sous l'eau, puis m'a désigné le coin repas en disant :

– Tu veux bien me passer le grand plateau ? Là-bas, dans le bahut.

– Avec plaisir.

Curieusement, j'ai senti mon pouls s'accélérer pendant que je me dirigeais vers le bahut en question. J'avais l'impression d'être le point de mire de tout le monde. En réalité, personne ne s'intéressait à moi. Fisher a dit quelque chose qui a fait s'esclaffer Bea et Lauren, et rougir Liam. Je me suis penchée pour prendre le plateau sur l'étagère du bas et, en me redressant, j'ai avisé un album photo sur le dessus du meuble. Il était grand ouvert et flanqué de deux bougies allumées mais placées à distance raisonnable des pages jaunies sur lesquelles s'étalaient plusieurs photos sépia ou noir et blanc maintenues par des coins. J'ai examiné la première. On y voyait un petit garçon souriant et une fillette un peu plus jeune, le visage rond, vêtue d'une robe désuète.

J'ai lâché le plateau, qui a heurté le coin du bahut avec un fracas d'enfer, mais j'ai réussi à le rattraper avant qu'il ne tombe par terre.

– La vache ! J'ai failli avoir une attaque, a pesté Lauren, une main sur le cœur.

– Tout va bien ? m'a demandé Joaquin en s'approchant.

– C'est toi ! ai-je soufflé.

– Ouais. Moi et ma sœur, Maria.

Sa sœur. Celle qu'il avait tuée en conduisant comme un fou. Joaquin a contemplé la photo avec une expression distante – pas franchement triste, juste absente.

– Comment tu as pu garder cet album ? Tu l'avais sur toi quand tu es mort ?

C'était peu probable, étant donné que Joaquin s'était suicidé dans son grenier. Les seules affaires personnelles que chacun possédait sur l'île étaient celles qu'on avait sur nous au moment de mourir. Ou, dans mon cas et celui de Darcy, dans nos valises, puisque nous étions sur la route quand Steven nous avait attaquées.

– Non, il était à ma sœur, m'a expliqué Joaquin. Je l'ai trouvé dans la salle des reliques il y a environ cinquante ans.

Il m'a pris le plateau des mains, puis il est reparti vers la cuisine. J'étais tellement bouleversée que j'ai dû m'appuyer un instant sur la table avant de le suivre.

– Tu l'as trouvé... par hasard ?

– Ouais. C'est dingue, hein ?

Son ton n'avait rien de léger.

Intérieurement, j'ai essayé de raisonner de manière logique. Si Joaquin avait trouvé l'album de sa sœur dans la salle des reliques, c'est donc que sa sœur avait transité par Juniper Landing après sa mort.

– Comment se fait-il qu'elle ait eu cet album sur elle quand elle est décédée ? ai-je voulu savoir.

– À mon avis, elle l'avait apporté à l'église pour le montrer à ses amies après la messe, a conjecturé Joaquin tout en essuyant le plateau avec un chiffon.

Il m'a lancé un bref coup d'œil avant de continuer :

– Je sais, c'est flippant, ça fait cinquante ans que ça m'obsède. J'ai tué ma sœur, elle est venue ici, elle en est repartie, et ensuite quelqu'un a balancé son album dans la salle des reliques, tout ça pour que je tombe dessus des dizaines d'années plus tard en cherchant un saphir pour ma platine.

Avec frénésie, Joaquin a recommencé à frotter le plateau pourtant parfaitement propre. J'ai posé la main sur son poignet afin de le calmer.

– Est-ce que quelqu'un se souvient d'elle ? Est-ce que Tristan... ?

Je me suis interrompue. Prononcer ce prénom m'a instantanément desséché la bouche. Joaquin a secoué la tête.

– Non, personne ne se rappelle Maria. Je me console en me disant que c'est parce qu'on l'a acheminée directement vers la Lumière. Elle n'avait rien à se faire pardonner, la pauvre. Le fautif, c'était moi.

Ses yeux se sont embués de larmes.

– Joaquin, je suis vraiment...

– Laisse tomber. Tout va bien. Enfin, non mais... c'est comme ça.

De loin, il a regardé l'album encadré des deux bougies, tel un petit autel.

– Je suis content de l'avoir, il est plein de bons souvenirs. Sans lui, je n'aurais aucune trace de ma famille. Depuis le temps, tous ces visages auraient été effacés de ma mémoire...

Faute de trouver les mots appropriés, je me suis tue. Joaquin est resté muet lui aussi, le bout des doigts appuyé avec force sur le plan de travail.

– Hé ! Vous nous apportez à manger ? Je meurs de faim ! a protesté Bea.

J'ai vidé un gros paquet de chips dans le saladier, Joaquin a disposé les bâtonnets de légumes et les sauces sur le plateau, et on est allés rejoindre les autres au salon.

– De quoi vous discutiez, tous les deux ? a voulu savoir Fisher. Ça avait l'air vachement sérieux.

– Non, je lui parlais juste des visiteurs les plus bizarres que j'ai eu l'occasion de rencontrer, a improvisé Joaquin en me coulant un regard complice.

Il a déposé le plateau sur la table, et Bea s'est jetée sur les chips avant tout le monde.

– Oui, comme ces jumeaux qui ont débarqué après le naufrage, ai-je ajouté. Super bizarres, hein ?

– C'est le moins qu'on puisse dire, a frissonné Lauren. Ils me fichent la trouille, ces deux-là. J'espère que le commissaire Grantz leur a fourni des explications à peu près plausibles.

– Sinon, la maire pourra toujours effacer leur mémoire, non ? ai-je suggéré.

– Attends, est intervenu Liam, cette femme est capable d'effacer la mémoire des gens ?

Il était scié.

– Jusqu'à un certain point, oui, lui a répondu Joaquin en prenant place sur une causeuse. Mais elle ne le fait qu'en cas de force majeure. Par exemple, quand la conduite de quelqu'un menace la paix de l'île ou notre cause.

Comme il ne restait plus de siège libre, je me suis assise à côté de Joaquin en me calant contre l'accoudoir opposé.

– Alors pourquoi la maire n'a pas gommé la mémoire de tous ceux qui étaient sur le ferry ? s'est étonné Liam. C'était une situation extrême !

– Parce qu'elle tombe malade si elle en abuse, l'a informé Bea en enroulant sur son index une mèche échappée de son chignon. C'est un processus épuisant et dangereux.

– Ah oui ? Je ne savais pas, ai-je déclaré. Mais dangereux jusqu'à quel point ?

– Eh bien, si elle avait lavé le cerveau de tous les passagers du ferry, il est probable qu'elle serait dans le coma à l'heure actuelle, m'a appris Fisher avant de croquer un bâton de carotte. Tu comprends pourquoi elle préfère recourir à des méthodes plus conventionnelles.

– Waouh, ai-je soufflé. J'imagine que tout superpouvoir a ses limites...

On a gardé le silence un moment, jusqu'à ce que Lauren décide de changer de sujet et lance à la cantonade :

– Vous vous souvenez d'Andy Warhol ? Il était totalement délirant, ce type !

– Et Babe Ruth[1], alors ? a enchaîné Joaquin. Une vraie bête !

J'ai vu la mâchoire de Liam s'affaisser.

– Tu as connu Babe Ruth !?

– Je l'ai même escorté jusqu'à sa dernière demeure, a répondu Joaquin en riant. Et avant, on s'était pris une cuite monumentale !

– Et toi ? m'a questionnée Fisher en saisissant une rondelle de concombre. Quelle est la personne la plus bizarre que tu as rencontrée ?

J'ai immédiatement pensé à Steven Nell, mais je n'avais pas envie de m'engager sur ce terrain-là.

1. Babe Ruth (1895-1948), l'un des plus grands joueurs de base-ball de tous les temps, également célèbre pour ses excès de boisson.

– Un garçon de mon école qui rapportait tout, mais absolument tout, à *Star Wars*, ai-je annoncé.

– Comment ça ?

– Par exemple, un jour que je racontais à une amie comment je m'étais disputée avec mon père, il s'est approché de moi et il m'a dit : «Te plains pas, il aurait pu te trancher la main avec un sabre laser.» Et il est parti.

Tout le monde a éclaté de rire.

– Incroyable ! a lâché Lauren.

– Ouais, ai-je souri en piochant dans les chips. Il y avait aussi une fille qui s'était juré de devenir mannequin, alors pendant trois ans elle s'est baladée avec une pile de livres sur la tête.

– Elle était jolie au moins ? s'est enquis Joaquin.

– Non. Carrément moche !

Liam m'a demandé d'un air affolé :

– Mais dans quelle école de fous tu étais ?

De nouveau, tout le monde s'est esclaffé.

Je me suis calée plus confortablement dans l'étroit canapé, décidée à profiter pleinement de l'instant présent. Dans cet appartement agréable, en compagnie de mes amis, il me semblait que tout allait pour le mieux dans le meilleur des mondes, même si je savais que ce n'était qu'une brève parenthèse.

– C'est bon de rire, ai-je commenté.

– Ouais, on devrait le faire plus souvent, a approuvé Joaquin en me fixant droit dans les yeux.

La peau parcourue d'un léger frisson, j'ai soutenu son regard jusqu'à ce que Fisher s'éclaircisse la gorge et lance :

– Darcy devrait déjà être là, qu'est-ce qu'elle fabrique ?

Le charme était rompu. J'ai consulté ma montre. Minuit dix-sept.

– Elle s'est peut-être perdue ? a avancé Liam.

– Ça ne risque pas, elle connaît par cœur le chemin du Cygne Noir, ai-je répliqué vertement.

Je l'ai aussitôt regretté. Cela ne faisait même pas vingt-quatre heures que Liam était ici, je n'avais pas à le rembarrer pour une hypothèse qui était somme toute valable.

– Excuse-moi, ai-je ajouté.

Je me suis levée pour aller regarder par la fenêtre, mais comme celle-ci donnait sur la ruelle, la vue se limitait au mur d'en face.

– Elle a peut-être été retenue, m'a dit Joaquin en s'approchant de moi par-derrière.

– Ou agressée par un de nos criminels en vadrouille.

J'ai marché jusqu'à la porte et décroché du portemanteau mon coupe-vent encore humide.

– Où vas-tu ? m'a questionnée Joaquin.

– Là-haut, chez la maire. Avec un peu de chance, je croiserai Darcy en chemin.

– Je t'accompagne.

Joaquin a enfilé son blouson. J'ai failli le rembarrer, lui aussi, mais cette fois j'ai réussi à tenir ma langue. D'autant plus qu'il valait mieux que je ne ressorte pas toute seule en pleine nuit.

– Vous voulez qu'on vienne avec vous ? a proposé Fisher.

– Non, c'est bon, a décliné Joaquin en remontant sa fermeture. Restez ici, au cas où elle arriverait. Entre-temps vous pourrez briefer Liam sur Juniper Landing.

Liam a réagi avec son enthousiasme habituel :

– Super ! Parce que j'ai une tonne de questions. À commencer par Babe Ruth…

– On devrait être vite de retour, ai-je coupé. Enfin, je l'espère.

On a descendu l'escalier branlant. Une fois dehors, on s'est retrouvés sous une pluie torrentielle qui nous a trempés en l'espace de quelques secondes.

– Désolée, tu n'auras pas eu ton quart d'heure au sec, ai-je glissé à Joaquin.

– Tant pis, ce sera pour plus tard, a-t-il répondu sur un ton faussement léger.

La promenade en planches qui longeait la baie était déserte. Les bars, les restaurants et les différents commerces qui la bordaient étaient tous fermés, à l'exception du Cygne Noir d'où s'échappait un brouhaha de voix, de musique et de tintements de verres. Arrivés au bout du quai, on a obliqué vers le centre-ville, Joaquin marchant derrière moi sur les étroits trottoirs. À chaque coin de rue je m'attendais à voir apparaître Darcy, et plus cet espoir s'amenuisait, plus mon rythme cardiaque s'accélérait. Quand on a enfin atteint la place centrale, on s'est accordé une pause afin d'observer les alentours. On se trouvait du côté sud-ouest, au-dessus de l'embarcadère du ferry, et une odeur de brûlé flottait encore dans l'air. Il n'y avait bien entendu personne dans le parc. Machinalement, j'ai jeté un coup d'œil anxieux à la bibliothèque, mais sa façade était entièrement plongée dans le noir.

– Où est-elle, punaise ? ai-je grogné avec dépit.

Seul m'a répondu le crépitement de la pluie sur ma capuche. Ce bruit commençait à me rendre folle.

– On va monter à la clinique, je suis sûr qu'elle y est encore, m'a dit Joaquin, même si ses yeux continuaient de scanner la place dans tous les sens.

Juste après ces paroles qui se voulaient réconfortantes, j'ai décelé un brusque changement dans l'atmosphère. J'ai eu un coup au cœur lorsque je me suis rendu compte que le brouillard se déplaçait. Étant donné qu'aucune âme n'avait quitté Juniper Landing depuis plusieurs jours, le brouillard était devenu permanent, mais au lieu de nous envelopper d'une blancheur cotonneuse, il planait au-dessus de l'île, tel un gigantesque nuage bas, statique et menaçant. À présent, voilà qu'il se retirait en ondulant, qu'il s'écartait lentement, comme un rideau révélant le décor merveilleux d'une scène de théâtre. La pluie tombait toujours, mais on voyait maintenant quantité d'étoiles scintiller dans la nuit. La flèche de l'église et les toits des immeubles les plus hauts de la ville se découpaient avec netteté sur le fond noir du ciel, et l'on devinait même la silhouette élancée du pont, à l'extrémité nord-ouest de l'île.

– Magnifique ! ai-je soufflé.

Après tous ces jours de grisaille déprimante, il me semblait que je n'avais jamais rien vu d'aussi beau.

Soudain, la main de Joaquin s'est refermée comme un étau sur mon avant-bras.

– Rory.

Quand j'ai enfin compris la signification de cette subite éclaircie, j'ai eu l'impression d'être heurtée de plein fouet par un camion : si le brouillard se dissipait, c'est parce qu'une âme venait de partir vers l'au-delà.

– Oh mon Dieu !

Avec Joaquin, on s'est rués jusqu'au coin de la rue principale, d'où l'on avait une vue dégagée sur la maison de la maire, tout en haut de la colline qui surplombait la ville. La girouette plantée au sommet de la plus haute tourelle tournait à toute vitesse sur son axe, comme activée par des vents furieux. Puis elle s'est immobilisée net.

J'ai cru que j'allais défaillir : sous les ailes encore vibrantes du cygne métallique, la flèche indiquait le sud.

« Non, par pitié, non ! » ai-je gémi en mon for intérieur, une main plaquée sur ma bouche.

– Attends, ce n'est pas fini, m'a dit Joaquin comme s'il avait lu dans mes pensées.

De fait, la girouette s'était remise en mouvement. Cette fois elle s'est arrêtée beaucoup plus tôt. Et, de nouveau, a pointé le sud. Deux âmes venaient encore d'échouer à Shadowland.

Conclusion : Tristan et Nadia avaient repris leurs activités démoniaques.

Réflexe primitif

Des gerbes de boue jaillissaient de chaque côté de la route tandis que Joaquin, au volant de son pick-up, naviguait entre les nombreux nids-de-poule creusés par les intempéries. Pour ma part, je m'accrochais à la poignée au-dessus de ma tête en serrant les dents, l'esprit obsédé par une foule de questions.

Comment avaient-ils fait ? Comment avaient-ils pu échapper aux équipes de recherche ? Comment avaient-ils réussi à déjouer la surveillance des gardes et à faire franchir le pont à deux nouvelles âmes ? Et surtout, pourquoi ? Pourquoi continuer à condamner des innocents à Shadowland ? Pourquoi cet acharnement ? Ils n'en finiraient donc jamais ?

À travers les gouttes de pluie qui serpentaient sur la vitre et les roseaux tordus, gorgés d'eau, qui fouettaient régulièrement ma portière, je contemplais les lumières de la ville en contrebas. Tout paraissait si paisible, de loin. Si normal. Sauf que ce n'était pas le cas. Pas du tout le cas.

Alors qu'on arrivait à proximité du pont, Joaquin a soudain pilé net. J'ai été projetée en avant et ma ceinture de sécurité s'est bloquée une seconde trop tard, m'étranglant à moitié.

– Merde !

Joaquin s'est rangé sur le côté, a ouvert sa porte à toute volée et s'est précipité au-dehors. Entre le va-et-vient frénétique des essuie-glaces, j'ai soudain distingué un corps étendu en travers de la route.

J'ai rejoint mon ami en toute hâte. Il était accroupi près d'un homme corpulent, doté d'une moustache broussailleuse, et dont les petites lunettes à monture métallique gisaient dans la boue. Je l'ai immédiatement reconnu : c'était l'un des bibliothécaires, que j'avais souvent croisé dans la rue, toujours chargé d'un paquet de livres sous le bras.

– Willis ? Willis, ça va ? s'est enquis Joaquin en le secouant doucement par l'épaule.

Juste après, j'ai entendu quelqu'un gémir dans les parages. Un autre homme était allongé un peu plus loin sur la route. Celui-là m'était inconnu, mais il portait la même parka jaune que Willis. J'ai couru vers lui et, voyant qu'il cherchait à se redresser, je l'ai aidé à s'asseoir. D'une main tremblante, il a tâté la grosse bosse qui s'était formée au sommet de son crâne dégarni.

– Que s'est-il passé ? lui ai-je demandé.

– Je... je ne sais pas. On nous a attaqués par-derrière, je n'ai rien vu.

L'homme a incliné la tête en arrière et réprimé un sursaut en découvrant les nuages qui défilaient rapidement dans le ciel étoilé.

– Plus de brouillard ? Quelqu'un a été transféré ?

– Ça m'en a tout l'air, a grogné Joaquin d'une voix sourde.

Écartant les cheveux de mon visage, j'ai parcouru les alentours du regard dans l'espoir de trouver des empreintes de pas, de pneus ou n'importe quel indice qui nous aurait mis sur la piste de Tristan et Nadia. Soudain, j'ai aperçu un objet brillant à quelques mètres de moi, juste à la lisière du faisceau des phares. Je m'en suis approchée et, quand j'ai compris de quoi il s'agissait, ma vision s'est troublée. Je suis tombée à genoux, un cri rauque s'est échappé de ma gorge.

« Non, ce n'est pas vrai. Non, non, non ! »

– Rory, qu'est-ce que tu as ? m'a lancé Joaquin.

J'ai ramassé la fine chaîne en or. Elle était cassée, et le petit papillon avait une aile tordue.

– C'est celui de Darcy, ai-je murmuré d'une voix blanche.

Je me suis remise debout tant bien que mal, le bijou serré au creux de ma main.

– C'est le collier de Darcy, Joaquin ! ai-je répété, cette fois en hurlant de désespoir.

Les yeux exorbités, je me suis tournée vers Willis et son collègue.

– Est-ce que vous l'avez vue ? Est-ce que vous avez vu ma sœur ?

Le bibliothécaire, encore en état de choc, a secoué la tête, la bouche grande ouverte, comme s'il avait à peine saisi ma question.

– Joaquin, est-ce qu'on peut transférer un CAP ? ai-je demandé avec angoisse. C'est impossible, hein ? Dis-moi !

– Eh bien… Officiellement, Darcy n'est pas encore une CAP.

– Quoi ?

– On ne devient CAP qu'après avoir prêté serment et reçu le bracelet, Rory. Comme Darcy n'a pas été initiée dans les règles, elle est toujours…

– En transit, ai-je complété, totalement anéantie.

– Écoute, Rory…

La voix brisée par l'émotion, Joaquin a laissé sa phrase en suspens.

– Non, je refuse d'y croire, c'est trop horrible, ai-je hoqueté.

J'ai fait quelques pas en direction du pont. Comme d'habitude, un brouillard opaque tournoyait à l'entrée.

– Darcy ! ai-je crié. Darcy, tu m'entends ?

Seul le sifflement du vent a troublé le silence pesant qui nous environnait.

– Darcy, je t'en supplie, réponds-moi !

Les doigts toujours crispés sur le collier de ma sœur, je me suis affalée sur le sol et me suis mise à sangloter. Au fond de moi, je savais que c'était peine perdue. Darcy ne reviendrait pas. Elle était partie pour Shadowland. Je l'imaginais désemparée, terrifiée, en proie aux pires souffrances. Mon impuissance me déchirait le cœur. Tristan m'avait d'abord pris mon père, et maintenant ma sœur. Pourquoi ? Pourquoi m'infligeait-il de telles tortures ?

Il me jugeait sans doute trop faible pour résister. Trop novice pour relever le défi. Trop découragée pour me battre. Mais il se trompait. Sa cruauté avait éveillé quelque chose en moi. Un réflexe primitif, un instinct de protection. Et une détermination à toute épreuve. Je me sentais désormais habitée par une colère noire, j'avais envie de mordre, de griffer, de cogner. J'ai serré le papillon jusqu'à ce que ses ailes s'impriment dans la chair de ma paume.

– Il faut qu'on le pince, ce salaud, ai-je éructé en tournant la tête vers Joaquin.

– On le retrouvera, je te le jure, m'a-t-il assurée, devinant que je parlais de Tristan.

– Bien. Mais si tu le trouves avant moi, je veux que tu me le laisses.

Après avoir glissé le collier de Darcy dans ma poche, j'ai marché à grands pas vers le pick-up.

– Qu'est-ce que tu comptes lui faire ? m'a demandé Willis au passage.

– Lui donner ce qu'il mérite, ai-je rétorqué en ouvrant la portière. L'envoyer direct aux Oublis !

Succès

Debout sur mon rocher, bien à l'abri des regards, j'observe la scène. Je vois Rory tomber à genoux. J'assiste à sa douleur, puis à l'explosion de sa colère. Je la vois foncer vers la voiture et claquer la portière. La petite Rory Miller a la rage, et cela me procure un plaisir fou. M'emparer de Darcy, c'était vraiment un coup de génie. Juste au moment où Rory croyait couler d'éternels beaux jours avec sa sœur à Juniper Landing, je la lui enlève ! Si elle manquait de motivation, maintenant ce n'est plus le cas.

Elle est comme une marionnette entre mes mains.

Petit mot

Le lendemain matin, je me suis pointée à l'entrée de la grotte au pied du pont, les traits tirés par le manque de sommeil et le moral à zéro. J'ai compris d'instinct que l'endroit était désert. De toute évidence, Tristan et Nadia avaient abandonné leur repaire. Définitivement.

Joaquin et Fisher sont venus se ranger à mes côtés et, comme moi, ont allumé leur lampe de poche. Bea, Lauren, Cori et Pete formaient l'arrière du bataillon. On était tous équipés de vêtements de pluie qui nous protégeaient de la tête aux pieds. Avec nos bottes et nos pantalons pleins de boue, on ressemblait à une équipe de cantonniers débraillés. Bea s'était mis sur la tête une vieille casquette des Dodgers et Lauren un suroît jaune vif qui lui donnait un petit air d'ours Paddington. La tignasse de Pete était tellement mouillée qu'elle paraissait noire. Cori, quant à elle, avait de grands cernes sous les yeux ; elle s'était fait deux nattes à la va-vite pour retenir ses cheveux passablement sales.

– Pourquoi on revient ici ? a lancé Pete. Ça m'étonnerait qu'ils nous aient attendus.

J'ai remarqué qu'il avait des pansements à plusieurs doigts et que sa pomme d'Adam montait et descendait nerveusement le long de son grand cou lorsqu'il parlait.

– C'est leur dernière planque, on en a la certitude, a répliqué Joaquin. Ça ne nous mènera peut-être nulle part, mais il faut qu'on fouille le tas d'affaires qu'ils ont laissées. Avec un peu de chance, on trouvera des indices.

– OK. Allons-y, a approuvé Fisher d'une voix enrouée.

Malgré la pénombre, il avait gardé ses lunettes de soleil – sûrement pour cacher ses yeux rougis par la fatigue. J'ai eu un élan d'empathie pour lui. Nul doute qu'il avait passé une aussi mauvaise nuit que moi, à se tourner et se retourner dans son lit entre deux cauchemars où l'on voyait Darcy épouvantée, torturée, et seule, si désespérément seule !

Personnellement, j'avais dormi sur un lit de camp dans la chambre de Krista car je ne voulais pas rester chez moi, dans cette grande maison vide. Ce matin, Krista m'a dit qu'elle m'avait entendue pleurer dans mon sommeil. Pas étonnant que je me sois réveillée épuisée.

– C'est là-bas, a repris Joaquin en braquant sa torche vers le fond de la grotte.

Fisher a pris les devants et nous l'avons suivi en file indienne. Vu sa taille, il était obligé de marcher courbé en deux tellement la voûte était basse. Une fois arrivée dans la dernière salle du souterrain, j'ai dirigé le faisceau de ma lampe sur le coin le plus reculé. Là, j'ai eu un coup au cœur. Les outils, les provisions, les vêtements de rechange : tout avait disparu.

– Ils sont venus rechercher leurs affaires, ai-je lâché, complètement sidérée.

– Hein ?

Joaquin m'a rejointe en vitesse. Après avoir inspecté les lieux à son tour, il s'est rendu à l'évidence.

– Putain, T, tu as vraiment du cran ! s'est-il écrié d'un ton empreint d'une franche admiration.

– Ce n'est pas le moment de lui faire des compliments, l'ai-je rabroué. Ils ont dû se rendre compte de notre visite d'hier, et malgré tout, ils ont osé revenir !

– C'est de la provocation, a commenté Bea.

– Ils se foutent de nous, ouais ! s'est indigné Pete, le souffle court.

– Hé, venez voir, je crois que j'ai trouvé quelque chose, a dit Cori.

Elle s'est accroupie près de l'endroit éclairé par ma lampe et a retiré un petit objet coincé dans une fissure de la paroi. C'était un minuscule rouleau de papier. Alors qu'elle le développait avec précaution, Fisher s'est approché d'elle pour lui donner davantage de lumière. Tous deux ont rapidement parcouru la feuille. Fisher a pâli. Cori m'a jeté un coup d'œil craintif, comme si elle me trouvait soudain très intimidante.

– C'est quoi ? a voulu savoir Lauren.

Cori s'est raclé la gorge avant d'annoncer :

– Un mot pour Rory.

Elle m'a tendu le papier tout en gardant les yeux baissés.

Quand je l'ai saisi, mon pouls s'est mis à palpiter au bout de mes doigts. J'ai tout de suite reconnu l'écriture de Tristan. J'ai balayé les lignes du regard, enregistrant au passage certains mots-clés comme *confiance*, *père*, *aime*.

– Alors, qu'est-ce que ça dit ? a insisté Lauren.

– « Chère Rory. Sache que je n'ai rien... »

Déjà ma voix se brisait. J'ai attendu quelques secondes, le temps de me ressaisir.

– « ... que je n'ai rien fait de mal. Quelqu'un avait caché ces pièces d'or dans ma chambre à mon insu. Je revois encore ton expression, le jour où vous les avez découvertes, et cela me tue de savoir que tu ne me crois pas. »

Je me suis de nouveau interrompue, consciente que je n'arriverais jamais à lire cette lettre jusqu'au bout. Je l'ai donc donnée à Lauren, après quoi je me suis couvert le visage avec les deux mains. Tristan mentait, c'était évident. Il avait enlevé mon père, ensuite ma sœur, et maintenant il essayait de me récupérer. Dans quel but ? Pour quelle raison me faisait-il souffrir à ce point ?

– « Je ferais n'importe quoi pour regagner ta confiance, a lu Lauren en articulant lentement. Je trouverai le moyen de pénétrer à Shadowland. Je te ramènerai ton père, et Aaron, et les autres, même si je dois y perdre mon âme. »

Lauren s'est tue. J'ai abaissé mes mains et attendu qu'elle termine :

– « Je t'aime. Tristan. »

Lauren m'a rendu le mot sans aucun commentaire. Je me suis empressée de le glisser dans ma poche en essayant sans succès de maîtriser mes tremblements. Puis j'ai regardé Joaquin. On aurait dit qu'il venait de voir un fantôme.

– Il n'est pas revenu ici juste pour récupérer ses affaires, a émis Bea dans un filet de voix. C'est pour te laisser ce mot qu'il a couru des risques.

– Il dit la vérité, a décrété Lauren. Il tient vraiment à arranger les choses.

– Qu'est-ce que tu en sais ?

Je n'avais pas l'intention de me montrer agressive mais c'était plus fort que moi. Sans doute parce que j'étais tendue comme un élastique prêt à craquer.

– Tu as envie d'y croire, c'est tout, ai-je repris sur un ton plus posé.

– Relis la lettre, m'a dit Lauren en désignant ma poche d'un geste évasif. Tu remarqueras qu'il ne parle pas de ta sœur.

– Et alors ?

– Alors, si c'était lui le coupable, il serait au courant de son départ, non ? Il aurait cité son nom.

– À moins que ce soit une ruse de sa part, a souligné Fisher. Tristan est loin d'être idiot, il est même très intelligent. En toute logique, il sait bien que quelqu'un qui est en fuite depuis cinq jours ne peut pas être au courant de ce qui est arrivé à Darcy.

J'avais l'impression que ma tête allait éclater.

– Je n'en peux plus ! ai-je explosé. C'est insupportable !

– Il faut absolument qu'on le retrouve, a déclaré Fisher.

– Mais on a regardé partout, on a ratissé toute l'île ! a contré Bea. Il n'a pas pu retourner sur le continent, hein ? Alors à moins qu'il soit caché sous l'eau…

Cette dernière remarque m'a mis la puce à l'oreille. Effectivement, nous avions fouillé l'île de fond en comble. Dans cet entre-deux, le monde se limitait à Juniper Landing. Mais c'était faux : il y avait l'eau, bien sûr. Et tout ce qui voyageait sur l'eau : le ferry, les Jet-Ski, les planches de surf, les kayaks, les barques. Il y avait aussi une structure imposante et inquiétante qui se dressait au-dessus de l'eau. Un lieu qu'aucun CAP n'avait songé à explorer, parce que aucun CAP ne s'y était aventuré plus de dix secondes d'affilée.

Cet endroit, c'était le pont.

Sur le pont

– Tu es en train de perdre la tête, tu sais ! m'a crié Joaquin tandis que je sautais entre les flaques qui jalonnaient le chemin défoncé.

Dopée par l'adrénaline, j'avais escaladé la falaise en un temps record, mais Joaquin avait tenu le même rythme. J'ignorais si les autres avaient l'intention de me suivre. En tout cas, ils n'avaient pas encore atteint le sommet.

– Tu espères quoi, au juste ? a-t-il ajouté.

J'ai ignoré la question et continué à avancer. L'officier Dorn et Liam étaient postés près du pont. En me voyant foncer sur eux, tous deux ont tressailli avant de me barrer la route.

– Holà ! a lancé Liam en levant le bras.

Un bracelet de cuir flambant neuf dépassait du poignet de sa chemise. La veille au soir, après la disparition de Darcy, Fisher, Lauren et Bea avaient instruit notre nouvelle recrue en quatrième vitesse. Sûrement la cérémonie d'initiation la plus expéditive de toute l'histoire de Juniper Landing.

– Où comptes-tu aller comme ça, ma petite ? a craché Dorn en se dressant devant moi.

J'ai levé les yeux vers lui, sans me soucier de la pluie qui me ruisselait sur le visage et dans le cou.

– À Shadowland.

Dorn s'est esclaffé, Joaquin s'est décomposé.

– Tu es folle ou quoi ? m'a-t-il dit avec un accent de panique. C'est hors de question !

– Pourquoi ? Est-ce que quelqu'un a déjà essayé ?

– Pas à ma connaissance, non. Personnellement, il m'est arrivé de faire quelques mètres sur le pont quand un visiteur me donnait du fil à retordre, mais c'est tout.

– Alors comment peux-tu affirmer que c'est infaisable ?

Sentant que ma voix s'envolait vers les aigus, j'ai respiré un grand coup pour me calmer. Si je commençais à devenir hystérique, jamais ils ne me laisseraient passer.

– On a bien fouillé toute l'île pour tenter de retrouver Tristan et Nadia, n'est-ce pas ?

– Oui, plutôt deux fois qu'une, m'a concédé Dorn.

– Et ça n'a rien donné, vous êtes d'accord ? Écoutez, je suis persuadée qu'ils se sont réfugiés sur ce pont. C'est le seul et unique endroit où personne n'ose se risquer, et je parie que Tristan table là-dessus. La peur de l'inconnu est un frein efficace, il le sait. Quelle meilleure cachette qu'un lieu tabou ?

Liam a levé le doigt comme un élève demandant la parole en classe.

– Je ne suis qu'un débutant, c'est vrai, mais je trouve que Rory a raison.

L'expression de Joaquin a changé du tout au tout. À la fois interloquée et impressionnée – ce qui était plutôt agréable pour moi.

– Rory, tu es un génie !

– Attendez une minute, a protesté Dorn.

– Je suis d'accord, allons-y, a poursuivi mon ami avec une soumission inhabituelle de sa part.

– Tu viens avec moi ? me suis-je étonnée.

La terreur que m'inspirait le pont s'est transformée en excitation fébrile. J'étais décidée à m'y aventurer seule, mais à deux c'était beaucoup plus rassurant.

– Hé ! Je ne vais pas te laisser rafler la victoire, a répliqué Joaquin, avec un sourire au coin des lèvres.

– Désolé de m'immiscer dans votre bulle, mais vous n'irez nulle part, a grondé Dorn.

Un roulement de tonnerre a éclaté au loin. On a tous tourné notre regard vers le ciel, et j'ai reçu dans l'œil gauche une grosse goutte de pluie qui m'a brûlée comme de l'acide. Je l'ai chassée en vitesse avec l'index.

– Réfléchissez, Dorn, a déclaré Joaquin en se plantant face au policier. Si jamais vous appreniez que Tristan se trouvait à dix mètres de vous pendant qu'on était là à tergiverser, vous ne vous sentiriez pas un peu bête ?

– Si, complètement idiot même, a aimablement répondu Liam à sa place.

Dorn a plissé les yeux et gardé le silence un moment. « Ça y est, ai-je songé, il va dire non et nous faire reconduire en ville *manu militari.* » C'était trop frustrant ! On était si près du but. Si près de mettre la main sur Tristan, de ramener mon père, de sauver Darcy.

– Si on le trouve, on vous laissera en retirer tous les honneurs, lui ai-je proposé.

À ces mots, Dorn a incliné la tête, la mine pensive. Je voyais briller au fond de ses yeux une lueur d'ambition : il s'imaginait déjà en héros annoncer la nouvelle à la maire.

– Vraiment ? a-t-il émis avec méfiance.

– Sans problème, lui a confirmé Joaquin.

L'homme a froncé les sourcils, toujours en pleine hésitation. La pluie a redoublé, rebondissant sur ses larges épaules.

– Entendu. Allez-y.

– Un peu, mon neveu ! s'est exclamé Joaquin en commençant à avancer.

Juste à ce moment-là, le reste de la troupe est arrivé, hors d'haleine et totalement trempé. Fisher avait ôté ses lunettes noires et semblait sérieusement énervé. Pete nous a coulé un bref regard avant de baisser la tête, le visage disparaissant sous la capuche de son ciré. Tandis qu'il restait légèrement en retrait avec Lauren et Cori, Bea et Fisher se sont rués vers nous.

– On peut savoir ce que vous foutez ? a questionné Bea, les poings sur les hanches.

– On va sur le pont chercher Tristan et Nadia, l'a informée Joaquin. Vous voulez venir ?

Ils se sont tous mis à pousser les hauts cris. On n'a pas tenu compte de leurs protestations et on s'est dirigés à grandes enjambées vers le pont. Cori, Pete et Lauren nous ont emboîté le pas. Parvenue à la jonction entre le chemin et le tablier du pont, je me suis arrêtée et j'ai retenu ma respiration.

Des tourbillons de brouillard opaque bouchaient entièrement la vue. Les sifflements menaçants qui s'en échappaient m'ont donné froid dans le dos. Les poings serrés l'un contre l'autre pour modérer mes tremblements, je me suis encouragée silencieusement. «Tu peux le faire. Pense à ton père, pense à ta sœur.» Je n'osais imaginer leur frayeur quand on les avait entraînés de force sur ce pont. Au moins, moi, j'y allais de mon plein gré.

J'ai échangé un regard avec Joaquin. Il était à fond avec moi, cela se voyait à ses yeux. Brusquement j'ai eu une envie folle de lui prendre la main.

Bea nous a rejoints en courant.

– N'y allez pas ! s'est-elle écriée. Vous n'avez aucune idée de ce qui vous attend. Des tas de gens bien ont déjà été condamnés à Shadowland. Comment savez-vous que vous ne finirez pas là-bas, vous aussi ?

– On n'en sait rien, en effet, a admis Joaquin.

Lauren a poussé un gémissement pitoyable et s'est pelotonnée contre Fisher, qui n'en menait pourtant pas large non plus. Quant à Cori, elle faisait les cent pas en se mordant la lèvre.

– Je ne tiens pas à voir ça, a annoncé Pete en se désolidarisant du petit groupe.

Il s'est éloigné, la tête basse, tandis que Liam le suivait du regard. Liam semblait le seul à ne pas être bouleversé par notre décision. Ce qui était somme toute logique puisqu'il ne pouvait pas saisir la gravité de la situation. Il n'avait encore jamais vu quelqu'un franchir le pont, ni escorté une âme vers l'au-delà, ni connu l'horreur et la culpabilité que j'avais éprouvées après avoir accompagné joyeusement Aaron vers son horrible destinée. Pour lui, ce n'était qu'un pont sinistre. Il ignorait ce qu'il signifiait véritablement dans les circonstances actuelles.

– Je dois y aller, Bea, ai-je déclaré avec calme. S'il y a une chance que Tristan y soit, je le trouverai. Ma famille passe avant tout.

Les yeux de Bea se sont embués de larmes.

– Je t'en prie, Rory, ne fais pas ça. Ne...

– Ne t'inquiète pas, tout se passera bien, lui ai-je affirmé sans trop y croire moi-même.

Ensuite Bea a voulu s'adresser à Joaquin, mais Fisher l'a devancée.

– Jay, sérieusement, ne me dis pas que tu vas te lancer là-dedans. Ce n'est vraiment pas un bon plan.

– Peut-être, mais on n'en a pas d'autre, a rétorqué Joaquin avec détermination.

Il m'a pris la main. Mon cœur s'est légèrement emballé et une roseur m'est montée aux joues.

– Prête ?

Non, franchement je ne l'étais pas, mais j'ai hoché la tête malgré tout.

– OK. C'est parti.

– Non ! a hurlé Lauren. Je vous en conjure, n'y allez pas ! Non ! Vous...

Dès que nous avons franchi le mur de brouillard, ses supplications se sont tues d'un seul coup, comme si quelqu'un venait d'actionner un interrupteur cosmique réduisant le monde au silence, hormis le sifflement de la brume environnante. Je me suis rendu compte que j'étais en apnée. Quand j'ai relâché mon souffle, le brouillard a ondulé sur sa trajectoire. Joaquin m'a jeté un regard encourageant.

– Ça va ?

– Oui.

On a fait un deuxième pas en avant, puis un troisième, puis un quatrième, un cinquième. Le froid augmentait au fur et à mesure qu'on progressait. Joaquin a accentué la pression de ses doigts sur les miens, et j'ai senti un peu de sueur se former au creux de nos paumes réunies.

– Tristan ? a-t-il appelé d'une voix nette et forte.

Pas de réponse.

On a continué d'avancer avec précaution. J'ai soudain réalisé qu'il ne pleuvait plus. À l'évidence, les intempéries n'affectaient pas le pont. Sauf le brouillard, bien entendu.

– Tristan ? ai-je appelé à mon tour.

Et après avoir dégluti :

– Nadia ?

Toujours rien, mais ça valait la peine d'essayer. Rassurée par la présence virile de Joaquin, j'ai essayé de me blinder. Même si Tristan et Nadia se trouvaient dans les parages, ils n'étaient pas plus capables de nous voir que nous de les voir. Logique, non ?

Encore un pas, puis un autre. C'est alors qu'on a entendu des rires... puis des chuchotements. On est restés figés.

– *... regardez-les...*

– *... elle croit qu'elle va...*

– *... peut même pas...*

– *... mort...*

Une indicible frayeur s'est emparée de moi.

– Qui est là ? a demandé Joaquin à pleine voix.

Un ricanement bref et sarcastique lui a fait écho. Homme ou femme, impossible de savoir. Mais j'ai compris que c'était de moi que l'on se moquait. Soudain, j'ai senti un doigt glacé descendre très lentement le long de ma nuque. J'ai étouffé un cri et, dans le même temps, je me suis rendu compte que Joaquin avait lâché ma main. Comme si on l'avait attrapé par-derrière et emmené de force avant qu'il ne puisse réagir.

– Joaquin ! ai-je hurlé. Joaquin !

Le brouillard a envahi l'espace qu'il occupait deux secondes plus tôt. À croire qu'il n'avait jamais été là. J'ai senti le sang refluer de mon visage, et des larmes de terreur ont jailli de mes yeux.

– Joaquin ! Où es-tu ? Réponds-moi !

Silence de mort. Machinalement, je me suis enfoncé les ongles dans les paumes. J'étais toute seule.

Quelqu'un m'a soufflé dans le cou. Cette fois, j'ai poussé un cri perçant et fait volte-face.

– Arrêtez, par pitié ! ai-je gémi. Ne lui faites pas de mal. Je veux juste retrouver mon père et ma sœur. Laissez mon ami tranquille.

– *Rory !* a chantonné une voix railleuse. *RoooorYYYYY !*

Et soudain, cette chanson. «The long and winding road», des Beatles. Qu'on me sifflotait directement au creux de l'oreille.

Je me suis mise à courir, ne songeant qu'à sauver ma peau. Je fonçais droit devant moi pour me soustraire à cette voix, redoutant à tout instant de me jeter dans les bras de Steven Nell, mon tortionnaire. J'ai jeté un rapide coup d'œil en arrière, à droite, à gauche, mais il n'y avait que de la brume. Cette brume tenace, d'une opacité implacable.

Au fil de ma course effrénée, une horrible pensée m'est venue : et si j'étais en train de me diriger tête baissée vers Shadowland ? Non. Impossible. Il me fallait une pièce d'or pour franchir le portail. Ma seule planche de salut, c'était le pont. En continuant sur ma lancée, j'allais peut-être tomber sur Joaquin, ou sur Tristan, ou sur Nadia. N'importe qui, pourvu qu'on me dise comment retrouver mon chemin et sortir de là.

J'étais à bout de souffle. Au bord de l'évanouissement. Depuis combien de temps est-ce que je courais ? Encore combien de temps avant que je...

– *Rory chérie, arrête-toi.*

– Maman ?

J'ai trébuché. Mes genoux ont heurté le tablier du pont avec un son mat. En dépit de la douleur, j'ai éprouvé un immense soulagement. Je venais d'entendre la voix de ma mère. Je l'avais entendue ! Après avoir happé quelques petites goulées d'air, j'ai essayé de me concentrer, les mains à plat sur le sol. Le contact du métal froid et rainuré m'a réconfortée. Ça, au moins, c'était du concret. Je me suis remise debout.

– Maman ? ai-je répété en tournant sur place. Maman ?

– *... quel chemin elle...*

– *... ne sait même pas...*

– *... tellement naïve... Tellement...*

– *... tout droit, chérie. Continue tout droit.*

Une forme a bougé au sein de la brume. Je me suis précipitée vers elle.

– Joaquin ? ai-je hasardé en plissant les paupières.

J'ai soudain perçu une odeur familière. Le parfum épicé du shampooing de Tristan. Il m'évoquait sa présence aussi nettement que s'il avait été là, tout près de moi. J'avais presque l'impression de sentir sa main dans la mienne, d'entendre les battements de son cœur.

– Tristan ? ai-je repris d'une voix chevrotante. Tristan, c'est toi ?

C'est alors qu'il y a eu une éclaircie. J'y voyais presque clair au milieu de toute cette grisaille. Était-ce le portail qui menait vers la Lumière ? Ou vers Shadowland ? Était-ce

Tristan ? Joaquin ? Ma mère se trouvait-elle vraiment ici ? Refoulant ma peur, je me suis remise à courir avec un fol espoir. Mais au bout de quelques secondes, quelque chose m'a tiré les cheveux. Ce n'était pas le brouillard. C'était quelque chose de vivant. Puis de longs doigts acérés comme des serres de rapace se sont agrippés à moi pour me retenir. Plus je courais, plus ils s'allongeaient, plus ils s'acharnaient, me griffant les oreilles, m'éraflant les joues.

– *... reste avec nous... reste avec nous... on ne te laissera pas partir... reste...*

– Au secours ! ai-je hurlé, au comble de l'épouvante. Au secours ! À l'aide !

J'ai continué à avancer tant bien que mal, les poumons en feu, n'écoutant que le martèlement de mes semelles sur le pont. Galvanisée par la peur, j'ai couru, couru, couru jusqu'à ce que je sente soudain la pluie me fouetter le visage... et que je percute Joaquin.

– Rory ! a-t-il soufflé en m'attrapant par les coudes. Si tu savais la trouille que tu m'as fichue ! Je te croyais perdue.

Je me suis jetée à son cou et serrée contre lui, éperdue de joie et de soulagement.

– Oh, Joaquin ! Tu es là ! Tu n'as rien !

– Oui, oui, tout va bien, c'est fini, m'a-t-il répondu en me caressant doucement la tête.

Une fois remise de mes émotions, j'ai regardé pardessus son épaule et aperçu les autres un peu plus loin, exactement dans la même position qu'au moment où je les avais quittés. Je me suis retournée vers le pont, totalement déboussolée. Je ne comprenais plus rien. J'avais bien couru droit devant moi, non ? Par quel miracle pouvais-je me retrouver au point de départ ?

– Je crois que je deviens folle, ai-je lâché, toujours accrochée au blouson de Joaquin. On est partis combien de temps ? Combien de temps on est restés là-bas ?

– Trois secondes, m'a informée Bea. Qu'est-ce qui t'est arrivé, bon sang ? Tu as vu quelque chose ?

Avec Joaquin, on s'est regardés dans les yeux. J'étais dans un état proche de la sidération. J'avais couru au moins cinq minutes. Plutôt dix. Après trois ans de compétition, je savais assez bien évaluer mon temps de course.

– Tristan n'est pas là, me suis-je bornée à répondre.

Tenter d'expliquer ce qui s'était passé au cœur du brouillard m'était carrément impossible.

– Je ne l'ai pas vu… Il n'était nulle part…

Joaquin me tenait toujours contre lui tandis que la pluie s'abattait sur nous. Tout à coup, à travers mes cils trempés, j'ai aperçu une silhouette rose qui fonçait vers nous. C'était Krista. Elle avait l'air affolée.

– Un problème ? lui a lancé Bea.

– C'est la maire qui m'envoie vous chercher… Elle perd complètement les pédales…, a haleté Krista en se penchant, les mains sur les genoux, pour reprendre sa respiration. Vous feriez mieux de venir. Genre, tout de suite.

Les politiciens

La clinique se vidait. Sous la grande tente blanche dressée derrière la maison des Parrish, celle où nous avions fêté l'anniversaire de Krista presque une semaine plus tôt, on organisait le départ des patients. Depuis le seuil, j'observais la maire qui, plan de la ville à l'appui, expliquait à quelques visiteurs le chemin des logements qu'on leur avait attribués. Un petit groupe se dirigeait déjà vers la sortie.

– Eh ! On dirait que ton chouchou est en quête d'un mauvais coup, a annoncé Fisher en hochant le menton du côté de la maison.

Joaquin est aussitôt parti pour juger sur place, et je l'ai suivi machinalement. Jack Lancet, une des âmes les plus malfaisantes sous sa responsabilité, était en train de longer les fenêtres orientées à l'est, espionnant l'intérieur avec un sourire inquiétant. Cet homme avait été condamné à mort pour le meurtre de trois enfants.

– Fils de…

Joaquin s'est rué sur lui, l'a saisi par le col et jeté à terre. Lancet est tombé à genoux dans la boue. Après avoir lancé un regard craintif à Joaquin, il a baissé la tête, le rouge de la honte aux joues.

L'espace d'une seconde, j'ai eu de la peine pour lui. Tassé sous la pluie, il avait l'air triste, à la limite dégoûté de lui-même. J'ai failli m'approcher de lui pour l'aider à se relever et lui dire un mot gentil. La part rationnelle de mon cerveau a repris le dessus.

« Ce type est malade, Rory. Malade. Il a agressé – assassiné – des enfants. »

C'est le mot « malade » qui s'est planté en moi comme une écharde et m'a plongée dans d'amères réflexions. Qui pouvait dire ce qui conduisait certaines personnes à de tels actes ? Leur nature profonde ? Leur passé ? Leur propre logique ? Leurs besoins, leurs désirs, leurs pulsions ? Qu'est-ce qui m'avait poussée à tuer Steven Nell ce jour-là ? Pourquoi l'avais-je poignardé d'instinct au lieu de tendre l'autre joue ?

Tenaillée par la douleur du remords, je regrettais plus que jamais l'absence de ma mère et le réconfort de ses paroles. En même temps, j'aurais souhaité que Tristan tienne sa promesse. Qu'il soit là pour moi, qu'il se montre fiable, qu'il m'apprenne tout ce que j'avais besoin de savoir. Depuis le temps qu'il était ici, j'étais sûre et certaine qu'il détenait la réponse à toutes les questions qui me torturaient.

Et si les mots qu'il m'avait écrits étaient sincères ? S'il existait encore une chance pour que... ?

Tout à coup, Jack Lancet m'a regardée fixement, puis il a éclaté de rire. Mon expression s'est durcie, mes mâchoires se sont serrées à bloc. J'avais la désagréable impression qu'il venait de lire dans mes pensées et qu'il se moquait de mes espoirs et de ma naïveté.

Tristan était le mal incarné. Pas question de me laisser berner une seconde fois.

– Fous le camp d'ici, a grogné Joaquin à Lancet. Tu n'as pas intérêt à nous causer des ennuis.

Le meurtrier a rajusté le col de sa veste et s'est éloigné en zigzaguant tandis que le vent propageait vers nous ses ricanements.

Par une fenêtre du salon transformé en salle de jeu par Krista, j'ai aperçu deux jeunes garçons qui s'amusaient devant une console, quelques fillettes – dont la protégée de Darcy – qui mangeaient des gâteaux et une poignée d'autres qui lisaient ou qui empilaient des cubes de bois.

– Tu crois qu'ils sont en sécurité ? ai-je demandé avec angoisse à Joaquin.

– Oui, ne t'inquiète pas, m'a-t-il répondu en me prenant doucement la main. Il ne peut rien leur arriver. Du moins pour l'instant.

J'ai quand même attendu que Jack Lancet soit parvenu au bas de la colline et ait disparu de ma vue. Quand on a rejoint nos amis sous la tente, Krista était en train de déballer des objets d'un carton posé sur une table.

– Avant de partir, vous tous, prenez un de ces appareils.

Elle était très autoritaire tout à coup, très responsable. Je me suis rappelé ce que ma mère m'avait dit un jour : « En temps de crise, les gens montrent de quel bois ils sont faits. »

Ma mère. J'entendais encore l'écho de sa voix qui m'avertissait de ne pas aller plus loin sur le pont. Était-ce le fruit de mon imagination ou bien était-elle vraiment là, quelque part près de moi ?

– Rory ? Allô ?

J'ai sursauté. Krista me tendait un talkie-walkie noir, que j'ai fini par prendre. Il était muni d'une courte antenne recouverte de caoutchouc et de plusieurs boutons rouges sur le côté. Des bips-bips et des grésillements se faisaient entendre pendant que chacun testait son nouveau jouet.

– Assurez-vous que vous êtes bien sur le canal numéro un, a poursuivi Krista en nous expliquant comment régler la fréquence, démonstration à l'appui. Ils ont une très bonne portée, ça vous permettra de rester en contact, quel que soit l'endroit de l'île où vous êtes.

– Et voilà ! La technologie moderne aura finalement débarqué à Juniper Landing ! a lancé Kevin avec un grand sourire.

Je suis restée imperméable à son humour.

Juste après, on a vu défiler plusieurs visiteurs parmi lesquels Myra Schwartz, qui m'a gratifiée d'un sourire et d'un petit geste. Visiblement, elle avait repris du poil de la bête, et sa blessure au front, couverte d'un pansement, ne semblait qu'un lointain souvenir.

– Alerte ouragan ! s'est-elle exclamée. Incroyable, non ?

Comme je ne voyais pas du tout de quoi elle parlait, je me suis contentée de hausser les épaules en souriant. Heureusement, elle a continué son chemin sans s'arrêter.

– Alerte ouragan ? a répété Fisher en écarquillant les yeux.

– C'est tout ce que la maire a trouvé pour justifier le manque de réseau, lui a appris Krista avec une moue dubitative. La tempête qui se déplace le long de la côte aurait, paraît-il, endommagé les relais et les lignes à haute tension.

– Pas si mal, a approuvé Bea de son côté. Ça explique aussi le sale temps.

– Allons la voir, elle est retournée dans son bureau, a proposé Krista. Voilà plus d'une demi-heure qu'elle m'a envoyée à votre recherche.

On est entrés dans la maison et on a traversé le grand salon, où les visiteurs enfilaient leur veste ou leur manteau et rassemblaient leurs affaires en prévision de leur prochain emménagement. Certains s'évertuaient en vain à faire fonctionner leur téléphone mobile. J'ai croisé le regard de Selma Tse, qui m'a aussitôt donné la chair de poule. Elle et son frère nous ont frôlés en se dirigeant vers la porte.

– Un ouragan en cette saison, bizarre, non ? a glissé Selma à son double.

– Oui, très bizarre, a-t-il répliqué avant de sortir sous la pluie.

– Ils me font flipper, ces deux-là, a grommelé Lauren dans mon dos.

– Bienvenue au club.

Krista a ouvert la porte du bureau de la maire et s'est écartée pour nous laisser entrer, Joaquin en premier, puis moi et les autres à la queue leu leu. Mme Parrish était en train de fourrer un tas de papiers dans un sac en toile. À notre vue, elle a levé la tête avec surprise et illico lâché ledit sac à ses pieds.

– On ne vous a jamais appris à frapper ? a-t-elle vitupéré, rouge jusqu'à la pointe des oreilles.

– Excusez-nous ! a ironisé Joaquin en levant les mains. Krista nous a dit que vous perdiez les pédales, alors on a rappliqué.

– Elle a dit ça ? a sifflé la maire en lançant un regard venimeux à Krista.

– Joaquin ! a protesté mon amie qui ne savait plus où se mettre.

Du bout de son escarpin, la maire a discrètement repoussé le sac sous son bureau. Puis elle a tiré d'un geste sec sur les pans de sa veste et du même coup retrouvé son *self-control* légendaire. Elle nous a observés en silence, à tour de rôle, avant de demander :

– Où en sont les recherches avec Tristan et Nadia ?

Le silence de cathédrale qui s'est abattu dans la pièce a été brusquement troublé par les croassements discordants de trois corbeaux venus se poser sur une branche basse et dénudée du frêne planté devant la fenêtre. Tous ceux qui s'étaient rendus jusqu'au pont ont braqué des yeux anxieux sur Joaquin et moi. Mes tempes se sont mises à palpiter, et j'ai de nouveau senti ce doigt froid courir le long de ma nuque.

Joaquin s'est éclairci la gorge.

– Je pense pouvoir affirmer que nous avons regardé partout.

Un soupir général a accueilli ces paroles. À l'évidence, personne ne souhaitait qu'on aborde le sujet de notre escapade insensée. Soudain, l'un des corbeaux a quitté sa branche et s'est perché sur la balustrade de la véranda, juste derrière la maire. Il a incliné la tête à la manière inquiétante d'un automate, puis m'a épinglée d'un regard luisant de méchanceté. C'est du moins l'impression que j'ai eue.

– Et vous ne les avez pas trouvés ? C'est invraisemblable ! a tonné Mme Parrish en frappant du plat de la main sur le bureau.

Tout le monde a sursauté. Un deuxième corbeau a atterri à côté du premier dans un bruyant battement d'ailes.

– Ils n'arrêtent pas de bouger, m'dame, a déclaré Fisher avec son timbre grave et autoritaire. Ils ont toujours une longueur d'avance sur nous.

– Il n'y a que Tristan pour passer comme ça à travers les mailles du filet, a placé Kevin.

– J'aurais tellement voulu que Nadia me dise quelque chose, a soupiré Cori, les yeux rivés sur le sol, ses deux nattes pendouillant de chaque côté du visage. Si seulement je savais ce qu'elle a dans la tête !

– Ah, voilà une question intéressante, a décrété la maire en refermant d'un claquement sec un grand livre à reliure de cuir posé sur son bureau.

Effarouchés par le bruit, les corbeaux se sont envolés en criaillant furieusement.

– Qu'est-ce que Tristan a en tête ? Quel est son objectif ? Voilà ce qu'il nous faudrait découvrir.

J'ai contemplé l'épais volume sur lequel Mme Parrish appuyait ses doigts maigres. Et tout à coup, j'ai eu une illumination.

– Je crois que j'ai le moyen de le savoir, madame, ai-je annoncé. Ou du moins, de connaître le secret de ses pensées avant qu'il ne prenne la fuite.

La maire m'a dévisagée avec un mélange de méfiance et de stupéfaction.

– Ah oui ? Comment ?

– Grâce à son journal intime.

Dans la nature

J'observe la procession interminable des visiteurs qui descendent la colline, le regard vague, complètement paumés. Maintenant qu'on les a relâchés, ces nouveaux venus vont pouvoir vagabonder dans l'île en toute liberté… et se jeter directement dans mes griffes. Alors, quelles seront mes prochaines victimes ? Quel plaisir d'avoir le choix ! Mon entreprise touche à sa fin, je vais bientôt en récolter les fruits.

Ils comptent sur leurs chiens de garde pour m'arrêter mais ils se trompent. Ils n'ont pas l'ombre d'une chance. Je suis imbattable. Les forces du mal sont avec moi.

Culpabilité

Maintenant que je l'ai touchée, je sais tout d'elle, et pourtant je ne peux m'en éloigner. Les sentiments qu'elle m'inspire m'effraient. Je me suis juré que cela n'arriverait plus jamais. Ni avec un visiteur, ni avec un CAP. Mais Rory est différente de toutes les filles qui ont croisé mon chemin en deux cent cinquante ans. J'ai beau savoir qu'il n'en sortira rien de bon, que c'est mauvais pour elle comme pour tout le monde, c'est plus fort que moi. Je continue d'aller dans la maison de la rue des Magnolias et je m'assieds à mon poste de guet dans l'espoir de l'apercevoir un bref instant. Oh, cette souffrance quand je ne suis pas près d'elle, le plaisir anticipé de la retrouver, d'écouter sa voix, de regarder son sourire ! C'est insoutenable.

J'ai refermé le journal et tenté de retenir mes larmes. Je refusais par-dessus tout de pleurer à cause de lui, de nous, de l'avenir que j'avais imaginé à ses côtés. Je me suis tournée vers la fenêtre de sa chambre en me mordant la lèvre, les paupières hermétiquement closes. Je le haïssais. Je le haïssais pour le mal qu'il nous avait fait, à ma famille et moi, ainsi qu'à tous ceux qu'il connaissait et qu'il aimait depuis des siècles.

Quelqu'un a frappé à la porte grande ouverte. Je me suis vite composé un visage de marbre avant de me retourner. Joaquin était debout sur le seuil, lorgnant d'un œil réprobateur les dizaines de journaux intimes éparpillés autour de moi, ouverts ou non. J'avais sérieusement froissé le dessus-de-lit de Tristan à force de changer de position. Voilà des heures que j'étais là. Les autres CAP s'étaient lassés bien avant moi et avaient abandonné peu à peu leur lecture, fatigués, pressés d'aller dîner ou simplement sceptiques quant à la réussite de mon plan.

– Je pense qu'il est temps de faire une pause, m'a dit Joaquin avec un regard empreint de pitié.

– Non, pas question, ai-je répliqué en m'emparant d'un nouveau volume. Il y a forcément des éléments dans tout ça qui nous mettront sur la piste. Je le sais. Je ne m'arrêterai pas avant d'avoir trouvé le moyen de sauver ma sœur et mon père.

– Rory...

– Quoi ?

Joaquin a inspiré un bon coup et croisé les bras sur son torse.

– J'ai quelque chose à te montrer. Je n'en ai jamais parlé à personne.

– Tu ne vas pas abandonner, hein ? lui ai-je demandé sur un ton anxieux.

– Ça m'est déjà arrivé ? a-t-il rétorqué en arquant un sourcil. Viens avec moi, ne serait-ce que par curiosité. Je sais que tu es quand même légèrement curieuse sur les bords.

Je me suis contentée de le fixer sans rien dire.

– Allez, quoi, viens ! a-t-il insisté en écartant les bras. Je suis sûr que tu n'arrives même plus à lire une ligne. Tu n'as rien mangé depuis ce matin, et encore... Si tu veux sauver ta famille, il faut que tu aies les idées claires.

Soupir. Il avait raison, évidemment. J'avais l'esprit brumeux, les yeux secs et un ventre qui criait famine. Dans mon ancienne vie, j'étais la première à faire le plein d'aliments énergétiques avant une course, à me coucher tôt la veille d'un examen. Je connaissais mon corps, ses capacités, ses faiblesses, et je savais pertinemment qu'il allait craquer si je continuais à lui imposer ce genre de privations.

Bizarrement, j'étais touchée que Joaquin se soucie de moi. Il ne m'avait jamais lâchée. Oui, il faisait attention à moi et ce n'était pas rien. C'était même beaucoup.

– D'accord, ai-je fini par dire en m'arrachant du lit. Mais ensuite, on revient ici. Je suis tout près de trouver quelque chose, je le sens.

– Rassure-toi, ça ne prendra pas longtemps, m'a affirmé Joaquin avec un doux sourire.

Et il m'a effleuré le bas du dos comme je passais devant lui.

Escapade

– Si tu m'as amenée ici pour me tuer, tu vas m'entendre ! ai-je soufflé, m'appuyant d'une main sur la cloison fragile du clocher de la bibliothèque.

Nous montions au moyen d'un escalier en colimaçon branlant. J'ai frémi en sentant l'édifice osciller sous les assauts du vent. Au-dessus de nous, l'énorme cloche de deux tonnes grinçait de façon inquiétante sur son axe.

– Tu oublies une chose, Rory, a objecté Joaquin, quelques marches plus bas.

– Oui, je sais, on ne peut pas mourir une seconde fois, ai-je enchaîné. Mais ça ne change rien au fait que j'ai une furieuse envie de te zigouiller.

Malgré mon épuisement, le rire de Joaquin m'a réchauffé le cœur.

– Avance, on est presque arrivés, a-t-il cru bon de préciser.

J'ai grimpé tant bien que mal les cinq dernières marches. Une étroite plateforme en bois permettait de faire le tour de la cloche, suspendue dix étages au-dessus du sol. Par de larges ouvertures en ogive, on avait une vue à trois cent soixante degrés sur l'île. Mon cœur cognait comme un animal affolé dans ma cage thoracique. À cause de la fatigue, du vertige, de la proximité de cette cloche dont le glas avait retenti hier pour nous annoncer de sinistres nouvelles. À cause aussi du hurlement du vent qui semblait fermement décidé à abattre notre frêle refuge. Je me suis agrippée aux briques de la fenêtre la plus proche, essayant de dominer ma peur.

– Qu'est-ce qu'on vient faire ici ? ai-je finalement demandé à Joaquin.

Une brève lueur de culpabilité a passé dans ses yeux. Il s'est approché de l'ouverture orientée vers l'est et s'est assis.

– On s'accorde une pause, m'a-t-il répondu d'un ton détaché. C'est ici que je viens, moi, quand j'ai besoin de réfléchir. De m'évader, de faire le point. Regarde, on voit jusqu'au fin fond de l'île !

Effectivement, de là où je me trouvais j'apercevais le pont au loin, côté nord, ainsi que la falaise d'où mes amis avaient sauté pour me prouver qu'ils ne pouvaient pas mourir. J'ai aussi distingué plusieurs faisceaux de lumière qui balayaient la côte nord-est. Sans doute une équipe de recherche. La traque continuait.

– Pas mal, hein ? a lancé Joaquin.

– Ouais.

Je suis allée m'asseoir tout près de lui. Si près que nos genoux se touchaient. Une semaine plus tôt, ce contact m'aurait révulsée. À présent il me réconfortait. Je le trouvais même assez excitant. On s'est regardés dans les yeux jusqu'à ce que je rougisse. Puis on s'est souri et, comme d'un commun accord, on a tourné la tête vers la vue qui s'offrait à nous. J'avais le genou en feu. Je n'aurais jamais cru que cette partie de mon corps pouvait être aussi sensible.

– C'est le point culminant de Juniper Landing, a murmuré Joaquin en se penchant sur moi.

Il a passé un bras autour de ma taille et, de l'autre, a désigné l'horizon. J'ai senti son souffle dans mon cou, ma respiration s'est accélérée malgré moi.

– Regarde.

J'ai tourné la tête dans la direction qu'il m'indiquait. En effet, nous dominions tout. La maison de la maire et même la girouette plantée au sommet de la plus haute tourelle. Cette maudite girouette qui pointait obstinément le sud.

– Je sais que c'est difficile à croire, mais normalement c'est un endroit magnifique, m'a dit Joaquin avec mélancolie. Dans la journée on profite du soleil, on se baigne, on fait du surf, et le soir on écoute de la musique et on fait la fête. C'est cool. Zen...

Personnellement, je n'avais jamais vécu ça. Je ne demandais qu'à le croire.

– Enfin, ça l'était jusqu'à ton arrivée, a-t-il complété.

– Merci, c'est sympa !

– Ne le prends pas mal, Rory, je suis très heureux que tu sois ici.

Joaquin a changé de position pour me prendre la main, et ma perception des choses s'est soudain décuplée. Je sentais avec une incroyable acuité la chaleur de sa peau contre la mienne, la caresse du vent et d'une mèche de cheveux sur ma joue, la rugosité des lattes de bois sous mes doigts.

– Si je comprends bien, tu te réjouis que je sois morte ? ai-je lancé, histoire de dédramatiser.

Mais Joaquin n'était pas d'humeur à plaisanter.

– Dans un sens, ouais.

Il m'a attirée à lui, mon cœur s'est emballé et des signaux d'alarme se sont déclenchés sous mon crâne et dans mon corps entier. C'était Joaquin. Le meilleur ami de Tristan. Le garçon pour qui Darcy avait craqué. Il n'allait quand même pas… ?

Si. Il a posé ses lèvres sur les miennes et glissé une main dans mon dos pour me serrer encore plus étroitement contre lui. Je n'ai pas pu faire autrement que de répondre à son baiser. J'en avais trop envie. L'espace d'une minute merveilleuse que j'aurais souhaitée éternelle, je me suis abandonnée au plaisir.

Hélas, hélas, Joaquin a fini par s'écarter. Nous nous sommes regardés au fond des yeux. J'aurais voulu mettre un nom sur les sentiments qui m'agitaient. Essayer de comprendre ce que cela signifiait. Qu'est-ce qu'on venait de faire ?

Et puis le visage de Joaquin s'est éclairé d'un très lent sourire, et toutes mes interrogations se sont envolées comme par magie. J'avais écouté mon cœur, j'étais bien avec ce garçon, c'était tout ce qui comptait. Inutile de se torturer les méninges. Je me suis laissée aller contre son épaule, imprégnée de l'odeur musquée de son eau de toilette.

– Regarde, m'a-t-il dit en m'embrassant sur le dessus de la tête. D'ici on voit même ta maison.

J'ai tourné le cou d'un demi-centimètre. Sur l'océan, trois surfeurs en combinaison noire glissaient sur la crête des vagues. J'ai repensé au rendez-vous que s'étaient fixé Liam, Lalani et Nick et je me suis demandé si c'était eux.

– Non, par là.

Joaquin m'a délicatement pris le menton pour orienter mon regard dans la bonne direction. Au-delà des magasins vieillots du centre-ville et des belles demeures victoriennes de la rue des Freesias, on distinguait en effet la jolie maison jaune de la rue des Magnolias. Elle était si gaie et si pimpante sous le ciel uniformément gris qu'elle semblait l'image même de la maison du bonheur. J'ai contemplé avec mélancolie les fenêtres de ma grande chambre sous les toits, puis celle de la chambre de Darcy à l'étage inférieur. On voyait aussi la maison d'en face, où Tristan venait régulièrement observer la fille dont il allait briser le cœur. La fille dont il ne pouvait soi-disant pas se passer.

J'ai buté sur cette pensée comme un cheval refusant soudain l'obstacle. *La fille dont il ne pouvait pas se passer...*

Je me suis levée d'un bond. Dans son journal, Tristan avait écrit qu'il ne supportait pas d'être loin de moi, ne serait-ce que cinq minutes. En lisant cette phrase quelques heures plus tôt, j'avais eu une illumination aussi vive qu'un éclair dans le ciel, mais elle s'était éteinte en une nanoseconde. Si la clé du problème était là, c'était presque trop simple.

– Qu'est-ce qui te prend ? m'a demandé Joaquin.

– La dernière fois qu'une équipe a inspecté la maison grise de la rue des Magnolias, c'était quand ?

Joaquin a haussé les épaules, et son expression s'est assombrie. Il n'avait pas envie de partir d'ici, c'était clair. Il voulait rester avec moi mais il avait deviné que j'étais sur le point de m'en aller.

– Un ou deux jours, j'en sais rien, a-t-il répondu sur un ton évasif. Pourquoi ?

– Je viens d'avoir une idée. Je crois savoir où se cache Tristan.

La maison grise

– Gare-toi ici, ai-je dit au moment où Joaquin s'engageait dans la rue des Magnolias.

Comme la cabine de son pick-up ne comportait que deux places, il avait emprunté la Range Rover de Tristan afin de pouvoir caser Nadia et Tristan sur le siège arrière. Si toutefois on les trouvait, bien entendu. Je trouvais plutôt cruel que Tristan soit amené devant la justice dans sa propre voiture. En même temps, c'était assez romanesque.

Joaquin a freiné brutalement et m'a regardée d'un air interrogateur.

– Il vaut mieux ne pas se montrer, lui ai-je expliqué.

– Bien vu.

Après avoir effectué un créneau parfait, il est demeuré immobile au volant, les poings serrés sur ses cuisses. Je savais ce qu'il ressentait. J'étais dans le même état. Tendue au point d'avoir l'impression que le monde allait exploser au moindre mouvement de ma part. Si mon hypothèse était bonne, on était à deux doigts d'arrêter

Tristan. Je m'efforçais d'y croire. Il ne me restait plus que ça : l'espoir.

Bea a garé sa Jeep derrière nous. Ses phares ont inondé l'habitacle de la Range Rover pendant quelques secondes avant qu'elle ne les éteigne. La nuit commençait à tomber mais comme le soleil était aux abonnés absents, il n'y avait pas grande différence entre le jour et le crépuscule. Juniper Landing baignait dans une nuance de gris plus foncé, voilà tout. En jetant un coup d'œil dans le rétroviseur, j'ai vu s'ouvrir les quatre portières de la Jeep, puis cinq silhouettes encapuchonnées se diriger vers nous.

J'ai baissé ma vitre, Joaquin m'a imitée. Fisher, Kevin et Cori sont venus se ranger de mon côté, Bea et Lauren de celui du conducteur.

– Vous croyez vraiment qu'ils sont là ? a lancé Fisher en pointant le menton vers la maison grise.

– C'est absurde, a objecté Lauren, les lèvres pincées. Les recherches ont été super bien organisées. Imaginer qu'ils soient restés cachés sous notre nez pendant tout ce temps, non, hors de question.

– Pas forcément tout le temps, juste les derniers jours, ai-je corrigé. Enfin, j'espère.

Kevin a fait craquer ses jointures.

– J'en ai marre de ce suspense, allons-y !

– Entièrement de ton avis, ai-je ajouté.

J'ai ouvert ma portière, obligeant Cori, Fisher et Kevin à reculer. C'est alors que j'ai vu approcher quelqu'un. Grand, baraqué, j'ai cru tout d'abord qu'il s'agissait de

Liam. Mais quand il a levé la tête, j'ai reconnu Pete, dont le teint blafard était quasi phosphorescent sous la capuche de son ciré.

– Qu'est-ce que vous faites ? nous a-t-il questionnés.

– On va fouiller la maison grise, on pense que Tristan s'y planque, l'a informé Kevin. En avant !

– Plus on est de fous…, a lâché Joaquin.

On a tous descendu la rue. Je marchais l'œil rivé sur la porte du pavillon, au cas où Nadia et Tristan auraient tenté une sortie. En passant devant chez Bea – une vaste demeure blanche, de style colonial, située cinq numéros avant notre cible – on a entendu les hurlements déments de Tess depuis le troisième étage. Ses cris m'ont fait froid dans le dos. J'ai coulé un regard de biais à Bea. Elle gardait un visage impassible, mais on distinguait des cernes bleuâtres sous les taches de rousseur qui mouchetaient son visage.

– Ne m'en parle pas, a-t-elle grincé en enfonçant les mains dans ses poches et en pressant le pas.

Il devenait plus qu'urgent de débarrasser l'île de ses hôtes indésirables. Une raison de plus pour en finir le plus tôt possible avec Tristan.

Tout à coup, la porte de la maison voisine de la grise s'est ouverte, et Sebastian et Selma sont apparus sur le seuil. À leur vue, chacun de nous s'est figé sur le trottoir. Les jumeaux ont commencé à avancer dans notre direction, tels deux robots parfaitement synchronisés.

– Qu'est-ce que vous faites ici ? les a questionnés Joaquin.

– C'est là qu'on habite, a rétorqué Selma de sa voix haut perchée.

– Ah oui ? me suis-je étonnée. Je ne savais pas qu'il y avait des chambres d'hôtes dans cette rue.

– Maintenant il y en a, m'a soufflé Lauren en insistant sur le premier mot. Sous-entendu : *maintenant* que nous sommes débordés par le nombre de visiteurs.

Les Tse m'ont lorgnée avec hostilité.

– Il y a des gens qui se méfient de vous, vous savez, a persiflé Selma. De vous tous.

– Des gens qui aimeraient comprendre ce qui se passe sur cette île, a complété son frère.

Puis ils nous ont tourné le dos dans un parfait mouvement d'ensemble et se sont éloignés du même pas.

– Je parie qu'ils vont retrouver les mécontents, histoire de les pousser à soulever un tas de questions, a grogné Kevin.

Cette hypothèse m'a fait frémir. Je me souvenais trop bien de ce que Tristan m'avait raconté au sujet de la dernière révolte qui avait secoué Juniper Landing. Je redoutais que l'histoire se répète et n'avais aucune envie de vivre cette expérience en direct.

– Pourquoi la maire ne leur a pas effacé la mémoire, à ces deux tordus ? a grogné Fisher.

– Elle a bien essayé, mais ils ont refusé de rester seuls avec elle, lui a dit Joaquin. Dorn aurait dû lui prêter main-forte mais il avait déjà beaucoup à faire de son côté.

– J'en ai ras le bol de tous ces fous furieux, a sifflé Pete entre ses dents.

– Moi aussi, ai-je enchaîné en regardant les jumeaux disparaître au coin de la rue. Surtout de ces deux-là.

Bea se balançait d'avant en arrière sur ses pieds, la mine soucieuse.

– Je voudrais tellement que tout redevienne normal. Rien qu'un peu, a-t-elle gémi.

Une bourrasque sifflante lui a fait écho, nous aspergeant au passage d'un torrent de pluie. Je me suis essuyé le visage avec le revers trempé de ma manche.

– Écoute, si on retrouve Tristan et Nadia, tout rentrera dans l'ordre d'ici la fin de la nuit, lui ai-je affirmé en m'efforçant d'injecter une bonne dose d'optimisme dans ma voix. Dès qu'on se remettra à évacuer nos visiteurs, le soleil brillera de nouveau et tout le monde décompressera. Même les jumeaux.

Joaquin a soufflé bruyamment par le nez.

– Alors autant en finir tout de suite, a-t-il déclaré.

Talonné par notre petit groupe, il a remonté à grands pas la modeste allée de la maison grise et a testé la poignée de la porte. Comme la plupart des habitations de Juniper Landing, celle-ci n'était pas verrouillée. Joaquin a risqué un œil à l'intérieur. Il n'y avait pas de lumière dans le salon ni dans la salle à manger, mais on voyait filtrer une faible lueur sous une porte du premier étage.

Mon sang n'a fait qu'un tour. Un doigt posé sur les lèvres, Joaquin s'est faufilé avec prudence dans l'entrée.

Je l'ai imité, suivie de près par Fisher, Bea, Lauren, Kevin, Cori et Pete, qui fermait la marche. J'ai remarqué qu'il laissait la porte ouverte. Sage précaution. Le déclic de la serrure aurait alerté les occupants.

« Mon Dieu, par pitié, faites que Tristan soit là ! » ai-je imploré silencieusement.

La première marche a grincé quand Joaquin a posé sa botte dessus. Nous nous sommes tous raidis comme un seul homme.

– Monte sur le côté, ça fera moins de bruit, lui a conseillé Lauren.

Joaquin, livide, a hoché la tête et s'est rangé contre le papier peint en lambeaux de la cage d'escalier avant de poursuivre la montée. Pratiquement collée à lui, je retenais mon souffle à chaque marche, les yeux braqués sur la porte de la chambre chichement éclairée. Cette chambre d'où Tristan n'avait cessé de m'espionner dans les premiers temps. Celle qu'il m'avait fait visiter, plus tard, quand j'étais devenue CAP. J'avais alors tenté de l'embrasser... et il m'avait repoussée.

Temporairement. Parce qu'il s'y était senti obligé. Il avait changé d'attitude par la suite. J'aurais préféré qu'il m'ait brisé le cœur pour de bon ce jour-là, à présent je serais en voie de guérison.

Arrivée sur le palier, j'ai regardé Joaquin au fond des yeux. J'y ai lu une détermination inflexible. Subitement je me suis sentie égoïste, stupide et puérile : l'important ce n'était pas Tristan mais Darcy, mon père, Aaron, Jennifer et toutes les âmes innocentes qui souffraient mille et une tortures à Shadowland. Il fallait absolument les sortir de là.

Animée par la rage, j'ai ouvert la porte en grand tandis que les autres se massaient derrière moi. Les rideaux étaient tirés. Deux lampes à pétrole et une bougie éclairaient la chambre. La première chose qui m'a frappée dans cette lumière incertaine, c'était Tristan, étendu en travers sur deux sacs de couchage posés à même le sol. Il était sur le dos, un bras le long du corps, l'autre replié sur le torse, la main entourée d'un bandage. Il portait un tee-shirt noir et un jean sale. Une mèche de cheveux blonds formait comme un croissant de lune sur son front.

Tristan était là. Vraiment là.

Et je ne savais plus quoi faire. Rire ? Pleurer ? Hurler ?

Fisher m'a écartée pour entrer dans la pièce.

– Hé ! Réveille-toi ! a-t-il tonné en donnant un coup de pied dans la botte de Tristan.

Avec un grognement rauque, Tristan a roulé sur le côté. C'est à ce moment-là qu'on a vu le sang. Une épaisse flaque rouge sombre s'était formée sous sa tête. J'ai porté la main à ma bouche pour étouffer un cri. Cori a franchi le seuil de la chambre, puis elle a rasé le mur comme si elle cherchait à garder ses distances face à cet affreux spectacle. Bea a montré plus de cran. Elle s'est précipitée et agenouillée près du blessé en l'appelant doucement :

– Tristan ?

Elle s'est ensuite penchée pour examiner la plaie de plus près, et je l'ai vue pâlir.

– C'est grave. Son crâne est complètement...

Elle a détourné la tête en déglutissant avec difficulté, puis s'est relevée pour aller à la fenêtre dont elle a ouvert les rideaux d'un geste sec.

– Qui a pu faire ça ? ai-je demandé, atterrée. Qui l'a attaqué ?

Soudain, Cori a poussé un cri déchirant.

– Nadia ! Oh, mon Dieu, c'est Nadia ! Elle ne respire plus, elle ne respire plus, venez vite !

J'ai attrapé une lanterne et découvert à mon tour Nadia gisant sur le parquet. Elle avait les pieds tournés vers l'intérieur. Mes yeux se sont d'abord attardés sur ses Converse noires avant de parcourir lentement ses jambes maigres, sa poitrine plate et son long cou. À la vue de son visage, j'ai reculé d'un pas. Nadia avait les yeux fixes et grands ouverts. Pas un seul battement de cils. Pas la moindre étincelle de vie dans ces yeux.

– Non, non, c'est pas possible, a dit Joaquin en nous rejoignant. Elle joue la comédie.

Sitôt accroupi près de Nadia, il a posé deux doigts sur son cou, les a déplacés de quelques centimètres sur la gauche, puis sur la droite avant de les retirer. Sa main tremblait comme une feuille. J'ai capté son regard et compris l'indicible.

– Quoi ? Qu'est-ce qu'il y a ? a coassé Bea dans le coin opposé. Accouche, Joaquin !

– Pas de pouls, a-t-il émis, interloqué. Cori a raison. Nadia est morte.

Cori a fondu en larmes et s'est écroulée sur l'épaule de Fisher. D'un pas mal assuré, Lauren a reculé jusqu'à ce qu'elle heurte le mur. Elle s'est laissée glisser jusqu'au sol, et ses longs cheveux mouillés ont dessiné comme des ruisseaux de pleurs sur le vieux papier peint à fleurs. J'ai fini par rompre le silence.

– Je ne comprends pas. Théoriquement on est immortels, c'est dans le contrat. Mais si un CAP meurt, où va son âme ?

Personne n'a répondu. Pour la bonne raison qu'il n'existait pas de réponse. De mémoire générale, ce cas de figure ne s'était encore jamais présenté à Juniper Landing. Un froid glacial s'est abattu sur nous. Hébétés, sonnés, on se posait tous les mêmes questions : comment pouvait-on mourir une seconde fois ? Dans quelles mystérieuses régions de l'esprit Nadia était-elle partie ?

– S'il vous plaît...

Tristan. Il avait toujours les paupières closes mais ses doigts se contractaient lentement sur le parquet poussiéreux. Ses gémissements m'ont fendu le cœur. Je me suis jetée à genoux près de lui.

– Tristan ?

J'ai posé la main sur son torse. Il était d'une froideur saisissante et l'on sentait frissonner les muscles sous sa peau.

– Aide-moi..., a-t-il murmuré de façon presque inaudible. Aide-nous...

Puis il a perdu connaissance.

– Il faut l'emmener ! Vite ! ai-je crié, totalement paniquée. Chez la maire… chez un médecin… n'importe où.

– Et Nadia ? a avancé Cori d'une voix étranglée. On ne peut pas l'abandonner ici.

– Je m'en charge, a déclaré Fisher.

– Tu vas la porter sur ton dos ?

– Je suis pompier, je te rappelle. En plus, elle ne doit pas peser bien lourd.

Joignant le geste à la parole, Fisher s'est penché sur le corps inerte de Nadia et l'a soulevé sans aucune difficulté. De nouveau, Cori a éclaté en sanglots. Le bracelet en cuir tressé de Nadia pendait au bout de son bras, comme un fruit mûr prêt à tomber.

– Je vais t'aider à transporter Tristan, a proposé Bea en s'avançant vers Joaquin.

Tristan a émis un faible gémissement qui s'est terminé par un horrible gargouillis.

– Oui, il faut qu'on bouge. On ne peut pas le laisser…

– Mourir, a murmuré Lauren, qui n'avait pas dit un seul mot jusqu'à maintenant.

Elle s'était tenue tellement en retrait que j'avais oublié sa présence. Les bras ballants, le regard fixe comme celui d'une poupée, elle a répété :

– *Mourir*, c'est le mot que tu cherchais, non ?

Tout le monde se taisait, on n'entendait même pas le souffle d'une respiration dans la pièce. Nous étions totalement désarmés face à cette situation.

– Tout va s'arranger, ai-je glissé à Lauren en lui prenant la main.

– Ah oui ? Et comment ? a-t-elle répliqué d'une voix enfantine, la lèvre inférieure tremblante.

J'ai quêté de l'aide auprès des autres, mais ils ne m'ont offert qu'un visage impénétrable. Impénétrable et apeuré.

– Je ne sais pas, mais plus vite on les ramènera chez la maire, plus vite on trouvera une solution. Viens.

Cette fois, j'ai attrapé Lauren par le bras et je l'ai entraînée vers la porte tandis que Joaquin prenait Tristan sous les aisselles et que Bea l'empoignait par les chevilles. La tête de Tristan a basculé en arrière, laissant une large traînée de sang sur le blouson de Joaquin. Après avoir descendu l'escalier, on est tous ressortis dans la nuit. Il pleuvait toujours. Une pluie drue, cinglante comme des milliards d'aiguilles tombées du ciel.

Je ne m'attendais pas à ce que notre mission s'achève ainsi. Je m'étais imaginée indignée, révoltée, bombardant Tristan de questions et lui, baissant la tête, honteux et déconfit. Je nous avais vus rassemblés à l'entrée du pont afin de libérer les innocents captifs de Shadowland. En arrivant ici, je croyais encore naïvement que tout se déroulerait selon le plan prévu. À présent, j'étais complètement paumée.

Arrivée au bout de la rue, j'ai ouvert en grand les portières de la Range Rover. Bea et Joaquin ont déposé Tristan sur la banquette arrière avec d'infinies précautions.

– On va prendre Nadia dans la Jeep, a décidé Fisher.

– Il n'y aura plus de place pour Kevin, a objecté Bea.

– Pas de problème, je monte avec Joaquin.

Kevin s'est installé d'emblée à côté du conducteur. Il ne me restait plus qu'à m'asseoir à l'arrière avec Tristan. Le garçon qui m'avait trahie. Le type qui avait expédié ma famille en enfer. Dans un premier temps, j'ai pensé me mettre du côté de sa tête et lui offrir mes genoux en guise d'oreiller. Mais non, c'était beaucoup trop intime. Par conséquent, j'ai fermé la portière, fait le tour de la voiture et soulevé les pieds de Tristan pour glisser mes jambes dessous. J'étais tendue comme un ressort.

– Ça va ? m'a lancé Joaquin.

– Démarre.

Joaquin a tourné la clé de contact. Après un rapide demi-tour, il a roulé vers le centre-ville, les essuie-glaces en mode accéléré. Comme le visage de Tristan m'était insupportable à regarder, je me concentrais sur la pluie qui fouettait la vitre de mon côté. La place de Juniper Landing était tellement inondée que les pneus de la Range Rover projetaient d'immenses gerbes qui formaient comme un mur d'eau de part et d'autre de la carrosserie.

– C'est aberrant, ai-je fini par lâcher. Qui a pu faire ça ? Quel intérêt d'assassiner Nadia et de laisser Tristan pour mort alors qu'il était le seul à détenir la clé du problème ? On veut des réponses, tous autant qu'on est.

– Moi aussi, ça me dépasse, a reconnu Joaquin en lançant un rapide coup d'œil au blessé. Espérons qu'il tiendra le coup assez longtemps pour nous expliquer.

La roue avant gauche a plongé dans un énorme nid-de-poule, déclenchant chez Tristan un grognement de douleur.

– Pete, a-t-il marmonné.

– Hein ?

Kevin a fait volte-face, une lueur d'affolement dans les yeux.

– Qu'est-ce qu'il dit ?

– Pete... a tué Nadia, a articulé Tristan au prix d'un immense effort.

Joaquin a failli rater son virage, mais il a réussi de justesse à redresser sa trajectoire. Je me suis écrasée contre la portière, et Tristan aurait basculé du siège si je ne l'avais pas retenu à la dernière seconde.

– Merde ! Il est où, Pete ? a demandé Kevin.

– Dans l'autre voiture, lui ai-je dit.

– Appelle-les ! Appelle-les vite ! s'est écrié Joaquin en freinant net devant le commissariat.

Kevin a sorti son talkie-walkie.

– Lauren ! Réponds, c'est urgent ! Est-ce que Pete est avec vous ? Terminé.

Joaquin était déjà descendu en trombe de la voiture quand la voix de Lauren s'est fait entendre :

– Non. On le croyait avec vous. Pourquoi ? Terminé.

Dans le rétroviseur, j'ai aperçu Joaquin qui parlait à Bea, les deux mains appuyées sur le toit de la Jeep. Je me suis penchée vers Kevin et lui ai demandé malgré la boule qui me serrait la gorge :

– Tu te souviens d'avoir vu Pete dans la chambre ?

– Non. Et toi ?

J'ai fermé les yeux un instant, maudissant ma bêtise. Mais comment aurais-je pu deviner ? Je ne pouvais pas prévoir ce qui nous attendait au premier étage, et encore moins me douter qu'il y avait un assassin parmi nous.

– J'ai remarqué qu'il laissait la porte d'entrée ouverte, ai-je avoué. Sur le coup, j'ai cru que c'était par mesure de précaution. Pour que Tristan et Nadia ne nous entendent pas arriver.

– Quelle merde ! a pesté Kevin. Je suis totalement largué.

Tristan a gémi en se tournant sur le flanc. L'arrière de son crâne n'était plus qu'un cratère sanguinolent d'où émergeaient des fragments d'os. J'ai failli vomir.

– Pete savait ce qu'on allait découvrir dans la chambre, ai-je repris d'une voix enrouée. En fait, il a laissé la porte ouverte pour assurer sa fuite.

La mort

La maire venait de diffuser un message radio ordonnant à tous les CAP de partir à la recherche de Pete.

– Il y a quelque chose qui m'échappe, a lâché Lauren pendant qu'on pataugeait dans l'herbe gorgée d'eau en direction de la maison des Parrish. Pourquoi Pete ne nous a pas annoncé qu'il les avait déjà trouvés quand on est tombés sur lui rue des Magnolias ? Pourquoi il nous a laissés entrer sans rien dire ?

– Parce qu'il a quelque chose à cacher, c'est clair, a rétorqué Kevin. Il avait son talkie-walkie sur lui, il aurait très bien pu nous avertir. Au lieu de ça, il les a attaqués et laissés pour morts.

Morts. L'emploi de ce mot me paraissait incongru, inconcevable. Pourtant, Nadia était bel et bien morte. Et Tristan…

Joaquin et Bea avaient déjà atteint la maison. Je les ai regardés franchir la porte de service avec précaution, le corps de Tristan pendant mollement entre eux deux.

Cori, Kevin, Lauren et moi, on s'est écartés pour laisser passer Fisher et son triste fardeau. Cori a baissé la tête, soudain prise de soubresauts incontrôlables. J'avais beau la connaître à peine, je l'ai entourée de mon bras et on a suivi les autres à l'intérieur. Cori venait de perdre sa meilleure amie, moi je venais de perdre ma sœur. Je me doutais qu'elle éprouvait, comme moi, cette horrible sensation de vide qui s'ouvre en soi en pareil cas. J'aurais souhaité lui apporter un meilleur soutien.

Toutes les lumières étaient allumées dans la cuisine ainsi que dans la grande pièce qui la prolongeait. Après l'obscurité dont on sortait, le contraste était aveuglant.

La clinique avait officiellement fermé après le départ du dernier patient. On avait remisé les lits et réinstallé le mobilier d'origine, avec ses élégants canapés et ses confortables fauteuils style bord de mer. Par les portes grandes ouvertes sur le salon, j'ai aperçu la maire en pleine conférence avec Dorn et Grantz. Krista, vêtue d'une ravissante robe jaune, était en train de préparer un smoothie dans la cuisine. Elle a pâli en voyant passer Joaquin et Bea. Les rugissements du blender se sont arrêtés net.

– Tristan ?

Comme prise de vertige, Krista a fermé les yeux et s'est appuyée des deux mains sur le plan de travail pendant que Fisher traversait la pièce avec ses grosses bottes boueuses. Il a délicatement déposé le corps de Nadia sur un canapé. Dorn et la maire occupaient celui d'en face. Immédiatement, tous deux se sont levés pour permettre à

Joaquin et Bea d'y étendre Tristan, plus livide que jamais. Lorsque sa tête a roulé sur le côté, la maire n'a pu réprimer une grimace à la vue de sa blessure.

– Que s'est-il passé ? a demandé Dorn.

– Nadia est morte, a riposté Fisher avec sa brutalité habituelle.

Il s'est posté au bout du canapé, les jambes raides et écartées, tel un soldat se présentant au rapport. J'avais déjà remarqué qu'il avait tendance à adopter ce genre d'attitude quand l'atmosphère était tendue. Un mécanisme de défense personnel, sans doute.

– Quoi ? a tonné Grantz.

– Et la vie de Tristan ne tient qu'à un fil, a ajouté Joaquin.

Il s'est passé les mains dans les cheveux, a ôté son blouson maculé de sang et l'a jeté négligemment par terre. Puis, tournant le dos à tout le monde, il s'est appuyé contre le manteau de la cheminée et a soufflé comme un taureau en colère. Deux secondes plus tard, il a fait volte-face et fusillé la maire du regard.

– Vous allez vous décider à nous dire ce qui se passe, bordel ?

Chacun a retenu sa respiration. Un grondement de tonnerre a retenti dans le lointain. Ensuite, seul le tic-tac régulier de la grande horloge comtoise est venu troubler le silence de la pièce. Lauren et Kevin se tenaient près de la porte, dans une parfaite immobilité. Une large flaque s'était formée à leurs pieds à cause de leurs vêtements dégoulinants de pluie.

Mme Parrish, raide comme une statue de granit, a pivoté sur elle-même, imperméable à toutes les paires d'yeux braquées sur elle.

Le commissaire Grantz s'est extrait lentement de son fauteuil et a été le premier à recouvrer l'usage de la parole.

– Nadia est morte, vous dites ? C'est impossible. Impossible !

– C'est ce que je craignais, a lâché la maire.

Joaquin et moi, on s'est regardés.

– Je ne comprends pas, a émis Lauren d'une voix tremblante. Vous saviez ce qui allait arriver ?

– Pas avec certitude, a nuancé Mme Parrish. J'espérais que nous trouverions le coupable – et par conséquent la clé du mystère – avant que la situation ne se dégrade à ce point et que...

– Ça suffit, a tranché Joaquin. Arrêtez de tourner autour du pot et expliquez-nous les choses clairement, OK ?

Après une profonde inspiration, la maire l'a rejoint près de la cheminée, puis s'est adressée à nous tous :

– Dès l'instant où des innocents ont échoué à Shadowland, l'équilibre de l'univers a commencé à se modifier. Voilà pourquoi Juniper Landing est devenu le théâtre de phénomènes jusque-là inédits : invasions d'insectes, mort des plantes et des animaux, tempêtes et orages diluviens. À défaut de trouver la cause de ces bouleversements, nous avons donc interrompu tous les transferts. C'était le seul moyen d'éviter l'aggravation du déséquilibre.

– Tout ça, on le sait déjà, a lancé Fisher avec impatience. Je ne vois pas le rapport avec Nadia.

La maire lui a décoché un regard noir.

– Ce que vous ignorez, monsieur Morton, c'est que votre immortalité dépend de la poursuite de votre mission, c'est-à-dire aider les âmes à trouver la rédemption avant de les escorter vers leur destination finale. Étant donné que vous n'êtes plus en mesure d'accomplir cette tâche...

– On redevient vulnérables, ai-je complété, la bouche sèche, avant de me retenir au dossier d'une chaise.

– Exact, mademoiselle Thayer, m'a confirmé la maire. Plus cette interruption de « travail » sera longue, moins vous serez... nécessaires à l'ordre de l'univers.

– Alors on peut mourir d'un instant à l'autre, tous autant qu'on est ? s'est écriée Krista avec effroi.

Mme Parrish a gratifié sa pseudo-fille d'un sourire en coin plutôt déplacé.

– Disons que, à votre place, j'éviterais de plonger du haut de la falaise pour le moment. Tous autant que vous êtes.

Krista s'est affalée sur une chaise, une expression d'hébétude plaquée sur son beau visage. On était tous en état de choc.

– Vous auriez pu nous avertir, a fait remarquer Bea d'un ton neutre, les yeux fixés sur la plaie béante de Tristan. Pourquoi vous ne nous avez rien dit ?

– Simple opinion personnelle, a rétorqué la maire en relevant le menton. J'avais déjà une centaine de visiteurs paniqués sur les bras, je ne tenais pas à gérer en plus des CAP complètement déboussolés.

– Ce n'était pas à vous de juger, a craché Joaquin.

– Pardon ?

Indifférent à l'indignation de la maire, Joaquin s'est tourné face à elle et l'a épinglée d'un regard si hostile qu'elle a reculé en chancelant.

– Vous nous avez mis en danger, madame Parrish ! Tout ça, c'est de votre faute ! (D'un geste rageur, Joaquin a englobé Nadia et Tristan.) S'ils avaient été au courant, ils se seraient montrés plus prudents. Ils seraient même sans doute revenus vers nous de leur plein gré. Et à l'heure actuelle, Nadia serait peut-être encore en vie !

– Du calme, Marquez, a grondé Dorn.

– Inutile de ruminer le passé, on ne peut rien y changer, a tempéré la maire. Occupons-nous plutôt du problème présent. Sait-on qui est le coupable ?

– Apparemment, il s'agirait de Pete, a répondu Bea. D'après Tristan, c'est lui qui a tué Nadia.

– Pete ? a répété Krista en écarquillant les yeux. Tu plaisantes !

– Pourquoi s'en serait-il pris à eux ? a enchaîné Grantz. C'est absurde !

– Sauf si c'est lui qui a transféré toutes ces âmes innocentes à Shadowland. En admettant que Nadia et Tristan aient deviné la vérité, Pete aura voulu les réduire au silence.

J'ai eu l'impression de recevoir une décharge électrique dans tout le corps.

– Attends... Tu veux dire que Tristan serait innocent ?

Ma gorge s'est serrée douloureusement quand j'ai capté le regard de Joaquin. Si Tristan était innocent, cela changeait tout. S'il était innocent...

– Non, ai-je déclaré avec véhémence. N'oubliez pas qu'on a des preuves accablantes contre lui. Sans compter qu'il a pris la fuite.

Après le brusque départ de Tristan, on avait fouillé sa chambre de fond en comble et trouvé, en plus des pièces, la seule photo que j'avais gardée de ma famille. Elle avait disparu de chez moi le soir même où mon père avait été expédié à Shadowland.

– Réfléchis un peu, m'a dit Lauren. Dans sa lettre, Tristan disait qu'il comptait pénétrer à Shadowland afin de ramener ton père, Aaron et les autres. Pour mettre ce plan à exécution, il a dû rester un bon moment à proximité du pont et observer ce qui se passait dans les parages. Si ça se trouve, il a surpris Pete en train d'escorter Darcy la nuit dernière. Du coup, il l'a suivi et...

– Il a trouvé le moyen de l'arrêter, a terminé Joaquin en contemplant son meilleur ami avec respect.

Complètement anéantie, je me suis écroulée dans un fauteuil et j'ai enfoncé mes ongles dans l'épais velours des accoudoirs. Ces derniers temps, j'avais consacré toute mon énergie à haïr Tristan, à imaginer tout ce que je lui ferais, tout ce que je lui dirais, le jour où je le reverrais. Je n'arrivais pas à admettre qu'il puisse être innocent. Je me suis penchée en avant et, les coudes sur les genoux, la tête entre les mains, j'ai essayé de me ressaisir.

– Il faut absolument retrouver Pete, a déclaré la maire avec force. Je veux savoir pourquoi il a agi de cette façon. Une fois qu'il se sera expliqué, nous arriverons à redresser la situation.

– Vous croyez que Tristan va mourir ? a demandé Lauren d'une toute petite voix.

J'ai relevé la tête d'un mouvement sec. Mme Parrish s'est approchée de son prétendu fils et s'est agenouillée près de lui. Après avoir examiné sa plaie, elle a posé deux doigts sur son poignet et, de l'autre main, a doucement écarté de son front les cheveux blonds collés par la sueur et la pluie. Je ne l'aurais jamais crue capable d'un geste aussi maternel.

« Pourvu qu'il guérisse, ai-je prié en silence. Par pitié, faites qu'il reste en vie ! »

Dans le même temps, je sentais que Joaquin m'observait. J'ai mobilisé jusqu'à la dernière parcelle de volonté pour éviter son regard. Je ne savais pas ce qu'il aurait lu dans le mien, mais ça ne lui aurait définitivement pas plu.

– Son pouls est fort et régulier, a annoncé Mme Parrish. Il faut qu'on le mette au lit et qu'on désinfecte sa blessure. Et aussi qu'on l'hydrate. Avec un peu de chance, il s'en remettra.

Elle s'est redressée, les lèvres pincées. J'ignorais les sentiments qui l'habitaient. En tout cas, ils étaient verrouillés à bloc.

Soudain, nos talkies-walkies se sont mis à grésiller et on a entendu la voix d'Ursula :

– Bea ? Bea, tu m'entends ? On a repéré Pete dans le centre-ville, pas loin de la place. On a essayé de le coincer mais il a filé en direction des quais. Terminé.

Avant la fin de la communication, j'étais déjà debout. J'ai gagné la porte en trois enjambées.

– Rory, attends…, m'a dit Joaquin.

– Non, fini d'attendre. Je veux mettre la main sur Pete au plus vite, il a déjà causé assez de dégâts comme ça.

Joaquin et Fisher ont échangé un rapide coup d'œil.

– On vient avec toi, a déclaré Joaquin.

Un courant d'air glacial m'a cinglé le visage quand j'ai ouvert la porte.

– Non, je tiens à m'en charger moi-même.

– Pas question, a objecté Bea en se faufilant entre les deux garçons. À partir de maintenant, plus personne ne se déplace seul. N'oublie pas qu'on est tous en danger de mort.

Bea venait de marquer un point. J'ai cédé à ses arguments.

– D'accord. Mais quand on l'aura trouvé, c'est moi qui l'interrogerai, OK ?

Joaquin a rabattu sa capuche sur sa tête.

– Par où on commence ? Son endroit favori, le Cygne ?

Cori, qui n'avait pas dit un mot jusqu'à présent, s'est approchée de nous. Elle avait encore les joues baignées de larmes, mais son visage affichait une froide détermination.

J'osais à peine imaginer dans quel état elle était. En l'espace d'une heure, elle avait appris la mort de sa meilleure amie et la trahison de son meilleur pote. Le simple fait qu'elle soit encore debout forçait l'admiration.

– Écoutez-moi, a-t-elle amorcé après s'être éclairci la gorge. Je crois savoir où Pete est allé.

Un rapide coup d'œil à la ronde m'a confirmé que les autres étaient tous aussi impressionnés que moi.

– Entendu. On te suit, lui ai-je dit avec bienveillance.

Trop tard

Après un bon quart d'heure de marche sous une pluie torrentielle, on est arrivés sur le port, au nord de la baie. Cori s'est arrêtée devant un entrepôt complètement délabré.

– Pêche & Appâts ? s'est étonnée Bea. Tu crois vraiment que Pete est là-dedans ?

– C'est flippant, cet endroit, ai-je ajouté en frissonnant.

Le magasin de matériel de pêche, un vieux bâtiment carré, couvert de bardeaux gris, dressait sa sinistre architecture au centre d'un large ponton en bois. Le toit était incurvé, et l'ensemble de la construction penchait tellement sur la gauche que c'était un miracle qu'il ne se soit pas déjà écroulé. L'enseigne peinte à la main était tout écaillée et brisée en plein milieu, juste au niveau de l'esperluette, si bien qu'elle formait un V menaçant au-dessus de la porte d'entrée.

– Ça fait un moment qu'il vient traîner ici le soir, nous a appris Cori, indifférente à la gouttière qui déversait son trop-plein d'eau sur son ciré noir. Tommy lui a interdit de mixer à la maison, alors Pete a apporté ses platines ici pour continuer à sampler sans se faire engueuler. Il ne l'a dit à personne, à part Nadia et moi.

– Attends... Pete a transporté son matos de DJ dans un hangar pourri, tout ça parce que son faux père ne veut pas de bruit chez lui ? ai-je demandé d'un ton dubitatif.

– C'est Tommy qui est censé tenir la boutique, m'a expliqué Fisher. Mais en réalité, il s'en fiche comme de son premier slip. Je parie qu'il ne sait même pas que Pete s'est installé ici.

– Son matériel est planqué sous une bâche, au fond de la réserve, a précisé Cori en claquant des dents. Bon, on y va ou pas ?

– On y va, a appuyé Joaquin. Fish, tu gardes l'entrée avec Bea et Cori. Rory et moi, on va passer par-derrière. Si Pete est là, on essaiera de le prendre par surprise. Mais tenez-vous prêts au cas où il tenterait de filer de votre côté.

– OK. Bon plan.

Avec Joaquin, on s'est écartés de la bâtisse, pataugeant dans les flaques d'eau qui s'étaient accumulées sur les planches vermoulues du ponton. En face du magasin, une lanterne accrochée à un poteau métallique se balançait dans le vent comme un métronome. Les deux mots de l'enseigne passaient alternativement de l'ombre à la lumière. PÊCHE. APPÂTS. PÊCHE. APPÂTS. PÊCHE. APPÂTS.

Fisher et Cori se sont postés à gauche de l'entrée, Bea à droite.

Sur un signe de Joaquin, j'ai commencé à longer le hangar, côté sud.

Je me suis penchée instinctivement en passant devant une fenêtre – ce qui était parfaitement inutile car le store était baissé. Après avoir tourné à l'angle, je me suis arrêtée pour attendre mon coéquipier. Le ponton était si long que j'en voyais à peine le bout par ce mauvais temps. Il y avait des supports de canne fixés à tous les poteaux pour permettre aux pêcheurs d'aller se promener en attendant qu'un poisson morde à l'hameçon. Sur la gauche, parallèlement au ponton, on distinguait une digue en pierre sur laquelle venaient se fracasser d'énormes vagues, alors que l'océan était d'un calme plat en temps normal.

Joaquin a cogné à la porte du fond.

– Pete ! On sait que tu es là. Ouvre-nous et je te jure qu'on ne...

La porte s'est ouverte brusquement vers l'extérieur, si bien que Joaquin a pris le battant en pleine figure. Pete est sorti en trombe. J'ai juste eu le temps de le voir enjamber la rambarde et sauter dans le sable. Joaquin s'est affalé au pied du mur. Le choc l'avait complètement assommé. J'ai hésité quelques secondes, partagée entre l'envie de pourchasser Pete et le devoir de secourir Joaquin. C'était trop frustrant.

– Salaud ! ai-je hurlé à pleins poumons, histoire de me défouler.

J'ai couru comme une dératée vers l'entrée principale.

– Qu'est-ce qui se passe ? m'a crié Bea.

– Occupez-vous de Joaquin ! ai-je répliqué sans même m'arrêter.

J'ai remonté le quai à toute allure. L'escalier qui descendait vers la plage était encore loin, et Pete avait une bonne longueur d'avance, mais j'avais un espoir de le rattraper : le brise-lames allait bientôt lui barrer la route. Glissant comme il devait l'être à cause des algues et de la pluie, il y avait de fortes chances que Pete ne puisse pas l'escalader.

Le cœur battant, j'ai continué de foncer tout en évitant de penser à l'état de Joaquin. Et à Tristan, à Nadia, à Darcy, à mon père. C'était la course de ma vie. L'existence de chacun de nous en dépendait.

Arrivé au pied de la digue, Pete s'est retourné et m'a lancé un coup d'œil fulgurant. Alors qu'il entamait l'ascension, j'ai fini par atteindre l'escalier qui menait à la plage. J'ai attrapé la rampe au vol et effectué un virage à quatre-vingt-dix degrés qui m'a fait décoller du sol et franchir les huit ou dix marches d'un coup. Heureusement, un épais matelas de sable a amorti mon atterrissage. Fisher est apparu dans mon champ de vision.

Pete s'escrimait à grimper. Soudain, il a dérapé ; son genou a heurté le rocher avec un son mat. Je me suis attaquée au mur de pierre. Les semelles de mes baskets crissaient sur la roche humide, tapissée d'algues visqueuses, tandis qu'un mélange de pluie et de sueur me ruisselait dans le dos.

– Fisher ! Descends de l'autre côté ! Essaie de le coincer !

– OK.

Il a poursuivi sa course et rapidement disparu dans la nuit. Je talonnais Pete de si près que je discernais jusqu'aux coutures de ses chaussures. Une fois le sommet atteint, il s'est mis debout et a avancé prudemment le long de la jetée. Il s'est figé au bout de quelques pas.

– Terminus, mon pote ! a crié Fisher. Laisse tomber !

– Ouf ! ai-je soupiré à mi-voix.

On l'avait eu. Je me suis redressée à mon tour. Quand il m'a vue, Pete a brusquement pivoté. Puis il s'est mis à courir comme un fou. Vers l'océan.

– Qu'est-c... Qu... ?

Je me suis élancée à sa poursuite. Le sol était inégal, mouillé, parsemé de flaques. À un moment, j'ai glissé sur le corps gluant d'une méduse échouée. En tombant, j'ai mis les mains sur un tas de crabes morts. Carapaces, pattes, pinces et tout. J'ai serré les dents et je suis repartie aussitôt. Je gagnais lentement du terrain, mais ça ne servait plus à rien. Pete était à l'extrémité de la jetée. Il me tournait le dos, je voyais ses épaules monter et descendre en cadence avec sa respiration haletante.

– Tu es coincé ! lui ai-je hurlé. Tu ne pourras pas toujours te cacher de nous.

Il s'est tourné face à moi, les jambes flageolantes, et m'a fixée droit dans les yeux.

– J'arriverai à me cacher de toi le temps qu'il faut, Rory.

– Le temps de faire quoi ?

– D'obtenir ce que je veux, a-t-il déclaré en tournant ses paumes vers le ciel.

Son regard a dérivé de moi brièvement. Du coin de l'œil, j'ai aperçu Fisher qui escaladait les rochers.

– Écoute, Rory, a repris Pete. Quoi qu'il arrive, il faut que tu saches que ce n'était pas mon idée.

– Quelle idée ?

– De faire disparaître ton père et ta sœur. Et de te mettre ça sur le dos. C'était juste un réflexe.

Mon cœur tambourinait contre ma cage thoracique. Mes pensées étaient aussi agitées que les vagues écumantes qui venaient se briser contre les blocs de roc.

– Attends..., ai-je tenté de traduire. Tu veux dire que tu étais de mèche avec Tristan et Nadia ? Que tu es impliqué dans le scandale des transferts ?

– Non, ce n'est pas eux, a répliqué Pete avec un réel accent de sincérité. Ils n'ont rien à voir avec tout ça.

Ma tête s'est mise à tourner. D'une seconde à l'autre, il me fallait de nouveau faire table rase de mes convictions et me confronter à une nouvelle rafale de questions. Si Tristan et Nadia étaient innocents, qui étaient les coupables en question ? Comment s'y étaient-ils pris ? Est-ce qu'ils avaient trafiqué les pièces d'or eux-mêmes, ou bien les avaient-ils dénichées quelque part ? Et pourquoi avoir choisi Tristan comme bouc émissaire ?

– Dis-moi qui c'est, ai-je demandé fermement à Pete.

Fisher nous a rejoints à cet instant.

– Ne fais pas de bêtise, Pete, l'a-t-il averti. Tu sais mieux que personne qu'on n'est plus immortels.

Pete a émis un gloussement désabusé.

– Tant pis, je tente le coup quand même.

Il s'est reculé d'un pas et tourné face à la mer.

– Non ! ai-je hurlé.

Trop tard. Pete s'était déjà élancé du haut de la digue. Les flots noir d'encre l'ont englouti en une fraction de seconde.

Ici et maintenant

Le drap bleu qui couvrait Tristan se soulevait régulièrement au niveau de son torse. Après notre départ, la veille au soir, la maire avait fait appel à Teresa Malone, une CAP qui était infirmière dans sa vie d'avant. Apparemment, elle s'était bien occupée de son patient. Tristan avait la tête soigneusement emmaillotée de gaze et reposait à plat dos, les bras le long du corps. Debout près du lit, je le regardais. Dehors, le vent et la pluie fouettaient les vitres sans relâche.

On était vendredi matin. Il s'était écoulé trente-six heures depuis la disparition de ma sœur et presque huit heures depuis le plongeon de Fisher, qui était remonté bredouille. Pete s'était bel et bien volatilisé. Soit il s'était noyé, soit il en avait réchappé par miracle. Je priais avec toute ma rage pour qu'il soit encore en vie quelque part. Parce que s'il était mort, on n'aurait pas de réponse. Pete mort, tout était perdu.

Dorn était censé informer tout le monde par radio s'il y avait du nouveau du côté de Pete. J'avais les nerfs en pelote. J'avais veillé toute la nuit dans l'attente d'un communiqué. Enfin, jusqu'à ce que je m'écroule comme une masse sur l'un des lits jumeaux dans la chambre de Krista. À notre réveil, nous avions trouvé deux pièces d'or luisantes sur la table de chevet. Maintenant que Pete était en fuite, est-ce qu'on pouvait les estimer fiables ? Pouvait-on sans risque effectuer des transferts ?

Retrouver Pete : c'était mon unique objectif. Lui seul savait comment sauver Darcy et mon père. Je me suis assurée que mon talkie-walkie était sur « on ». Il l'était, évidemment. Ce silence radio commençait à me rendre dingue.

J'ai haussé le volume, au cas où, après quoi j'ai de nouveau contemplé Tristan. Son bracelet de cuir usé autour du poignet, son profil, sa peau – d'ordinaire bronzée, à présent terne et cireuse. Il marmonnait dans son inconscience. Je me suis demandé s'il rêvait de Pete et du coup qu'il lui avait assené. Est-ce qu'il avait vu de ses yeux le ou les responsables de cette ignoble opération ?

J'ai tiré une chaise et me suis assise près du lit. Je brûlais d'envie de lui prendre la main, mais un vague sentiment de gêne a retenu mon geste. Bon. Tristan était innocent. Une victime au même titre que Darcy, mon père, Aaron et les autres. S'il y avait moyen de le raccrocher à la vie, je devais tenter l'expérience. Ici et maintenant.

Je me suis décidée à poser ma main sur la sienne. Elle était tiède, sans doute un bon signe. Surtout après le froid qu'il avait enduré hier. Les larmes me sont montées aux yeux.

– Tristan ? C'est moi, Rory. Si tu m'entends, je veux que tu saches qu'on est là. On est tous avec toi et on veut que tu t'en sortes.

Ma voix s'est brisée. J'ai inspiré à fond.

– Tristan... Je... Je regrette de t'avoir cru coupable. Je me suis trompée, j'aurais dû m'en rendre compte. J'aurais dû te faire confiance... Mais j'étais tellement bouleversée par le départ de mon père, et ensuite celui de Darcy que...

Je me suis de nouveau interrompue et éclairci la gorge. C'était bien moi, là, en train de présenter des excuses à un type dans le coma ?

– Je te demande pardon, Tristan. Je suis vraiment désolée.

– Désolée pour quoi ?

J'ai sursauté. Joaquin se tenait dans l'encadrement de la porte. En dépit de son air soucieux et de son gros bleu au milieu du front, il restait super canon dans son jean et son tee-shirt de base-ball vert et gris.

– Pour rien, ai-je répliqué.

J'ai laissé ma main glisser sur le drap et l'ai reposée sur mon genou.

– C'est juste que je m'en veux de l'avoir pris pour un traître, ai-je ajouté.

– C'est ce qu'on a tous cru à un moment donné, a souligné Joaquin.

Il est entré dans la chambre et s'est placé de l'autre côté du lit.

– Comment il va ?

– Toujours pareil. Teresa, celle qui tient le magasin de vélos, est restée auprès de lui toute la nuit. À aucun moment il ne s'est réveillé.

Un silence pesant s'est installé entre nous deux. La pluie continuait à tomber, le vent mugissait dans les gouttières et les tuyaux. Pas plus tard qu'hier, j'avais embrassé Joaquin. Sa présence m'était devenue précieuse. Elle m'aidait à oublier cet univers absurde.

– Rory...

Je l'ai regardé droit dans les yeux et lui ai demandé bêtement, sans réfléchir :

– Qu'est-ce qu'on va faire, Joaquin ?

Ses épaules se sont légèrement affaissées. Si je n'avais pas été aussi attentive, ce mouvement m'aurait échappé.

– J'en sais rien, a-t-il lâché d'une voix sourde.

Soudain, nos talkies-walkies se sont ranimés.

– Rory ? Ici Dorn. Réponds-moi. Terminé.

J'ai retenu mon souffle et détaché l'appareil de ma ceinture avant d'appuyer sur la touche « parler ».

– Qu'est-ce qu'il y a ? Vous l'avez retrouvé ? Terminé.

Dorn a marqué un temps d'hésitation un peu trop long à mon goût.

– Je... enfin, on n'est pas encore sûrs. Terminé.

J'ai lancé un regard interrogateur à Joaquin et senti monter la panique, aussi bien chez moi que chez lui. Il a attrapé son talkie-walkie et lancé, sans me quitter des yeux :

– Qu'est-ce que ça veut dire, bordel ?

Malgré les parasites, on a entendu Dorn pousser un soupir.

– On a trouvé un corps échoué sur la plage.

Le corps

Krista nous a interceptés sur les quais, juste devant le Cygne Noir.

– Ce n'est pas Pete, nous a-t-elle annoncé entre deux sanglots.

Des dizaines de visiteurs s'étaient massés le long de la rambarde. En contrebas, Dorn, Grantz et la maire se tenaient au bord de l'eau, près d'un corps que leurs trois silhouettes dissimulaient en grande partie. Les jumeaux Tse étaient au centre des badauds, leurs iris bleu pâle rivées sur la plage, leurs lèvres fines formant un pli amer. Liam et Lalani se trouvaient à l'autre bout, chacun avec un gobelet de café que la tragédie leur avait fait oublier. Ray Wagner, penché par-dessus la balustrade, se dévissait le cou pour mieux profiter de la scène.

– C'est… c'est Cori, a bredouillé Krista. Elle est morte.

– Hein ?

Je refusais d'y croire.

– Non ! s'est écrié Joaquin, subitement livide. Non. C'est pas possible !

Chargés d'un brancard, Fisher et Kevin sont passés près de nous au petit trot. Après avoir descendu l'escalier, ils se sont dirigés à pas lourds dans le sable jusqu'au petit groupe des autorités locales. Dorn s'est effacé devant eux, et c'est alors que j'ai vu Cori. Étendue sur le ventre, ses lourdes boucles noires tout emmêlées et poisseuses, son sweat-shirt et son jean retroussés, gorgés d'eau de mer. Quelqu'un a étouffé un cri quand Fisher et Dorn l'ont retournée sur le dos. La moitié de son visage n'était plus qu'une masse de chair informe, à vif jusqu'à l'os. Elle avait perdu un œil. Je me suis blottie contre l'épaule de Joaquin, les paupières fermées hermétiquement. Il m'a serrée fort contre lui.

Cori avait toujours été sympa avec moi. Enfin, elle s'y efforçait, même si Nadia bavait sur moi en permanence, sans doute de crainte que je lui pique sa meilleure amie. Cori était gentille, discrète. Et si innocente. Pourquoi fallait-il qu'une horreur pareille lui soit arrivée ? Pourquoi fallait-il qu'une telle horreur tout court se produise ? Hier encore, j'étais avec elle. Je commençais vraiment à apprécier son caractère et à la connaître un peu mieux. Et aujourd'hui elle n'était plus là.

– Je ne me sens pas bien, a ânonné Krista, pâle comme un linge. Comment Pete a pu lui faire ça ? Cori et lui étaient les meilleurs amis du monde... Avec Nadia. C'est complètement délirant.

– Elles avaient des preuves contre Pete, tu crois ? ai-je demandé.

– Je ne sais pas, m'a répondu Krista en reniflant. J'ai juste relevé deux ou trois allusions. Je n'ai pas envie d'aller là-bas.

– Moi, si, a contré Joaquin. Je veux en savoir plus.

– Je te suis, ai-je enchaîné tout en me dégageant rapidement de ses bras. Ça va aller, Krista ?

Elle m'a regardée d'un air absent.

– À ton avis, c'est lui qui l'a tuée ? Tu penses qu'il a fait ça parce qu'elle vous a dit où il se cachait ?

– Faut espérer que non, a grondé Joaquin. Mais si c'est lui, ça veut dire qu'il est encore dans les parages. Et donc qu'on peut lui mettre la main dessus.

– C'est vrai, c'est plutôt une bonne chose, a concédé Krista sur un ton incertain.

– C'est une très bonne chose, ai-je appuyé en lui serrant doucement le bras.

Cela signifiait la fin de nos éternelles questions. La fin de ce suspense intolérable. Pete allait devoir parler et payer en conséquence pour ses actes. Pour ma famille, Aaron, Jennifer, Nadia, et probablement aussi pour Cori.

– Bon, je retourne au boulot, a déclaré Krista d'une voix éteinte. Prévenez-moi s'il y a du nouveau.

– Promis, lui a dit Joaquin.

De loin, j'ai remarqué qu'on avait allongé Cori sur le brancard et recouvert son corps d'un drap blanc. Avec Joaquin, j'ai descendu les marches qui menaient à la plage.

Liam a quitté Lalani et nous a emboîté le pas. Fisher, visage de marbre, nous a adressé un bref signe de tête en s'avançant avec le brancard. Kevin est passé sans un regard. Nous avons rejoint la maire, le commissaire Grantz et Dorn. La marée montante avait déjà effacé l'empreinte de Cori dans le sable. Comme si elle n'avait jamais existé.

– Que s'est-il passé, bon sang ? a grondé Joaquin.

J'ai jeté un œil aux badauds. Maintenant qu'on avait emporté le cadavre, ils commençaient à se disperser, les uns allant vers le Cygne Noir, les autres regagnant le centre. Les jumeaux, eux, étaient encore plantés là ; chacun agrippé de la main droite à la rambarde. Ray Wagner, tel un vautour de la pire espèce, s'était précipité pour suivre Fisher et Kevin dans leur lente ascension de la colline.

– On l'ignore, a répondu Dorn, les poings sur les hanches. Contrairement à Tristan, elle n'a pas été agressée avec un objet contondant.

– Mais son visage..., ai-je amorcé.

– Sans doute dû à l'impact de sa chute dans l'eau, ou bien aux vagues qui l'ont jetée sur les rochers, a résumé Dorn en secouant la tête. La natation, c'était pas son fort. Si ça se trouve, c'est une simple noyade.

– Sauf qu'elle est la deuxième CAP à mourir, a souligné sèchement Mme Parrish.

– Vous avez examiné ses poumons ? s'est enquis Liam.

– Pardon ?

Indifférent au ton cinglant de la maire, Liam a haussé les épaules.

– Si ses poumons sont remplis d'eau, ça veut dire qu'elle s'est noyée. Dans le cas contraire, ça implique qu'elle est morte avant de toucher l'eau, et donc qu'on l'a…

« Assassinée », ai-je terminé en mon for intérieur.

Les deux policiers ont échangé un regard impressionné.

– On va voir ce qu'on peut faire, s'est borné à dire Dorn.

– Quel cauchemar ! a pesté Mme Parrish.

Elle n'était absolument pas maquillée et, chose rarissime, quelques mèches de cheveux s'étaient échappées de son chignon habituellement impeccable.

– Ne vous inquiétez pas, madame la maire, a repris Dorn avec une fausse assurance. On va mettre de l'ordre dans tout ça.

L'incertitude qui se lisait dans les yeux de Mme Parrish m'a fait trembler. Cette femme était le pilier de Juniper Landing. Si elle-même commençait à vaciller, tous les espoirs des CAP ne tarderaient pas à s'effondrer.

– Il serait temps ! a-t-elle rétorqué avec aigreur. Pour le moment, nous n'avons guère avancé. Je dirais même qu'on a reculé. Nadia et Cori sont mortes, Tristan est dans le coma, et nous avons encore un coupable en cavale. Au cas où vous ne l'auriez pas remarqué, l'île est en train de sombrer dans ce foutu océan !

Elle a tapé du pied avec rage. Le sable s'est enfoncé mollement sous sa semelle, sans plus.

Joaquin s'est tourné vers elle.

– Pete connaît l'île moins bien que Tristan, on va le retrouver, a-t-il déclaré avec aplomb.

– Vous feriez bien, a grincé Mme Parrish entre ses dents. Parce que, à ce train-là, on ne va pas tenir longtemps.

– Comment ça ? s'est affolé Grantz.

La maire l'a toisé avec froideur, limite avec mépris.

– Si nous ne réglons pas rapidement le problème, nous pourrions être témoins de la fin de Juniper Landing. En direct.

Tout le monde s'est tu. La pluie a redoublé. Les gouttes ricochaient sur nos cirés et nous giflaient les joues. Spontanément, j'ai pris la main de Joaquin. Il m'a répondu par une légère pression de ses doigts sur les miens.

– Formez des équipes de recherche et ramenez-moi Pete, a ordonné la maire avant de s'éloigner à grandes enjambées.

– Et l'enterrement ? Normalement c'est aujourd'hui que Nadia...

– Pas de changement, on s'en tient au programme prévu, a déclaré Mme Parrish en se retournant à contre-cœur. Mais préparez-vous à creuser une deuxième tombe.

Elle a lancé un dernier regard vers l'endroit où gisait Cori encore quelques minutes plus tôt, puis s'est redirigée vers le quai d'un pas décidé. Les jumeaux, toujours aussi énigmatiques, suivaient sa progression des yeux.

– La fin du monde, hein ? a lancé Liam. J'aurais jamais cru assister à ça !

Sur ce, il s'en est allé rejoindre Lalani. Tous deux ont longé lentement la promenade en planches, main dans la main.

De son talkie-walkie, Grantz a lancé des directives pour organiser les équipes. Après que Mme Parrish a disparu à l'angle du quai, Selma et Sebastian Tse se sont tournés vers moi et m'ont regardée avec un sourire narquois. Machinalement, j'ai serré la main de Joaquin.

– Qu'est-ce qu'il y a ? m'a-t-il demandé.

– C'est horrible, on dirait que ça les amuse, ai-je expliqué en désignant les jumeaux du menton.

Joaquin a pivoté pour les observer. Aucun des deux n'a cillé. J'ai même eu l'impression que leur sourire s'élargissait.

– Qui est responsable d'eux ? a voulu savoir Joaquin.

– Aucune idée. Ça devient difficile de s'y retrouver.

– Essaie de te renseigner. Je suis d'accord avec toi : ils sont louches, ces deux-là, on n'a pas besoin d'ennuis supplémentaires.

– D'accord, je m'en occupe.

Les jumeaux nous tenaient toujours sous l'emprise de leur pâle regard quand on a atteint les planches. Il restait encore quelques visiteurs, debout sous la pluie, qui contemplaient la mer.

– On se retrouve chez la maire à dix heures, OK ? m'a dit Joaquin en me lâchant la main.

L'espace d'une nanoseconde, j'ai cru qu'il allait se pencher pour m'embrasser avant de partir. J'en avais envie, mais en même temps je me méfiais de ma réaction. Finalement, Joaquin a tourné les talons, puis il a obliqué vers la ruelle qui menait chez lui.

Je suis restée plantée sur place, tremblante. Comment gérer cette situation une fois que Tristan serait de retour ? S'il se réveillait… Non : quand il se réveillerait, il me faudrait prendre une décision. Lui pardonner de s'être envolé sans aucune explication et donner une seconde chance à notre histoire. Ou bien rester avec Joaquin, la seule personne qui ne m'avait jamais lâchée jusqu'à présent.

Je me suis mise à marcher. Au bout de deux pas, les jumeaux Tse se sont matérialisés près de moi, l'un sur la droite, l'autre sur la gauche. Je me suis raidie instinctivement et j'ai replié les bras sur ma poitrine, comme pour m'en faire un bouclier contre les mauvaises ondes émises par cet angoissant duo.

– Encore perdu un des vôtres, on dirait ? a lancé Sebastian avec désinvolture.

– Comment ça ?

– Un local. Un de chez vous.

J'ai encaissé la remarque tout en me demandant comment il était au courant. Mais après tout, c'était une petite ville, les nouvelles circulaient vite.

– Oui, en effet, ai-je fini par répondre. Mais c'était plus qu'une habitante de Juniper Landing, c'était… une amie. Elle mérite un peu de respect, je crois.

J'ai accéléré, mais ils ont suivi la cadence. J'avais l'impression que les prunelles de Selma me transperçaient la joue. J'ai rentré la tête dans les épaules. J'aurais voulu disparaître entièrement à l'intérieur de mon ciré, comme une tortue dans sa carapace.

– Va falloir s'y habituer, je suppose, a repris Sebastian avec une certaine perfidie.

Je me suis arrêtée net et je lui ai fait face, hargneuse.

– Qu'est-ce que tu insinues ? Tu sais quoi, au juste ?

Il a levé les bras comme pour apaiser un pit-bull.

– Rien. C'est juste que, avec cette tempête, comme on est sur une île... les accidents vont vite se multiplier.

Je l'ai fixé en plissant les yeux jusqu'à ce que sa sœur se faufile derrière moi et se colle à son inséparable.

– Tu es drôlement sur la défensive, m'a-t-elle fait remarquer de sa voix criarde. Tu es sûre que tu ne veux rien nous dire ?

– Si, ai-je sifflé entre mes dents. Foutez-moi la paix !

J'ai effectué un demi-tour, mais mon pied s'est coincé entre deux planches et j'ai trébuché. Sebastian s'est précipité pour me rattraper et, à l'instant même où il m'a pris le bras, sa vie a défilé devant moi. L'épisode de sa mort aussi.

J'ai vu Sebastian dans un berceau, tête-bêche avec Selma. Puis Sebastian dans son uniforme scolaire noir et blanc, en train d'embêter un gamin plus petit que lui. Sebastian qui vient de marquer le but de la victoire pendant un match de foot et qui crache aux pieds de son adversaire. Sebastian recroquevillé dans un coin de pièce, pendant que ses parents se hurlent dessus. Sebastian et Selma encourageant leur favori à grands cris lors d'un rallye. Les mêmes, agressés un soir dans une rue sombre. Sebastian se défend. Un coup part. Sebastian voit sa sœur mourir avant d'être abattu à son tour.

Je me suis dégagée brutalement et j'ai filé en courant, les yeux remplis de larmes. Quelle mort atroce ! Assister à l'agonie de sa sœur jumelle. Pourtant, c'était les visions de lui, vivant, qui m'avaient encore plus bouleversée. La souffrance qu'il portait en lui, celle qu'il infligeait aux autres. Son existence avait été brève, mais marquée par les blessures et l'incompréhension, la colère et la peur.

– Eh ben, merci quand même ! a crié Sebastian.

Je me suis retournée, ruisselante de pluie.

– Merci.

Et j'ai foncé à toute allure vers la colline. Au moins, j'avais un élément de réponse à la question de Joaquin : Sebastian était sous ma responsabilité. Et voué à quitter l'île dans le peloton de tête dès que les choses seraient arrangées.

Funérailles

Nous marchions en cortège, deux par deux, tête basse. Le service avait été court et impersonnel, comme si l'on avait oublié le rôle premier des veillées et des messes, ces rites destinés à évoquer la mémoire du défunt avec tendresse et à lui rendre un dernier hommage. La maire s'était acquittée d'un bref discours dans le salon. Les cercueils en bois brut reposaient au centre de la pièce, entourés de fleurs artificielles, étant donné que toutes les vraies avaient pourri sur pied depuis belle lurette. Personne ne s'était porté volontaire pour ajouter un mot. Mais au moment où l'on a emporté les corps de Nadia et Cori, notre groupe s'est écarté tout naturellement, en guise de haie d'honneur improvisée. L'émotion m'a alors submergée, j'ai fondu en larmes.

Je pleurais pour Cori, je pleurais pour Nadia. Toutes deux avaient séjourné sur cette île, elles s'y étaient promenées en toute confiance, comme nous tous, persuadées – à tort – qu'il ne pourrait plus rien leur arriver de mal.

Je pleurais sur mon père, sur Darcy, sur Aaron. Cet enterrement me rappelait celui de ma mère, le dernier auquel j'avais assisté sur terre. Dès que j'ai ouvert cette porte, mes souvenirs ont déferlé comme la marée montante. Au grand galop. Ma douleur était aussi vive que le jour où maman avait rendu l'âme.

Le jour de l'inhumation, Darcy s'était comportée de manière admirable. Gracieuse comme une danseuse de l'Opéra, elle accueillait les gens avec le sourire, échangeait quelques mots gentils avec eux, les remerciait d'être venus. Jusqu'au moment où elle s'était approchée du cercueil encore ouvert. Là, elle n'avait pu retenir un gémissement à fendre le cœur de toute l'assemblée. Mon père avait tenté de se lever pour prononcer l'éloge funèbre, mais ses forces l'avaient trahi. Il était tombé, un genou à terre, et était demeuré prostré pendant cinq minutes. Mon oncle Morris avait fini par l'aider à se redresser.

J'ai repensé à l'instant où j'avais pris la main de maman dans son cercueil. Contemplé son visage trop maquillé en l'adjurant de se réveiller. D'ouvrir les yeux et de m'annoncer que c'était juste un mauvais rêve.

« Réveille-toi, réveille-toi, réveille-toi, répétais-je en silence. Par pitié, maman, réveille-toi. »

C'est cet instant poignant qui s'est soudain fixé à la surface de ma mémoire.

« Maman, s'il te plaît, réveille-toi. »

Pour la millième fois, j'ai fait le vœu de pouvoir parler à ma mère, ne serait-ce que quelques secondes. Elle me manquait plus que jamais. J'avais besoin de ses conseils. Besoin qu'elle me dise que tout allait s'arranger. Mon père et Darcy me manquaient aussi, bien sûr. Et moi j'étais là, toute seule. C'était trop injuste.

– Rory ?

J'ai levé la tête et croisé le regard de Joaquin. Je ne m'étais même pas rendu compte que le cortège s'était arrêté.

– Ça va ?

J'ai hoché la tête et laissé mon regard errer sur les imperméables et les parapluies qui entouraient les cercueils, à présent déposés sur l'herbe, à côté de deux tombes fraîchement creusées. Ils étaient en bouleau ; l'or pâle du bois offrait la seule touche de couleur au sein de la grisaille environnante. Évidemment, Juniper Landing était dépourvu de cimetière. On avait donc décidé d'enterrer les corps sous les arbres, au sommet d'une colline basse, au sud-est de l'île. Une parcelle de terrain plat, avec une belle vue sur la ville, côté est, et sur l'océan, côté sud. D'après ce que j'avais appris, Fisher, Dorn et Kevin avaient mis plus d'une heure pour creuser les fosses. La terre lourde, gorgée d'eau, n'arrêtait pas de s'effondrer. Il ne restait plus qu'à descendre les cercueils, et la triste cérémonie s'achèverait là.

– Tu… tu n'es pas avec eux ? ai-je demandé à Joaquin en m'essuyant le nez avec le poing.

Normalement, il faisait partie des seize porteurs chargés de l'inhumation.

– Si.

Une expression de douleur a voilé son visage.

– Je voulais juste m'assurer que tu allais bien, a-t-il ajouté en me prenant le coude.

– Merci.

Et j'étais sincère.

La respiration oppressée, j'ai promené mon regard sur les nombreux CAP vêtus de noir, qui se passaient des mouchoirs en silence. Derrière eux, une petite foule s'était formée peu à peu. Des curieux. Leur présence m'a dérangée, voire indignée. C'était un moment intime, pas une attraction touristique. Bien entendu, Ray Wagner et Jack Lancet étaient là. Ils chuchotaient entre eux, quasiment tête contre tête. Quand Wagner m'a surprise en train de l'observer, il a agité la main, comme s'il était à la fête.

– Je crois qu'il est grand temps qu'on en finisse, ai-je soufflé d'une voix tendue.

Joaquin a hoché la tête, puis a rejoint l'équipe des porteurs. Avec Liam, Kevin, Fisher et les autres, ils ont soulevé le cercueil de Nadia et, serrant les dents sous l'effort, ils l'ont fait descendre en douceur dans la tombe. Au moment où le bois a heurté le fond avec un bruit sourd, Lauren a éclaté en sanglots et s'est réfugiée dans les bras de Bea. La même manœuvre s'est répétée pour Cori. Après que les porteurs ont récupéré les cordes, Mme Parrish s'est avancée au bord des tombes.

– Aujourd'hui, nous perdons deux personnes qui nous étaient chères. N'oublions jamais la grande valeur de leur vie. Et ce que leur mort signifie pour nous.

Elle s'est penchée pour ramasser une motte de boue, qu'elle a jetée sur le cercueil de Nadia, puis a effectué le même geste pour Cori. Les CAP se sont rangés en ligne et ont commencé à défiler devant les tombes afin de se conformer au rituel. Petit à petit, les cercueils se sont recouverts de terre. Tout en avançant, j'observais les badauds massés à l'écart. J'ai surpris des regards hostiles, méfiants, des murmures furtifs. Ils parlaient de nous, sûr. Et pas en bien, c'était encore plus clair. Mais quoi ? On enterrait deux amies, voilà tout.

Quand mon tour est arrivé, j'ai ramassé un peu de boue et, les yeux fixés sur un nœud dans le bois du couvercle, j'ai ajouté mon humble offrande à celle de mes compagnons.

– Au revoir, Nadia.

Je me suis placée au pied de l'autre tombe.

– Je suis désolée, Cori. J'aurais aimé arrêter Pete à temps.

Après avoir lâché ma seconde motte de terre, je me suis retirée rapidement, les joues baignées de larmes. À présent, il n'y avait plus rien à faire pour elles deux. Juste aller de l'avant.

Joaquin m'attendait quelques mètres plus loin, sous un grand parapluie noir.

– Tu veux manger un morceau ?

– Non, merci.

J'avais envie de rentrer chez moi, même avec la perspective de n'y trouver que silence et solitude. Joaquin a doucement posé une main au bas de mon dos, et on s'est éloignés de la foule. À la vue des jumeaux, je me suis arrêtée net dans mon élan. Alors que la plupart des curieux se tenaient à distance respectueuse, les inséparables Tse s'étaient postés au milieu du pré, dans l'ombre d'un parapluie, quelques mètres derrière le ruban des proches qui se déroulait devant les deux tombes. Leurs prunelles m'ont épinglée, transpercée à me tordre les entrailles. Sebastian jouait avec une pièce qu'il promenait agilement d'un doigt à l'autre – un tour que je n'avais jamais réussi à faire.

– Je suis scié qu'il soit sous ta responsabilité, a murmuré Joaquin. Et tu ne le savais pas ? C'est dingue !

– Je suis aussi paumée que toi, je te signale, ai-je soufflé en retour.

Normalement, nous savions quels visiteurs nous étaient confiés dès qu'ils arrivaient sur l'île. Au premier coup d'œil, on connaissait tout d'eux. Lorsque le moment de leur transfert approchait, on apprenait les circonstances de leur mort, et on les aidait à résoudre leurs problèmes.

– C'est sans doute parce qu'ils sont arrivés le jour du naufrage, ai-je poursuivi. C'était une telle pagaille !

– Oui, peut-être, m'a concédé Joaquin. C'est moi qui me fais des idées, ou dès qu'on parle des Tse, il y a un truc pas net ?

– Non, entièrement d'accord avec toi.

À cet instant, Sebastian a changé de position et j'ai remarqué que la pièce avec laquelle il s'amusait n'était pas en argent mais en or.

– Joaquin, regarde !

À la vue de cette pièce, semblable en tout point à celle que les CAP recevaient avant d'escorter une âme, Joaquin a pâli. Sans le consulter, je me suis ruée sur Sebastian et je lui ai agrippé le bras.

– Hé ! Lâche-moi ! a-t-il fulminé en se dégageant.

– Où tu as trouvé ça ? l'ai-je interrogé avec véhémence.

– C'est pas tes oignons, a-t-il riposté en rempochant la pièce illico. Sauf si tu veux nous expliquer ce que c'est ?

Lui et sa sœur nous fixaient attentivement, les yeux luisants de méchanceté.

– Pff ! Ça m'étonnerait, a commenté Selma.

Sur ce, ils nous ont tourné le dos dans un parfait mouvement d'ensemble, puis ils se sont éloignés d'un pas égal.

Une rafale glacée m'a rabattu les cheveux sur la figure.

– Qu'est-ce qu'ils trafiquent, ces deux-là ? a pesté Joaquin.

– Pete a dit qu'il travaillait pour quelqu'un. On a immédiatement pensé à un CAP, mais on a peut-être tout faux. Si ça se trouve, il s'agit d'un visiteur.

– Impossible, voyons. Les Tse ont débarqué avec le dernier ferry. Aaron, Jennifer, ton père... ils étaient déjà tous partis pour Shadowland à ce moment-là.

– À moins que les jumeaux soient arrivés plus tôt, ai-je argué, sentant mon pouls s'accélérer. Si ça se trouve, ils sont sur l'île depuis longtemps.

– Tu délires !

– Non. Réfléchis. Steven Nell a réussi à s'infiltrer ici en échappant à tous les radars. Les Tse ont très bien pu faire pareil. Ils se planquent jusqu'au jour du naufrage, après quoi ils sortent du bois en profitant de la panique générale. Ils commencent à chercher des crosses aux CAP et, du coup, font diversion pour que Pete continue à acheminer des âmes.

Joaquin a observé le groupe des visiteurs. Bon nombre d'entre eux se sont effacés devant Sebastian et Selma, puis les ont suivis en direction du centre. Quelques-uns se sont retournés pour nous jeter des coups d'œil suspicieux. On aurait dit que les jumeaux rassemblaient leurs troupes. Ces visiteurs se comportaient comme des adeptes décérébrés.

– Sinon, pourquoi auraient-ils une pièce d'or, Joaquin ? ai-je insisté. Pourquoi ils nous poseraient un tas de questions tout en donnant l'impression de connaître déjà les réponses ?

Juste avant de disparaître de notre vue, Sebastian a marqué une pause et observé la girouette plantée sur la plus haute tourelle de la maison des Parrish. Ensuite, il s'est retourné très lentement et nous a gratifiés d'un sourire sinistre qui m'a fait froid dans le dos. Joaquin a serré les mâchoires.

– Il faut en parler à notre maire, a-t-il déclaré, la mine sévère. À mon avis, il est grand temps qu'elle ait une petite conversation avec les Tse.

Mortes et enterrées

Bien après que tout le monde a été parti, j'ai continué à contempler les tombes. On ne les avait pas encore comblées, et les monceaux de terre boueuse qui attendaient en bordure, sur l'herbe verdoyante, avaient quelque chose de choquant. Rien de tout cela n'aurait dû se produire. Elles n'auraient pas dû mourir. Mais ce n'était pas ma faute. Si Nadia avait gentiment joué son rôle de bouc émissaire jusqu'au bout, si Cori était restée tranquille au lieu de s'en mêler, on n'aurait jamais eu à creuser ces deux tombes.

J'aurais pu terminer sans causer de morts, mais ce qui est fait est fait. Inutile de s'appesantir sur le passé. Je vais bientôt toucher au but. C'est la seule chose qui compte.

Fin de la trêve

Avec Krista, Liam et Bea, je suis restée dans l'entrée de la pension de famille où logeaient les jumeaux pendant que Joaquin, Fisher, Kevin et Dorn s'engageaient dans l'escalier qui montait au premier. Je supportais mal que les Tse habitent la même rue que moi. Une telle proximité me donnait la chair de poule. Heureusement, Krista me tenait compagnie depuis quelques jours, et j'attendais avec impatience que les deux inquiétants personnages quittent Juniper Landing pour me sentir enfin à l'aise dans ma propre maison.

J'ai regardé par la fenêtre, il faisait toujours un temps exécrable. Je croisais les doigts pour que cette opération se déroule dans le calme. Depuis les funérailles, il régnait une tension palpable entre les CAP et les visiteurs.

Fisher a tambouriné contre la porte. Un véritable coup de tonnerre. Liam a sursauté ; moi aussi. Inutile de contrôler ses réactions, on était tous à cran. Pour la deuxième fois on venait de perdre un membre de notre groupe.

Une fille avec qui on avait partagé des rires, des virées, des secrets. On voulait des explications, on réclamait justice, on exigeait que ces décès s'arrêtent.

– Selma ? Sebastian ? Il faut qu'on parle, a dit Joaquin. Ouvrez-nous, s'il vous plaît.

Pas de réponse. À l'étage du dessus, une porte s'est ouverte en grinçant. Nul doute que des oreilles indiscrètes traînaient dans les parages. Joaquin a lancé un coup d'œil à Dorn, qui avait endossé son uniforme de policier pour l'occasion. Sa voiture de patrouille – la seule de la ville – était garée un peu plus loin dans la rue.

– Selma et Sebastian Tse, vous m'entendez ? a-t-il vociféré. Police de Juniper Landing, ouvrez !

Cette fois, plusieurs portes se sont ouvertes sur le palier du second. Un homme en robe de chambre s'est avancé et s'est penché au-dessus de la rampe en criant :

– C'est quoi, ce remue-ménage ?

– Rien de grave, monsieur, l'a assuré Bea. Simple routine de police.

– Selma et Sebastian Tse, on sait que vous êtes là, a repris Dorn, un ton en dessous. Ouvrez ou bien j'enfonce la porte.

– Ça n'a pas l'air rien, quand même, a lâché le voisin en descendant quelques marches.

J'ai serré les dents et observé Krista, qui paraissait toute pâle sur le fond jaune du papier peint à fleurs. L'attente s'est poursuivie cinq ou six secondes interminables. Mauvais signe. Finalement, une porte s'est entrebâillée au bout du couloir, et Sebastian ou Selma – impossible de dire lequel – a passé la tête dehors.

– Qu'est-ce que vous voulez ?

– Monsieur Tse ? a hasardé Dorn.

– Mademoiselle Tse, a corrigé Selma avec fatuité.

– Excusez-moi, s'est contraint à formuler le policier. Voulez-vous sortir, s'il vous plaît ?

Selma n'a pas bougé d'un cheveu. La porte non plus.

– Pour quelle raison ?

– Est-ce que votre frère est à l'intérieur, mademoiselle ? a éludé Dorn en portant une main à sa ceinture.

Le regard de Selma a obliqué vers le pistolet, puis s'est de nouveau focalisé sur l'homme.

– Pourquoi ?

– Parce que nous allons vous demander de nous suivre, mademoiselle.

La porte s'est écartée si brusquement que Dorn a fait un bond en arrière. Sebastian est apparu dans l'encadrement, poings serrés le long du corps. À l'évidence, furieux.

– Vous suivre où ? a-t-il craché, ses yeux furetant de Joaquin à Fisher, et de Fisher à Kevin, comme s'il cherchait à enregistrer le moindre détail. On est en état d'arrestation ? On n'a rien fait de mal !

– Nous voulons simplement vous poser quelques questions, l'a informé Dorn avec fermeté.

– Alors allez-y, a sifflé Selma.

Dorn s'est tourné vers nous, puis il a regardé l'homme en robe de chambre et la volée de marches qui montait à l'étage du dessus, où d'autres personnes se tenaient sans nul doute à l'affût. Liam, toujours aussi peu discret, haussait le cou pour assister à la scène.

– Je préfère qu'on parle au poste, a-t-il décrété finalement.

Sans crier gare, Sebastian s'est jeté sur lui et, malgré sa maigre corpulence, l'a poussé de toutes ses forces contre le mur. Je me suis figée sur place, Selma a poussé un cri. Dorn a riposté presque instantanément. En deux temps, trois mouvements, il a saisi Sebastian à la gorge et l'a plaqué au sol, face contre le plancher.

– Très mauvaise idée, lui a-t-il glissé à l'oreille. Maintenant, je t'arrête pour avoir agressé un officier de police.

J'ai entendu un cliquetis métallique, et les menottes se sont refermées sur les poignets de Sebastian sans même que j'aie vu Dorn les décrocher de sa ceinture. Ce type était très fort.

– Sebastian ! a hurlé Selma. Ça va ?

– Occupe-toi d'elle, a grogné Dorn à Joaquin.

D'une secousse, il a remis Sebastian debout. Il était rouge vif, ses joues tremblotaient, on le sentait partagé entre la colère et la gêne de s'être fait déstabiliser par un gamin, ne serait-ce qu'une seconde.

À présent, les curieux s'amassaient sur le palier. Joaquin a voulu s'emparer de Selma, qui s'est aussitôt rebellée.

– Laisse-moi faire, lui ai-je glissé.

– OK, à toi l'honneur.

J'ai inspiré à fond et je me suis approchée de la jumelle Tse. Sans son frère, elle avait l'air désemparée. Pleine de rage, mais craintive.

Les paumes tournées vers le ciel, j'ai tenté de parlementer avec diplomatie, ce qui n'était pas particulièrement mon fort.

– Écoute, Selma, si tu acceptes de nous suivre sans faire d'histoires, je te promets que tout se passera bien.

« Sauf si j'apprends que c'est vous qui avez expédié ma famille en enfer », ai-je complété en mon for intérieur.

– Ouais, sûrement, a-t-elle ironisé. Suffit de voir comment votre grand singe de flic a embarqué mon frère.

– Ton frère l'a attaqué ! ai-je contré, à bout de nerfs. Mais si tu veux bien qu'on t'interroge sur un ou deux points, ils le relâcheront avec un simple avertissement.

Sans quitter le seuil de l'appartement, Selma continuait de me lorgner avec méfiance. Quand la porte de la voiture de Dorn a claqué, elle s'est couvert la bouche pour étouffer un cri. À travers les flashes de la vie de Sebastian, j'avais compris la force de leurs liens. À présent, je devinais ce qu'elle ressentait à l'idée d'être séparée de lui.

– Bon. Tu veux accompagner ton frère ou tu préfères rester ici ? Seule.

– Je viens, m'a-t-elle dit sèchement en attrapant son sac dans l'entrée. Il y a des avocats, dans cette ville ?

Avec Bea, Liam et Krista, on l'a regardée sortir en trombe. Décidément, les jumeaux aimaient bien compliquer les choses.

– Vous êtes prêts ? nous a lancé Joaquin tandis que Dorn casait Selma à côté de son frère sur la banquette arrière.

On était censés fouiller l'appartement des Tse à la recherche d'autres pièces d'or ou d'indices probants.

– Oui, ai-je répondu. On va essayer de faire ça le plus vite poss…

Un grésillement m'a coupée, et la voix de Grantz a tonitrué dans nos talkies-walkies.

– Attention à tous ! On vient de localiser Pete Sweeney. On le conduit au poste. Terminé.

J'ai regardé Joaquin avec des yeux ronds.

– Il est vivant !

– Tant mieux, pas vrai ? a commenté Liam.

– J'y vais, ai-je enchaîné en remontant la fermeture de mon coupe-vent.

– Je viens avec toi, a proposé Joaquin.

– Pas question. J'ai besoin de toi et de Fisher.

Ce refus émanait de Dorn, qui avait soudain réapparu.

– Eh bien, j'irai seule, ai-je déclaré.

– Non, a répliqué Joaquin. Rappelle-toi ce qu'on a convenu : personne ne va nulle part sans être accompagné.

Il m'a rapidement caressé la joue. J'ai eu l'impression que tout le monde avait surpris ce bref instant d'intimité et je me suis mise à rougir.

– J'y vais ! ont lancé Krista et Liam d'une seule et même voix.

– Toi, a dit Joaquin en désignant Liam, tu pars avec Rory. Toi, Krista, tu restes avec Bea pour fouiller l'appartement.

Krista m'a regardée, à la fois déçue et inquiète. Son attitude m'a touchée. Les filles que je fréquentais de mon vivant étaient davantage des connaissances que des amies. On était dans la même classe, on faisait du sport ensemble, mais rien de plus. Avec Krista, c'était différent. Pour moi, elle était devenue comme une seconde sœur. Malheureusement, j'avais perdu la première entre-temps.

Krista s'est tournée face à Joaquin.

– Mais Rory aura peut-être besoin de…

– Fais ce qu'on te dit, a-t-il rétorqué.

– Bon… D'accord, s'est résignée Krista.

– On y va ? On perd du temps, là, ai-je dit à Liam.

Avant que je parte, Joaquin m'a attrapée par le poignet et attirée à lui. Des vagues successives d'excitation et d'impatience ont assailli mon corps.

– Tu me contactes dès que tu en sais plus, promis ? m'a-t-il murmuré tout en surveillant les jumeaux qui discutaient à voix basse à l'arrière de la voiture de patrouille. D'ici ce soir, l'un d'eux va parler. On les retrouvera bientôt, Rory.

Son énergie était contagieuse. Pour la première fois depuis des jours, j'ai entrevu le bout du tunnel.

– Oui, on les ramènera, ai-je affirmé en retour.

Trop long

– Il est inconscient ? me suis-je étonnée, debout dans le sous-sol humide et surchauffé du commissariat. Le commissaire Grantz, trempé par la pluie, dégageait en outre une âcre odeur de sueur froide. Il avait des valises sous les yeux. Sa veste d'uniforme en synthétique bleu foncé avait une manche à moitié déchirée, et ses bottes noires étaient crottées de boue, de même que le bas de son pantalon.

– Ouais, m'a-t-il confirmé en s'essuyant le front avec un chiffon. On l'a trouvé à la crique, au pied de la falaise. L'a dû glisser et s'assommer en tombant.

– Vous auriez pu nous le préciser avant, a critiqué Liam.

Grantz lui a décoché un regard acéré. Une remarque de plus et il allait craquer, c'était évident.

– Teresa est auprès de lui, j'attends le diagnostic. Vous pouvez aller le voir si ça vous chante.

Comme j'acquiesçais, il nous a ouvert la porte. La prison de Juniper Landing comportait en tout et pour tout deux minuscules cellules équipées d'une rangée de barreaux sur la façade et la cloison de séparation. Malgré la chaleur, j'ai été prise de frissons en y pénétrant. Liam s'est faufilé derrière moi.

Pete était étendu sur une paillasse, le corps couvert d'un tas de couvertures. Il avait la tête tournée du côté du mur mais on arrivait à distinguer sa joue, son menton et son oreille droite. Il avait plutôt bonne mine. Un peu pâle, peut-être. En tout cas, son crâne était intact.

Pourquoi fallait-il qu'on tombe tout le temps sur des suspects incapables de communiquer ?

Teresa, cheveux courts gris, la quarantaine, était assise au chevet de Pete, en train de lui prendre le pouls. À notre arrivée, elle a levé les yeux, puis reposé doucement le bras de son patient sur le matelas. Ce geste m'a limite ulcérée. Avec mon côté vindicatif, j'estimais que Pete ne méritait pas autant de ménagements. À cause de lui, Tristan était dans le coma, et Nadia et Cori étaient mortes.

– Comment va-t-il ? me suis-je enquise.

Teresa s'est levée en soupirant.

– Ses organes vitaux sont indemnes, mais il souffre d'hypothermie. Il faut attendre avant de se prononcer.

– À votre avis, il va se réveiller dans combien de temps ? a voulu savoir Liam.

– Difficile à dire. Il n'est pas en aussi mauvais état que Tristan. Mettons quelques heures. Un ou deux jours au plus tard.

Sur ce, l'infirmière a ouvert la porte de la cellule.

Un ou deux jours ! Ces mots m'ont anéantie. J'ai repensé à mon père et à Darcy. Pour eux, chaque minute passée dans l'enfer de Shadowland était une minute de trop.

Teresa s'est placée face à Liam.

– C'est toi qui as demandé qu'on examine les poumons de Cori ? Merci du conseil. Après une rapide autopsie, j'ai constaté qu'ils étaient remplis d'eau. On peut donc en conclure qu'elle s'est noyée.

– C'est une… une bonne nouvelle ? a hasardé Liam.

– Ça renforce la thèse de l'accident, s'est bornée à répondre Teresa.

– Peut-être, mais ça ne prouve rien, ai-je contré. D'après Dorn, tout le monde savait que Cori n'était pas une grande nageuse. Avec la tempête qu'il y avait ce soir-là, si Pete l'a poussée à l'eau…

Liam est devenu vert. Je n'ai pas insisté. Je n'avais guère envie d'entrer dans les détails moi non plus. La cruauté d'un tel acte, la terreur de Cori au milieu des vagues déchaînées…

– Entrez, il se réveillera peut-être si vous lui parlez, nous a suggéré Teresa avec un mouvement de tête vers le lit.

Cette pensée m'a fait frémir. Rien de ce que je comptais dire à Pete n'allait l'inciter à revenir parmi nous. Je m'apprêtais à formuler ma phrase tout haut quand Pete a subitement tourné la tête. Il gardait les yeux fermés, mais je me suis raidie et agrippée au bras de Liam.

– Pete ? Pete, tu m'entends ?

Teresa a rappliqué, armée d'une minuscule lampe de poche qu'elle a braquée sur la pupille de Pete après avoir soulevé sa paupière. Aucune réaction.

– Fausse alerte, a-t-elle lâché.

– Euh, vaudrait mieux qu'on s'en aille, a déclaré Liam, le teint cireux.

Il a foncé sur la porte comme s'il y avait le feu.

– Et s'il se réveille ? ai-je objecté.

Liam est resté la main sur la poignée.

– On ne va pas rester ici deux jours ! Je propose qu'on aille chez la maire, voir si les Tse se sont décidés à parler.

C'était tentant. Les jumeaux étaient lucides, eux au moins. J'ai observé Pete, ses paupières hermétiquement closes, sa poitrine qui se soulevait et retombait à un rythme normal. Calme.

– Je vous préviendrai par radio dès qu'il sera réveillé, m'a dit Teresa en posant une main réconfortante sur mon avant-bras. Filez. Et ne vous séparez pas, surtout !

– Entendu, ai-je cédé à contrecœur. Merci.

Liam s'est engouffré dans le couloir. Au lieu de le suivre, j'ai attendu que Teresa sorte de la cellule et tire la porte derrière elle. Pete avait condamné mon père, ma sœur, Aaron, Jennifer et plein d'autres innocents aux pires supplices, je n'irais nulle part avant de m'être assurée qu'il était bouclé en toute sécurité.

Teresa a sorti une grosse clé à l'ancienne et l'a introduite dans la serrure. Quand elle l'a tournée, j'ai perçu le « clac » satisfaisant du pêne s'insérant dans la gâche.

– Qui garde cette clé ? ai-je voulu savoir.

– Je vais la rendre au commissaire Grantz. C'est le seul et unique exemplaire. Venez avec moi, si vous voulez.

Teresa a ponctué ses paroles d'un sourire amical et entendu.

– Ce n'est pas par manque de confiance, ai-je plaidé. Je voudrais juste...

– Mon chou, si j'étais à ta place, je me méfierais tout autant.

– Merci, Teresa.

Ça m'a fait plaisir qu'un adulte comprenne ma réaction et respecte mes émotions, pour une fois.

Je l'ai suivie jusqu'au bout du couloir, qui donnait sur l'arrière du commissariat. Nous sommes entrées ensemble dans le bureau de Grantz. Je l'ai vu prendre la clé des mains de Teresa, et l'attacher à sa ceinture à l'aide d'un mousqueton.

– C'est bon ? s'est enquise l'infirmière en souriant.

– C'est bon. N'oubliez pas de m'appeler, hein ?

– À la seconde où il émettra un son, promis ! Ne t'inquiète pas, chérie. Ça finira bien par se terminer d'une façon ou d'une autre.

J'ai hoché la tête, puis rejoint Liam qui m'attendait devant l'entrée.

Je me sentais à la fois lourde et vide. *D'une façon ou d'une autre*... Je ne savais pas trop comment l'interpréter. Ça ne me semblait pas très optimiste.

Fauteurs de troubles

– Il m'est arrivé un truc vraiment bizarre aujourd'hui, m'a confié Liam alors qu'on grimpait la colline sous la pluie et le vent.

On avançait courbés en deux, tels des bateaux malmenés par les éléments.

– Encore plus bizarre que d'habitude ? lui ai-je demandé.

Il a hoché la tête et attendu d'arriver au sommet pour développer.

– Au moment où j'aidais Nick à sortir de l'eau, j'ai eu une sorte de flash... J'ai vu comment Lalani et lui étaient morts.

Un éclair a fusé juste au-dessus de nous. On a parcouru les derniers mètres en courant pour s'abriter sous la véranda de la maison des Parrish. Haletante, j'ai baissé ma capuche et regardé Liam. À la lueur des lanternes extérieures, il avait l'air franchement effaré. C'était compréhensible.

– Ça veut dire que tu as la charge de Nick, lui ai-je expliqué. C'est toi qui l'escorteras vers l'au-delà, le jour où tout sera rentré dans l'ordre.

– Ouais, c'est plus ou moins ce que j'avais compris, a lâché Liam en fixant ses Converse trempées.

Le sentant profondément perturbé, j'ai voulu lui apporter un peu de réconfort en lui touchant le bras, mais il s'est dégagé brutalement, comme si mon contact lui faisait horreur.

– Liam, ça va ?

– Oui, excuse-moi..., a-t-il grogné sans cesser de regarder ses pieds. C'était une rude journée.

Puis il m'a tourné le dos et s'est engouffré dans la maison tout en ôtant rageusement son blouson dans la foulée. J'ai attendu quelques secondes avant de le suivre, troublée par son étrange réaction. En nous voyant entrer, Joaquin s'est écarté du mur où il était adossé, et Krista, qui écoutait manifestement à la porte du bureau, s'est précipitée vers moi toutes affaires cessantes.

– Alors ?

– Qu'est-ce qu'il a dit ? a ajouté Joaquin.

– Rien. Impossible de communiquer, il est inconscient, les ai-je informés en accrochant mon coupe-vent au portemanteau de l'immense vestibule.

– C'est pas vrai ! a râlé Fisher.

Il était assis sur la deuxième marche de l'escalier, près de Bea qui se tenait la tête appuyée contre le mur, apparemment épuisée.

– D'après Teresa, il reviendra à lui dans quelques heures, ai-je ajouté en essayant de me montrer positive. Et ici, comment ça se passe ?

Liam s'était affalé sur un canapé du salon. Il se frottait lentement le visage avec les deux mains. Kevin était allongé sur le canapé d'en face, un bras replié sur les yeux. On l'entendait ronfler. Drôle de moment pour faire la sieste, avec les deux suspects numéro un qu'on interrogeait dans la pièce à côté, mais on pouvait difficilement lui en vouloir. Au point de fatigue où nous étions, on aurait pu dormir plusieurs semaines d'affilée.

– Elle est toujours avec eux, m'a répondu Joaquin en désignant le bureau d'un mouvement de menton. Si tu avais vu leur panique quand on les a amenés ici au lieu de les conduire au poste ! De vrais enragés !

– Vous avez trouvé quelque chose chez eux ? ai-je lancé à Bea.

Elle a poussé un soupir et écarté ses boucles rousses d'une main lasse.

– Rien. Même pas la pièce d'or que vous lui avez vue entre les doigts. Il a dû la garder sur lui.

– Comment il s'est débrouillé pour avoir cette pièce ? a demandé Krista.

– Il l'a peut-être trouvée un matin sur sa table de nuit, a émis Fisher. Avec tout ce merdier, va savoir !

Tout le monde s'est tu. Cette hypothèse de hasard ou d'erreur ne me plaisait pas. Je voulais que les jumeaux soient impliqués d'une façon ou d'une autre. J'avais besoin d'un coupable, n'importe lequel. Quelqu'un qui connaisse la cause de tous nos malheurs et qui m'explique comment remédier à la situation. Ma sœur et mon père me manquaient tellement que j'éprouvais une douleur permanente et lancinante.

– Bon. Je vais monter voir Tristan, a annoncé Bea en se levant avec peine.

C'était Lauren qui était de garde. Elle se tenait depuis deux heures au chevet de Tristan, pour le cas où il se réveillerait. La mort de Nadia et de Cori – sans compter la possibilité de mourir pour nous tous – l'avait particulièrement affectée. À présent, elle vivait dans la hantise que Tristan nous quitte aussi. Être à ses côtés lui offrait une forme de consolation, comme si le simple fait d'écouter sa respiration lui redonnait de l'espoir.

Bea avait gravi trois ou quatre marches quand la porte du bureau s'est ouverte. Fisher a bondi sur ses pieds et Joaquin s'est mis sur le qui-vive. Même Kevin s'est agité sur son canapé. Encore tout ensommeillé, il nous a regardés en clignant des paupières.

– Merci infiniment d'être venus. J'espère que vous passerez un excellent séjour chez nous, a-t-on entendu la maire prononcer d'une voix aimable.

Elle s'est effacée pour laisser sortir les jumeaux, lesquels sont passés devant nous, arborant un sourire satisfait de vacanciers.

– Vous les laissez partir ? s'est étonné Joaquin.

– Chuuut ! lui a intimé la maire.

Elle a reconduit les Tse jusqu'à la porte d'entrée, puis a attendu qu'ils s'évanouissent dans la nuit après leur avoir adressé un petit signe de la main. Une fois la porte refermée sur elle, Mme Parrish a joint les mains et nous a dit en pesant ses mots :

– Ils sont innocents comme des agneaux qui viennent de naître, mais incroyablement méfiants de nature. Dans la vie, ils étaient engagés à fond dans des mouvements activistes. Les récents évènements de Juniper Landing ont éveillé leurs soupçons, ce qui n'est nullement étonnant, mais ils n'ont rien à voir avec nos problèmes. Ce sont de simples fauteurs de troubles.

– Ben voyons ! s'est écrié Joaquin. Et la pièce, ils l'ont trouvée où ?

– Ils prétendent l'avoir ramassée par terre, devant l'épicerie, a répliqué la maire en promenant un regard accusateur sur nous tous.

Elle s'est approchée de la fenêtre donnant sur la mer et a contemplé la tempête un instant avant de poursuivre.

– Heureusement, j'ai réussi à effacer l'accident du ferry de leur mémoire. J'ai également modifié leur conception de nos activités, si bien qu'en rentrant à la pension de famille, ils raconteront qu'il s'agissait d'un pur malentendu. Avec tout ça, leur séjour devrait se dérouler à merveille. Reste à savoir combien de temps cela va durer.

– Vous souhaitez reprendre les transferts ? a demandé Bea d'un ton neutre.

– Si Pete est vraiment coupable, j'estime que nous pouvons nous remettre au travail, puisqu'il est sous les verrous.

Ses yeux ont fureté de visage en visage dans l'éventualité d'une contestation.

– Avez-vous reçu une nouvelle pièce ce matin ?

– Moi, oui, ai-je déclaré.

– Moi aussi, a lancé Kevin depuis le salon.

– On en a tous eu une, a écourté Joaquin en enfonçant les mains dans les poches de son jean.

– Alors utilisez celles-ci en premier, a repris Mme Parrish, nous sommes sûrs que Pete ne les a pas trafiquées. Les âmes noires et les criminels reconnus doivent quitter l'île de toute urgence. Pour le moment, nous sommes en sursis. On commencera ce soir.

– Déjà ?

– Le plus tôt sera le mieux.

– Et les autres âmes ? ai-je glissé. Celles qui sont obligatoirement vouées à aller vers la Lumière. Et les enfants ? Est-ce qu'on peut les acheminer sans risque ?

– Il faut espérer que la situation se redressera d'elle-même. On verra bien.

On verra bien. Une chape de désespoir m'est tombée sur les épaules, aussi lourde et collante que la terre boueuse qu'on avait jetée sur les cercueils.

– Si seulement Tristan se réveillait ! a soupiré Bea. Peut-être que Pete était avec son complice, l'autre soir dans la maison grise.

Nos regards se sont levés vers le palier du premier étage, où régnait le calme, hormis le bruit cinglant de la pluie sur les vitres. Tout était plongé dans l'ombre, on ne distinguait qu'une mince bande de lumière sous la porte. Personnellement, je voyais encore Tristan debout dans cette chambre, grand, bronzé, d'une beauté éblouissante, qui me souriait comme si j'étais le grand amour de sa vie.

– Je monte, ai-je déclaré tout d'un coup en contournant Fisher.

– Pour quoi faire ? m'a demandé Krista.

– Parler à Tristan. Il paraît que les personnes dans le coma sont capables de comprendre ce qu'on leur dit. Peut-être qu'en entendant ma voix… Je n'en sais rien, je veux juste essayer.

Joaquin a aussitôt posé un pied sur la première marche.

– Je viens avec toi.

– Non.

Il s'est figé, les autres aussi.

– Non ?

Je n'arrivais pas à le regarder dans les yeux. Pas pour l'instant.

– Je préfère y aller seule, Joaquin.

– Mais je…

– Laisse-la, Jay, a intercédé Bea. Qui sait ? Ça marchera peut-être.

Je lui ai adressé un sourire reconnaissant et, coupant court à une nouvelle objection de Joaquin, j'ai grimpé l'escalier à toute vitesse. Je me suis arrêtée quelques secondes devant la porte close, le temps de reprendre ma respiration et de me donner du courage.

«Tu vas y arriver, me suis-je exhortée intérieurement. Tristan t'aime. Il te l'a dit, il te l'a écrit. Il n'a jamais cessé de t'aimer. S'il y a une personne qui peut le ramener à la vie, c'est toi.»

Forte de cet espoir, je suis entrée dans la chambre. Lauren a levé la tête du livre qu'elle lisait à voix haute et s'est tue instantanément. Un bandeau écossais maintenait ses cheveux en arrière ; elle portait un polo rose dont un coin de col commençait à s'effilocher.

– Alors, quoi de neuf? m'a-t-elle demandé avec impatience.

– Rien. Selon Mme Parrish, les Tse sont parfaitement innocents. Quant à Pete, il n'a toujours pas repris connaissance.

– Dur.

– Lauren, ça ne t'embête pas de me laisser seule un moment ?

– Non, bien sûr que non.

Elle a regardé Tristan, immobile comme une statue de marbre, et lui a serré doucement la main en se levant. Puis elle a quitté la pièce et tiré la porte derrière elle. Je me suis assise sur la chaise de bureau qu'elle venait d'abandonner. Elle était encore tiède.

– Salut, Tristan, ai-je amorcé d'une voix enrouée.

J'ai réprimé un sanglot, c'était atroce de le voir dans cet état, inerte, et si vulnérable. Le Tristan que je connaissais était le plus solide de nous tous, de corps et d'esprit. Je me suis rappelé la chaleur de ses bras lors de son premier baiser et la fermeté de ses doigts quand on est rentrés en ville, main dans la main. À cette époque, il n'y avait pas si longtemps, son regard avait un éclat extraordinaire où se reflétaient l'amour et l'optimisme. On était heureux.

Et il était hors de question que je renonce à ça.

J'ai pris la main de Tristan au creux des miennes.

– Tristan, ai-je repris sur un ton plus assuré, je veux que tu saches que je suis désolée de ne pas avoir cru en toi. Je te l'ai déjà dit, je sais, mais c'est la vérité. Je m'en veux horriblement. J'espère que tu me pardonneras. Non. Je suis sûre que tu me pardonneras. Que tu comprendras.

En pleurs, je me suis penchée et j'ai posé le front sur ma main. Ma tête a effleuré le corps de Tristan. Ce contact m'a semblé merveilleusement bon, j'aurais voulu me glisser dans le lit et me serrer contre lui.

Dire que je risquais de ne plus jamais revoir ses yeux, sentir ses mains sur moi, goûter ses lèvres...

J'ai aspiré une grande goulée d'air. Pendant ces quelques secondes, j'étais restée en apnée.

– Tristan, je t'en supplie, ai-je murmuré en me redressant afin de le regarder en face. Je t'en supplie, ne meurs pas. Ne me fais pas ce coup-là. C'est affreusement égoïste de ma part, je sais, mais je suis sincère. Je n'en peux plus. Je ne supporterais pas de te perdre, ce serait l'horreur. Tous ceux que j'aimais sont partis. Tous. Sauf toi.

Je l'ai dévisagé sans bouger, espérant saisir un frémissement de paupières ou un murmure. Une réaction, aussi infime soit-elle, qui m'aurait prouvé que Tristan était toujours là, qu'il m'entendait. Qu'il m'avait comprise.

Mais Tristan est demeuré muré dans son immobilité, hormis son torse qui montait et s'abaissait au rythme de sa respiration.

Accalmie

– Bon. Résumons, a dit Kevin en se laissant tomber sur un plaid étalé sur le sable, à côté d'un grand feu de camp.

La pluie avait cessé à trois heures. Brutalement, après des jours et des jours de déluge. Le temps était encore gris, morne et froid, accompagné d'une épaisse couche de brouillard dans le ciel, mais au moins il faisait sec. Du coup, on avait décidé de s'offrir un pique-nique à la crique. Sandwiches et chips, j'en salivais d'avance. Je ne me souvenais même plus de la dernière fois que j'avais mangé. Kevin a ouvert une canette et avalé une longue gorgée de bière. Les jointures de ses doigts maigres étaient craquelées, hérissées de petites peaux sèches.

– Pete est une ordure, a-t-il grogné. Il a tué Nadia, et Cori aussi probablement.

– Ouais, ai-je acquiescé en jetant un morceau de bois flotté dans le brasier crépitant.

– Il a un complice, mais on ne connaît pas son identité, et c'est pas Pete qui nous le dira, vu qu'il est dans le coaltar.

– Ouais.

– En gros, ça craint un max.

Kevin a liquidé sa bière et écrasé la canette dans son poing avant d'en prendre une deuxième aussi sec. J'ai attrapé le Thermos et je me suis servi un café dans un gobelet en polystyrène, que je suis allée boire sur une serviette de plage, entre Krista et Bea.

– Quand je pense qu'on soupçonnait Tristan, j'ai honte, a dit Lauren en frissonnant malgré la couverture de laine grise posée sur ses jambes.

– Écoute, a rétorqué Kevin, on est tous d'accord là-dessus, mais j'aimerais plutôt qu'on parle de ce salaud de Pete.

– C'est absurde, a embrayé Bea. Nadia était sa meilleure amie. Et il l'aurait tuée, comme ça ? Pour quelle raison ?

– Il a dit qu'à la longue, il finirait par obtenir ce qu'il veut, leur ai-je rappelé pour la dixième fois. Alors qu'est-ce qui pourrait être si important pour lui ?

– Pete ? a relevé Kevin. À part sa ration quotidienne de bœuf séché et un contrat d'enregistrement, je ne vois pas trop ce qui l'intéresse. C'est un type basique.

– Si seulement il pouvait se réveiller, ai-je soupiré tout en jetant un œil à mon talkie-walkie.

Sa petite ampoule rouge semblait me narguer. Agacée, j'ai glissé l'appareil sous le pan de ma veste. Bea a pris un sandwich dans le sac en papier kraft. Elle l'a coupé en deux et m'en a tendu la moitié.

– Quand il sera réveillé, je propose qu'on lui casse les doigts un par un jusqu'à ce qu'il parle, a lancé Kevin avant d'avaler une lampée de bière.

– Tu ne ferais pas ça, quand même ? s'est alarmé Liam.

– Nooon ! avons-nous tous protesté en chœur.

Pour ponctuer le message, Fisher a lancé à Kevin un bout d'écorce qui a rebondi sur la visière de sa casquette.

– Ce n'est pas du tout notre genre, a souligné Krista d'un ton sec, en époussetant un peu de cendre sur la manche de son sweat-shirt blanc.

– Qu'est-ce que tu en sais ? a contré Kevin.

Il a rabattu sa casquette en arrière de façon à capter nos regards, puis a repris à l'intention de nous tous :

– Comment on peut affirmer ce qu'on est capables de faire ou pas, hein ? Qui peut prévoir le comportement de chacun au milieu de ce chaos ?

Bea a inspiré et expiré profondément. La brise océane faisait danser ses boucles rousses. Pour la première fois depuis plusieurs jours, elle ne s'était pas attaché les cheveux.

– Kevin a raison, a-t-elle déclaré. Le Juniper Landing qu'on connaissait n'existe plus. Le nouveau est pour le moins déplaisant.

– Mais il est hors de question de torturer quelqu'un, a dit Joaquin d'un ton catégorique. Fin de la discussion.

Tout à coup, nos talkies-walkies se sont mis à crachoter à l'unisson tout en émettant un effet Larsen à crever les tympans. J'ai attrapé mon appareil, Krista s'est bouché les oreilles.

– Désolé, a grogné Dorn, la ligne est mauvaise. Avis à tous les CAP : sur décision de la maire, les transferts reprendront tout à l'heure au coucher du soleil.

Autour de nous, rien ne bougeait à part les flammes et les vagues qui venaient lécher le sable du rivage à marée basse. J'ai observé Joaquin. Les mâchoires contractées, il a lancé une brindille dans le feu, puis une autre, et une autre encore.

– Comme convenu, vous vous occuperez en priorité des âmes qui figurent sur la liste noire. Rendez-vous au pont à la tombée de la nuit. Terminé.

– Eh bien, c'est reparti, a lâché Lauren en posant le menton sur ses genoux.

– Tant mieux ! s'est exclamée Bea. Ça ne se dit pas, mais j'ai vraiment hâte d'être débarrassée de Tess. S'il n'y avait que moi, je l'expédierais tout de suite avec un coup de pied au cul.

– Ouais, moi aussi, j'avoue que je suis content d'en finir avec Lancet, a ajouté Joaquin.

– Si jamais Piper me réclame encore la Wi-Fi, je fais un malheur, a grincé Lauren.

Tout le monde a rigolé, mais pas longtemps. Tout en contemplant le feu, j'ai repensé à Ray Wagner. Ses sarcasmes odieux, sa langue noircie, ses dents pourries. On avait de la chance qu'il se soit tenu à carreau jusqu'à maintenant. Son transfert serait un véritable soulagement.

L'ennui, c'est qu'il irait à Shadowland. En compagnie de mon père, Darcy et Aaron. Comment c'était, là-bas ? Est-ce qu'ils auraient affaire à Ray ? Savaient-ils seulement où ils se trouvaient et qui était avec eux ? Vivaient-ils dans une terreur constante ou bien dans une vaste solitude ?

Je me suis secouée, puis j'ai serré les poings. Il fallait que je les sauve à tout prix. Mais comment ? Éternelle question.

– Espérons qu'aucun d'eux n'ira vers la Lumière, a émis Krista avec un léger frisson. Ce serait vraiment le comble.

Joaquin a continué de nourrir le feu en silence ; sa pomme d'Adam montait et descendait chaque fois qu'il cassait un bout de branche. Les paroles de Krista nous avaient tous plombés.

– C'est une fête ou un enterrement ?

– Tristan ?

J'ai bondi comme un ressort, envoyant une grande giclée de sable sur les jambes de Bea. Tristan avançait vers nous avec lenteur, les épaules un peu voûtées, le menton légèrement rentré, un énorme pansement à l'arrière du crâne. Ses cheveux blonds étaient tellement poisseux qu'ils avaient foncé de deux tons. Mais il était en vie. Il était là. Après une seconde de sidération, Krista s'est élancée pour le prendre dans ses bras.

– Te voilà enfin !

Tristan lui a tapoté le dos, d'abord d'une main, puis de l'autre. Je l'ai entendu rire. J'en ai eu les larmes aux yeux.

– Apparemment, j'ai survécu, a-t-il dit en souriant.

Krista ne l'avait toujours pas lâché mais, par-dessus son épaule, j'ai croisé le regard de Tristan. Une immense vague de joie m'a soulevée de terre.

– Tout va s'arranger.

C'était les mots qu'on rêvait d'entendre. Et qu'on rêvait surtout d'entendre de la bouche de Tristan. On a été comme pris d'ivresse. Fisher est allé chercher une vieille radiocassette dans les profondeurs de sa tente et a passé un rock tonitruant, Krista a sorti de son sac un gros paquet de beignets et Kevin s'est offert une nouvelle canette sous prétexte que la Bud tiède se mariait à merveille avec la confiture.

Je ne savais pas quoi faire de moi. Tout le monde entourait Tristan, l'embrassait, l'étreignait en riant pendant que j'attendais bêtement, plantée dans le sable. En tout cas j'étais décidée à ne pas m'approcher. Ce serait à lui de venir vers moi. Ou pas. Mais je ne ferais pas le premier pas, c'était ma seule certitude.

Les CAP se sont dispersés peu à peu, et Joaquin en a profité pour présenter Liam à Tristan. Ensuite, tous deux se sont retrouvés en tête à tête.

Tristan et Joaquin, les meilleurs amis du monde. Quasiment des frères. Leur conversation, quoique sérieuse, était ponctuée d'éclats de rire. Je me suis sentie mal à l'aise de les voir ensemble. Je me demandais si Joaquin allait parler de notre baiser. Mais ce détail avait-il une quelconque importance au milieu de toute cette confusion ?

– Comment ça va, bourreau des cœurs ? m'a glissé Bea en me tendant un beignet.

– Bien. Pourquoi ?

Perplexe, Bea a incliné la tête avec un léger sourire.

– Pour rien, a-t-elle conclu avant de rejoindre Krista et Lauren, qui dansaient au bord de l'eau et s'évertuaient à attirer Liam dans leur sarabande.

– Salut.

J'ai eu l'impression de ne pas avoir entendu sa voix depuis un an. Je me suis retournée lentement, je l'ai regardé… et je me suis noyée dans le bleu foncé de ses yeux.

– J'ai appris pour Darcy, a continué Tristan, l'air sincèrement navré. Je suis vraiment désolé, Rory. Et toi, tu vas bien ?

Mon regard a dévié vers le sable et s'est fixé sur un filament d'algue collé sur la pointe de mes baskets.

– Non, pas vraiment, ai-je prononcé d'une voix à la limite de l'audible.

Tristan a tendu la main, mais je me suis reculée instinctivement. Je n'osais pas regarder autour de moi, de peur de constater que nous étions le centre d'intérêt du groupe.

– Moi aussi, je suis désolée, Tristan.

– Pour quelle raison ?

– Pour Nadia, pour Cori. Pour avoir manqué de confiance en toi. Je te demande pardon.

– Arrête, Rory.

Le sentant sur le point de faire une seconde tentative pour me prendre dans ses bras, je me suis carrément reculée d'un grand pas. Ses bras sont retombés le long de son corps.

– Je ne peux pas… je ne peux pas faire semblant, ai-je repris doucement, cherchant les mots justes pour exprimer mes sentiments. Croire que tout va s'arranger, qu'avec la reprise des transferts, tout redeviendra comme avant. Parce que c'est faux. C'est impossible. Du moins pour moi, tant que les personnes que j'aime seront coincées à Shadowland. On n'a pas le droit de les oublier, Tristan. Pas le droit de les abandonner.

– Ça n'arrivera pas, je te le promets. On fera tout ce qui est en notre pouvoir pour les ramener.

J'ai levé la tête. Fisher et Kevin rigolaient près de la stéréo pendant que Bea, Krista, Lauren et Liam dansaient au bord de l'eau. Une mouette a poussé des cris rauques en survolant les vagues. C'était le premier oiseau qu'on voyait depuis plusieurs jours.

– Il y en a qui ont la mémoire courte, tu sais, ai-je ajouté.

Une larme a roulé sur ma joue. Je l'ai vite gommée d'un geste rageur.

– Rory…

– Écoute, je suis contente que tu ailles mieux mais… pour le moment, je préfère être seule, tu comprends ? J'ai besoin de réfléchir.

Là-dessus, j'ai tourné le dos à Tristan et je me suis éloignée.

Jamais je ne me serais crue capable d'une chose pareille, ne serait-ce qu'une heure plus tôt.

Discussion

Peu après, j'ai aperçu Joaquin qui marchait vers la falaise, les pans de son blouson claquant dans le vent. Je ne pouvais pas le laisser s'en aller sans rien dire. Quoi ? Je l'ignorais, mais il fallait que je lui parle.

J'ai eu du mal à le rattraper, les rochers étaient encore glissants à cause de la pluie de ces derniers jours.

– Joaquin ! Attends !

Il s'est arrêté, une main posée sur la paroi rocheuse, et a soupiré bruyamment. Même de dos, on voyait qu'il était tendu à craquer et faisait des efforts surhumains pour ne pas fuir à toutes jambes.

– Il faut qu'on discute, ai-je amorcé.

– Je ne vois pas l'intérêt, a-t-il répliqué avec un haussement d'épaules. J'ai vu de quelle façon tu regardais Tristan quand il est revenu. J'ai compris. Je suis content pour vous.

Jamais cette phrase n'avait été prononcée avec aussi peu de chaleur. On aurait dit qu'il passait une commande au téléphone.

– Joaquin…

Il a eu un petit rire sarcastique.

– Écoute, Rory, je ne veux pas de malentendu. Je ne vais pas te dire que ça m'est égal, ce serait un mensonge. C'est dur pour moi. Si encore il s'agissait de quelqu'un d'autre…

Il s'est tourné vers Tristan qui hochait la tête, pensif, en écoutant Kevin au milieu de la plage.

– Mais il s'agit de Tristan, ai-je souligné.

– Ouais, a soufflé Joaquin.

La tristesse que j'ai lue dans ses yeux m'a fait verser des larmes amères. Je me rendais compte qu'il résistait de toutes ses forces à l'envie de me serrer contre lui. Je ne m'étais jamais sentie aussi désemparée, mon cœur était en plein conflit avec lui-même. Quelques jours durant, j'avais haï Tristan. Maintenant que j'avais la certitude de son innocence, je savais que c'était bien lui que j'aimais, mais je tenais énormément à Joaquin. Je ne voulais pas le perdre.

Tout à coup, il s'est tourné face à la roche et le charme a été rompu.

– D'après Tristan, il n'y avait personne d'autre avec Pete dans la maison grise, l'autre jour, a-t-il repris d'une voix égale, comme si de rien n'était. Du coup, on peut espérer que la maire a raison. Étant donné que Pete est en prison, tout devrait rentrer dans l'ordre.

– Sans doute, ai-je répondu, désarçonnée par ce brusque revirement d'attitude. Mais alors pourquoi nous a-t-il dit que l'idée ne venait pas de lui ? Et qu'est-ce qu'il espérait obtenir de si important ?

– Aucune idée. C'était peut-être pour nous lancer sur une fausse piste. De toute manière, j'escorterai Lancet à neuf heures tapantes. Si d'autres veulent me rejoindre au pont, ils seront les bienvenus. Mieux vaut être plusieurs, histoire de garder le moral, se soutenir, ce genre de conneries.

J'ai grimacé un sourire malgré la douleur qui m'oppressait la poitrine. J'étais sidérée que Joaquin nous laisse tomber après tout ce qui venait de se passer.

– Entendu, je ferai passer le message.

Joaquin a hoché la tête sans un regard et commencé à escalader la falaise.

– Joaquin ?

Il a à peine tourné le visage. Je ne voyais de lui qu'une oreille et un coin d'œil.

– Ouais ?

– Je tiens à te dire que… moi non plus, ça ne m'est pas égal. Tu… tu comptes beaucoup pour moi.

Il s'est immobilisé une seconde, le temps d'intégrer mes paroles, puis a repris son ascension. De mon côté, je suis restée un bon moment sur place, le cœur brisé de le voir partir.

La liste noire

– Où t'étais passée, belle blonde ?

– J'avais à faire, ai-je riposté sèchement.

Après avoir gratifié Ray Wagner d'un regard noir, j'ai reporté mon attention sur Bea, qui était en train d'extraire Tess Crowe de la Jeep éclairée par les phares d'une demi-douzaine de voitures. Tout le monde était là, à part Kevin, resté en ville afin de surveiller la girouette, et Tristan, qui avait besoin de repos. On était tous tombés d'accord pour que Bea passe la première ; elle prétendait qu'elle allait devenir dingue si elle passait une minute de plus en compagnie de Tess. Les poignets ligotés par une corde dont Bea tenait l'extrémité, la meurtrière a fini par sortir en grinçant des dents. Jack Lancet, avachi sur la calandre du pick-up de Joaquin, dévorait la scène de ses yeux globuleux pendant que Piper Molloy, perchée sur ses escarpins vernis, faisait les cent pas devant Lauren et Fisher.

Arrivée au bord du pont, Bea a collé une pièce dans la main de Tess.

– Bon voyage ! a-t-elle claironné en la poussant vers le brouillard qui enveloppait l'immense structure métallique.

Sachant les horreurs innommables qui s'y cachaient, je n'ai pu réprimer un frisson quand Tess s'est enfoncée dans la grisaille. Je m'attendais presque à la voir revenir en courant mais, comme à chaque transfert, l'âme en partance a continué dans la bonne direction. Au bout de quelques secondes, on a entendu l'énorme bruit de succion indiquant qu'elle avait atteint sa destination finale. Le calme et le silence qui ont suivi étaient quasi surnaturels, comme si une main invisible venait d'actionner un interrupteur mettant tout le monde en mode « pause ».

Joaquin a été le premier à sortir de cet état de torpeur générale.

– Kevin ? Ça y est, Tess Crowe est partie. Quel résultat de ton côté ? Terminé.

– Rien pour l'instant. Terminé.

L'attente s'est éternisée. Au-dessus de nous, la brume ondulait et tournoyait au gré du vent. J'avais beau savoir que c'était un phénomène naturel (les masses nuageuses s'élèvent avec le froid), j'ai été saisie d'angoisse. Je détestais être plongée dans le brouillard, subir son étreinte humide et froide, mais cette chape qui planait au-dessus de nos têtes était presque pire. Je la sentais menaçante, comme si elle s'était formée progressivement au cours des derniers jours avant de passer à l'attaque finale.

– La girouette indique le sud. Terminé, a annoncé Kevin.

Soupir de soulagement. Au moins, la pièce ne s'était pas trompée.

– Rory, tu veux y aller ? m'a proposé Joaquin.

– Avec plaisir.

J'avais hâte d'en finir, je voulais retourner au plus vite à la prison m'informer sur l'état de Pete. Chaque seconde passée signifiait une seconde de supplice en plus pour mon père et Darcy. J'ai empoigné Ray Wagner par le bras.

– Oh-oh ! Tu me touches maintenant ? Qu'est-ce qui te prend, je te plais tant que ça ?

Malgré ma répulsion, je l'ai conduit jusqu'au pont. Puis j'ai plaqué une pièce d'or au creux de sa paume moite et charnue en disant d'un ton acide :

– C'est ici qu'on se quitte.

– Comment ça, « on se quitte » ? Notre belle histoire vient à peine de commencer !

Je l'ai pris par les épaules et lui ai imprimé une bonne poussée dans le dos. Le brouillard chuintant l'a aspiré deux secondes plus tard. On a attendu le verdict.

– Encore le sud. Terminé, a commenté Kevin.

Nouveau soupir de soulagement. Joaquin s'est vite débarrassé de Jack, après quoi Piper a été la dernière de la série. Ses ultimes paroles ont été pour Fisher.

– Appelle-moi, mon chou, d'accord ?

On a attendu sur place un bon moment, avec pour seule bande-son les sifflements du vent et les ronronnements de moteurs au ralenti. Je balançais entre l'apaisement et l'appréhension. Le plus dur restait à venir. Et, vu la mine tendue de mes amis, on était tous d'accord sur ce point. Finalement, j'ai formulé tout haut ce que tout le monde pensait en son for intérieur.

– Bon. Quand est-ce qu'on transfère une belle âme ?

– Attention à tous ! a tonné le commissaire Grantz dans les talkies-walkies. La maire vous envoie l'officier Dorn avec un des attitrés de Krista. Heure Prévue d'Arrivée dans deux minutes.

Krista a blêmi.

– Mais... je n'ai pas de mauvaises âmes sur ma liste. Qu'est-ce qu'elle raconte ?

Peu après, on a vu briller deux phares au bout du chemin. On s'est machinalement déployés en cercle pour assister à l'arrivée de la voiture de patrouille qui zigzaguait entre les ornières. Dans un hurlement de freins, Dorn a obliqué pour garer son véhicule le long des nôtres. Après avoir coupé le moteur, il est sorti et a ouvert la portière arrière. Myra Schwartz est alors descendue. Son sac à main au creux du coude, elle a promené son regard autour d'elle, l'air plus intriguée qu'effrayée.

Krista s'est échappée du cercle.

– Madame Schwartz ! Que venez-vous faire ici ?

– Je l'ignore, ma chère. Je comptais sur toi pour me l'apprendre. Oh, bonsoir Rory ! Tu es là aussi ? a-t-elle ajouté en m'apercevant.

– Bonsoir, Myra, lui ai-je répondu avec un sourire de façade.

– Si vous voulez bien patienter une seconde, je vais

essayer de me renseigner, a repris Krista. Rory ? Tu veux bien venir avec moi, s'il te plaît ?

Sa voix avait monté de trois octaves au cours de cette dernière question.

– Oui, bien sûr.

On s'est approchées de Dorn et on l'a entraîné à l'écart près de la voiture de patrouille.

– C'est quoi, ce délire ? a immédiatement attaqué Krista à mi-voix. Myra n'est pas sur ma liste noire !

– Mme Parrish souhaite transférer une bonne âme, a répondu Dorn tout en mâchant son chewing-gum avec l'impassibilité d'un bovin.

– Hein ? Si tôt ? me suis-je effarée. Elle croit vraiment que...

– Que les choses doivent reprendre leur cours normal, oui, m'a coupée Dorn, cette fois avec un regard impérieux. Si ça marche, ça signifie que Pete a bien agi seul. On pourra alors accélérer le rythme des transferts, chasser le brouillard, nettoyer les plages et trouver une solution pour ce foutu ferry.

– Ouais, sauf que ma sœur, mon père et au moins dix autres personnes seront toujours coincés à Shadowland, ai-je sifflé entre mes dents.

– Si la situation s'arrange, on pourra justement consacrer notre énergie à ce problème-là. Entre autres.

Par-dessus son épaule, Krista a jeté un coup d'œil à sa protégée. Celle-ci avait sorti son portefeuille et montrait des photos de ses petits-enfants à Lauren et Bea.

– Si je comprends bien, Mme Schwartz est un cobaye ? a grogné Krista.

– Ouaip, elle a gagné le gros lot, a répliqué Dorn avec cynisme.

Krista et moi avons échangé un regard horrifié.

– Et si ça ne marche pas ? ai-je repris avec anxiété. Si elle finit à Shadowland, elle aussi ?

– Dans ce cas, on avisera le moment venu. Soyez réalistes : il faudra bien faire le test tôt ou tard. Si elle atterrit à Shadowland, c'est qu'il reste encore un ennemi sur place. On sera fixés.

J'ai secoué la tête, à bout d'arguments.

– À toi de prendre la décision, Krista. Myra est sous ta responsabilité.

Elle a hésité un instant, cheveux au vent, puis a déclaré d'un ton résolu :

– Si la maire estime que c'est bien, alors je suis d'accord. Espérons seulement que la pièce ne se trompera pas.

– Bonne chance, ai-je murmuré.

Après m'avoir adressé un sourire, Krista est allée rejoindre Myra. Je l'ai vue lui parler, puis lui glisser une pièce d'or dans la main. Myra l'a remerciée – je l'ai entendue au passage, en m'approchant de Joaquin. J'espérais m'imprégner de la confiance que m'inspirait souvent sa présence. Mais il s'est écarté d'un pas, signifiant par là qu'il n'avait nullement envie d'entrer en contact avec moi. J'ai ravalé mon humiliation en silence.

– On va juste aller faire une petite promenade, d'accord ? a dit gentiment Krista à sa protégée. C'est par là, venez.

Souriante, Myra l'a suivie vers le pont mais s'est immobilisée à quelques centimètres du mur de brume.

– Où m'emmènes-tu ? a-t-elle voulu savoir.

Mon cœur s'est brisé. Quelques semaines plus tôt, la réponse aurait été facile, mais à présent... Krista a vacillé ; j'ai cru qu'elle allait s'effondrer. Pourtant elle a tenu bon.

– Dans un endroit merveilleux, a-t-elle répondu. Je vous le promets.

Apparemment réjouie par cette perspective, la vieille dame s'est enfoncée dans le brouillard.

Instinctivement, j'ai cherché la main de Joaquin mais je n'ai rencontré que le vide. Il regardait droit devant lui, impassible – ou feignant de l'être. J'ai croisé les mains dans mon dos, une grosse boule au fond de la gorge. Le bruit de succion caractéristique s'est fait entendre peu après. Au-dessus de nous, la brume a ondulé, tournoyé, puis s'est figée comme un voile de coton gris.

Joaquin a pris son talkie-walkie et m'a jeté un bref coup d'œil.

– Kevin ? Qu'est-ce que ça donne ? Terminé.

– Rien pour l'instant. Terminé.

– C'est trop, j'en peux plus, a gémi Krista en se tordant les mains.

Mon angoisse augmentait de seconde en seconde.

– Kevin ? a retenté Joaquin.

J'ai fermé les yeux et baissé la tête. Mon cœur battait jusqu'à m'étouffer.

Finalement, nos appareils ont émis un sifflement strident suivi d'une salve de grésillements.

– La girouette indique le nord ! a clamé Kevin. Le nord !

Garder espoir

– C'est bizarre. C'est vraiment trop, trop bizarre, n'arrêtait pas de dire Liam tout en faisant les cent pas devant moi, près de l'entrée du pont.

Je me suis frotté les yeux et j'ai étouffé un bâillement. On était samedi matin. Incapable de dormir dans ma grande maison vide et silencieuse, j'avais passé la moitié de la nuit à me geler sur une chaise au chevet de Pete, dans l'espoir qu'il reprenne enfin connaissance. En vain.

Devant la nervosité de Liam, j'ai fait de mon mieux pour me concentrer. C'était son premier transfert, il avait besoin de soutien.

Nick, le garçon qu'on lui avait confié, était en train de discuter de jeux vidéo avec Fisher, qui avait apparemment un peu de mal à suivre. Kevin attendait à l'entrée du pont que son dernier visiteur en transit ait franchi le mur de brume.

La journée avait commencé sans le moindre signe avant-coureur de soleil, mais la chaleur était de retour. On avait délaissé nos jeans et nos sweat-shirts pour enfiler des shorts et des tee-shirts, après quoi on s'était retrouvés au pont, bien résolus à acheminer un maximum d'âmes vers leur ultime destination. Dès l'aube ou presque, Krista avait escorté les enfants en priorité. Ils étaient tous partis vers la Lumière. Depuis, il y avait comme une ambiance de festival dans les proches alentours du pont, avec des voitures garées n'importe comment, des CAP qui bavardaient par petits groupes autour d'une glacière ou d'un sac de sandwiches pendant qu'un autoradio diffusait des standards des années 1950. Au bout de l'antenne de la Jeep de Bea, une manche à air à rayures multicolores flottait joyeusement dans la brise.

– La première fois c'est dur, je sais, ai-je dit à Liam en posant une main sur son bras. Mais n'oublie pas que tu envoies Nick dans un endroit magnifique, digne de la belle personne qu'il était.

Liam a hoché la tête, mais j'ignorais s'il m'avait écoutée. Il regardait dans le vague, et son tee-shirt rouge vif barré des mots « MAÎTRE NAGEUR-SAUVETEUR » semblait particulièrement inapproprié. Je comprenais très bien ce qu'il ressentait. Il n'était sur l'île que depuis quelques jours, et il avait déjà été confronté à une foule d'évènements, tellement stupéfiants et dramatiques pour la plupart, qu'il croyait halluciner. Au fond de lui, il devait sans doute se demander si nous n'étions pas tous cinglés. S'il ne s'agissait pas d'une vaste blague. Je compatissais. Il n'y avait pas si longtemps, j'étais dans le même état d'esprit, moi aussi.

– Et Lalani ? me questionna-t-il. Elle va s'inquiéter de sa disparition, non ?

– Elle n'aura plus aucun souvenir de lui. Ça fait partie de la magie de Juniper Landing. En attendant de gagner la Lumière à son tour, Lalani ne se rappellera même pas avoir eu un frère.

Liam a émis un ricanement désabusé.

– C'est dingue. C'est totalement dingue !

– Écoute, ai-je insisté en lui prenant la main.

Il a fixé mes doigts comme s'il en voyait pour la première fois de son existence.

– Nous jouons un rôle important ici, Liam. C'est un boulot sérieux. Une mission. À chaque transfert effectué, on contribue au maintien de l'équilibre dans l'univers.

Je croyais entendre Tristan ; il avait prononcé les mêmes mots deux semaines auparavant dans le but de me convaincre.

– Je sais que tout va de travers depuis ton arrivée, ai-je poursuivi. Et pratiquement depuis la mienne aussi, d'ailleurs. Alors je comprends parfaitement ta méfiance. Mais j'ai connu le système du temps où on n'avait pas tous ces ennuis, et il fonctionnait très bien. Depuis des siècles. Maintenant, c'est à nous de le remettre sur les rails.

Liam a inspiré bruyamment à l'instant même où le bruit de succion a retenti, accompagné des traditionnelles fluctuations du brouillard. Cette coïncidence l'a amusé. Peu après, on a entendu la voix de Joaquin à travers nos talkies-walkies :

– Nord. Terminé, a-t-il annoncé depuis son poste de surveillance.

Un léger sourire m'est venu aux lèvres. Chaque fois que résonnaient ces deux mots, j'avais l'impression qu'un petit fragment de mon cœur se remettait en place. Pete était toujours inconscient, mais on avait maintenant la quasi-certitude qu'il avait opéré en solo. Comme il était sous les verrous, le problème était donc résolu. Ce problème-là, en tout cas. Mais Dorn avait raison : maintenant que les transferts se déroulaient normalement, chacun pouvait se consacrer à la difficulté suivante : sauver mon père, Darcy et les autres de Shadowland.

– À toi, le nouveau ! a clamé Fisher en frappant dans ses grosses paluches.

– Tu vas y arriver, ai-je dit à Liam en insufflant une bonne dose d'encouragement dans ma voix. Tu es un type formidable, je sais que tu peux le faire.

– Merci, Rory. Je… je vais essayer.

Les mains enfoncées dans les poches de son short, il a marché vers Nick. Celui-ci s'est tourné face à lui avec un sourire radieux, dévoilant des dents éclatantes de blancheur sur ce fond de grisaille omniprésente. Liam l'a invité à le suivre tout en parlant. J'ignorais ce qu'il lui racontait, mais Nick semblait en toute confiance. Après la traditionnelle remise de la pièce, ils se sont serré la main.

La boule au ventre, j'ai regardé Nick s'engager sur le pont et adresser un dernier signe à Liam. Cette scène m'a rappelé la nuit où j'avais dit au revoir à Aaron, le cœur léger. C'était aussi le soir où Tristan et moi avions échangé notre premier baiser. Je nageais alors en plein bonheur.

Ensuite, tout s'était détraqué.

Je me suis retournée en entendant un bruit de moteur. Le SUV de Tristan montait la côte en cahotant. Machinalement, j'ai lissé mes cheveux. Après avoir eu la confirmation que Nick était bel et bien parti, on a attendu le verdict de Joaquin.

– Direction nord ! Yaouououh ! a-t-il exulté. Oups, excusez-moi. Terminé.

Tout le monde a éclaté de rire. Liam m'a rejointe en courant, juste au moment où Tristan claquait la portière de sa voiture. Comme il s'est arrêté pour parler à Fisher, je me suis détournée pour féliciter Liam.

– Bravo ! Tu vois, ce n'était pas si compliqué.

– Merci, Rory. Du moment que Nick est au bon endroit, je me sens nettement plus cool.

– Salut !

Tristan s'est avancé vers nous en se frottant les mains. Il s'était douché, et ses cheveux avaient retrouvé leur brillance et leur magnifique nuance d'or pâle. Il avait dû maigrir, car ses joues étaient creusées et il flottait dans sa chemise bleu ciel et son jean élimé.

– Salut, ai-je répliqué, étrangement intimidée.

– Attendez ! On a un problème, nous a annoncé Lauren en nous rejoignant au pas de course.

– Ça m'aurait étonnée, ai-je grogné tout bas.

– Désolée, a lâché Lauren en se mordant la lèvre. Le truc, c'est qu'on va bientôt manquer de pièces. Comme on ne peut pas se servir de celles que Pete a trafiquées, on est coincés.

– Il nous en reste combien ? a voulu savoir Tristan.

– J'en ai deux, Fisher une, Kevin aussi, je crois que c'est tout, a récapitulé Lauren. Krista en a utilisé un max pour expédier les enfants ce matin.

– Bon, ai-je soupiré, alors il va falloir y aller mollo. Et se faire à l'idée que ça va encore être la surpopulation pendant un certain temps.

– Ça craint.

D'un mouvement à la fois gracieux et nerveux, Lauren a fait voltiger sa longue chevelure noire.

– Juste au moment où on commençait à reprendre une existence normale !

Sa remarque m'a énervée. J'en avais marre d'entendre ce couplet alors que ma famille, Aaron et les autres étaient encore en train de souffrir à Shadowland. Pourtant je me suis tue. Tous autant qu'ils étaient, les CAP avaient besoin de normalité, de sécurité, c'était somme toute compréhensible.

– On se débrouillera, a décrété Tristan. On y arrive toujours.

Il s'est tourné vers Liam.

– Alors, c'était ton premier ?

– Ouais. Drôle d'expérience. Mais Rory est un bon coach.

Mon corps s'est électrisé devant le sourire fier qu'a affiché Tristan. Le genre de sourire à faire fondre la banquise.

– Ça ne m'étonne pas, a-t-il déclaré.

J'étais sur un petit nuage.

– Je vous le répète, tout va s'arranger, a insisté Tristan.

– Qu'est-ce que vous fichez ici ?

Cette voix m'a immédiatement donné la chair de poule. J'ai capté le regard de Tristan, puis j'ai pivoté lentement. Sebastian marchait en dérapant sur les roseaux couchés, Selma sur ses talons.

– Je croyais que la maire s'était occupée d'eux, a glissé Lauren en sourdine.

– Pas suffisamment, on dirait, a grommelé Tristan.

– Il est parti où, ce garçon ? a demandé Sebastian à Liam. Pourquoi tu l'as envoyé tout seul sur le pont ?

Liam est devenu rouge comme un homard au court-bouillon.

– Eh bien… Je… On…

– Laisse tomber, lui a dit Tristan d'un ton sec.

– N'essayez pas de nous mentir, a attaqué Selma tout en nous scannant de ses yeux bleu pâle. On a discuté avec les autres, à la pension de famille. Ils n'arrêtent pas de parler de choses dont on ne se souvient ni l'un ni l'autre – un ferry qui aurait fait naufrage, par exemple. D'après eux, on était pourtant présents.

– Comment c'est possible ? a embrayé son jumeau en s'adressant à Tristan, qu'il avait clairement identifié comme le leader du groupe. Qu'est-ce que vous nous avez fait ?

– Et si on vous ramenait en ville ? a proposé Tristan tandis que Fisher et Kevin s'approchaient en renfort.

– Et si vous commenciez par nous expliquer ce qui se passe ? a répliqué Sebastian du tac au tac.

Tristan lui a posé une main sur l'épaule et l'a fixé droit dans les yeux.

– Tout va bien. Il ne se passe rien de grave, crois-moi.

Sous l'effet de cette voix rassurante que je connaissais si bien, le garçon s'est immédiatement détendu. Tristan a maintenu le contact jusqu'à ce que toute trace d'agressivité et de méfiance ait disparu. Je me suis rappelé la première fois où il avait exercé sa magie sur moi. La douce chaleur intérieure que j'avais ressentie, l'incroyable sérénité qui m'avait envahie. Pour un peu, j'aurais été jalouse de Sebastian.

Les CAP possédaient sans doute tous ce pouvoir d'apaisement, mais je n'avais vu personne y avoir recours à part Tristan.

– Vous avez eu une dure journée, tous les deux, a-t-il repris à l'adresse des jumeaux. La ville n'est pas tout près, et les chemins sont mauvais avec cette boue et les nombreux arbres abattus. Laissez donc Fisher vous raccompagner en voiture.

– Pas question, a objecté Selma en croisant ses bras maigrichons, l'air plus butée que jamais. On ne partira pas d'ici avant que...

– Écoute, je ne vois pas où est le problème, l'a interrompue Sebastian. C'est plutôt sympa de sa part.

Selma a accusé le coup, mais elle a capitulé devant le sourire confiant de son frère.

– Bon, d'accord. Si tu le dis.

Sebastian s'est dirigé avec Fisher vers la camionnette. Selma les a suivis en traînant les pieds.

Tristan s'est alors tourné vers Kevin.

– Appelle Joaquin par radio et préviens-le qu'on leur envoie les Tse pour que la maire les reçoive au plus vite.

– Entendu, a dit Kevin en s'exécutant.

J'ai poussé un soupir de soulagement. Sauvés par le gong. Du moins pour l'instant.

– Euh... il y a un truc qui me chiffonne, a annoncé Lauren. C'est bizarre que les jumeaux se souviennent de Nick. Normalement, ils auraient dû l'oublier dès le moment où il a passé le pont, non ?

Une ombre fugitive a voilé le visage de Tristan.

– C'est sûrement parce qu'ils ont assisté en personne à son départ, a-t-il répondu en guise d'explication. Jusqu'à maintenant, ça ne s'est jamais produit.

– Ou alors, c'est le déséquilibre de l'univers qui a introduit un nouveau grain de sable dans le système, a supputé Lauren.

– On trouvera bien, l'a assurée Tristan en lui frottant le dos avec entrain. Comme tu le dis, c'est juste un grain de sable.

– Euh... Ça arrive souvent ? s'est enquis Liam d'une voix chevrotante. Des visiteurs qui pètent les plombs ?

– Non, c'est rare. Mais le cas échéant, on assure.

Après lui avoir décoché un sourire en coin, Tristan s'est tourné face à moi.

– Écoute, Rory, j'aimerais qu'on aille faire un tour, tous les deux... Si tu veux bien que je te l'enlève ? a-t-il lancé à Liam juste après.

– Oui, pas de problème, a répondu Liam en enfonçant les mains dans les poches de son short. J'ai envie de rentrer à pied, ça me détendra. Et puis… j'irai peut-être voir Lalani.

– Tu ferais mieux de repartir avec Fisher, ça ne me plaît pas de te savoir seul dans la nature.

– Si tu as besoin de parler de quelque chose, n'hésite pas à venir me voir, tu sais où j'habite, ai-je ajouté.

– Entendu, merci.

Liam a agité la main pour dire au revoir aux autres et s'est dépêché de rattraper Fisher. Quelques secondes plus tard, la camionnette a démarré.

– On y va ? a dit Tristan en me tendant la main.

J'ai jeté un coup d'œil indécis en direction de Lauren, qui nous a fait signe de partir.

– Ne t'en fais pas pour moi, j'ai encore deux personnes à escorter ! m'a-t-elle lancé.

C'était bon d'entendre quelqu'un prononcer ces mots sans qu'ils soient chargés d'angoisse et d'effroi. Le brouillard obstruait toujours le ciel, mais la température augmentait d'heure en heure et on sentait que le soleil ne demandait qu'à percer.

La situation avait vraiment l'air de s'améliorer. Pour la première fois depuis longtemps, j'ai eu un élan d'optimisme. Grâce à l'aide de Tristan, j'allais peut-être retrouver ma famille. J'ai pris sa main et je me suis laissé guider.

Ami ou ennemi ?

Ainsi, les jumeaux Tse ont un nouveau rendez-vous avec la maire. J'aimerais être une mouche pour assister à l'entretien. Je n'arrive pas à me décider sur ces deux-là : amis ou ennemis ? Ils posent trop de questions, c'est clair, et les questions peuvent se révéler dangereuses pour moi, étant donné ma position. D'un autre côté, s'ils s'adressent à la mauvaise personne, peut-être qu'ils apprendront la vérité. Ce qui les expédierait direct à Shadowland et me permettrait de les ajouter à mon panier. Du coup, je serais proche du but.

Je me demande si l'un de mes soi-disant amis sera assez crétin pour vendre la mèche. À mon avis, quelques-uns en sont capables.

Je devrais les faire boire, histoire de voir s'ils se lâchent un peu. Avec de la chance, je pourrai achever ma mission d'ici ce soir. Du moment qu'il ne s'agit pas de Rory. Elle, elle a un autre rôle à jouer. Quasiment le rôle principal.

L'univers sait

Tristan a garé la voiture et coupé le moteur. Les vitres étaient abaissées et, maintenant qu'on était à l'arrêt, un air lourd et chaud nous enveloppait. Le capot du SUV était tourné face à la falaise d'où Joaquin, Fisher et une douzaine de CAP s'étaient élancés afin de me prouver qu'ils étaient immortels. C'était aussi ce soir-là que j'avais rencontré Nadia. À l'époque, je pensais qu'elle me haïssait à cause de Tristan. Je la croyais jalouse, remplie de colère et de méchanceté.

Avec le recul, j'ai compris qu'elle était simplement terrifiée à l'idée de voir s'écrouler le monde qu'elle aimait.

Ses craintes étaient justifiées. Nadia n'était plus là.

– Je n'arrive pas à m'y faire, a déclaré Tristan en se penchant pour contempler le ciel à travers le pare-brise. Cette couverture de brouillard. Depuis que je suis ici, c'est la première fois que j'ai l'impression d'être dans un autre monde.

– Ça n'est jamais arrivé ?

– Non. C'est une nouveauté.

Pendant que je jouais nerveusement avec la fermeture de mon gilet, les mains de Tristan ont abandonné le volant pour aller se poser sur ses cuisses. Il m'a surprise en train de les observer et s'est mis à rire doucement.

– Si tu savais à quel point j'ai envie de te toucher !

Mon cœur a fait un triple salto.

– Qu'est-ce qui t'en empêche ?

Il s'est tourné vers moi et a plongé ses yeux dans les miens, comme pour y chercher quelque chose.

– La peur que tu me repousses.

J'ai dégluti avec difficulté.

– Écoute, Tristan…

– Attends… Laisse-moi parler.

J'ai acquiescé, puis baissé la fermeture d'un coup sec avant d'enlever mon gilet. Il faisait une chaleur étouffante, subitement.

– Quand j'étais en fuite… caché dans la grotte ou ailleurs… pourchassé par toutes les personnes qui m'avaient aimé autrefois, jamais je n'ai songé à moi ni à ce qui pouvait m'arriver, ni à ce qu'on me ferait si on me trouvait. Parce que tu occupais toutes mes pensées.

Résolue à ne plus l'interrompre, j'ai ravalé la boule qui commençait à m'étouffer.

– Ce que tu penses de moi compte plus que tout au monde, a continué Tristan. Ton bonheur aussi. Pendant mon absence, j'ai passé toutes les nuits sur le pont, à tenter de trouver ce foutu portail ou n'importe quel moyen d'entrer à Shadowland. Chaque nuit, sans exception. Je voulais ramener ton père. Ramener Aaron. Je me fichais que tu apprennes ou non qu'ils avaient été sauvés grâce à moi, je voulais juste les retrouver. Pour toi.

J'ai pris une profonde inspiration. Une larme a roulé sur ma joue, que Tristan a essuyée avec délicatesse.

– Je suis désolé de t'avoir déçue, Rory.

Un son étrange s'est alors échappé de ma gorge. À mi-chemin entre le rire – Tristan qui s'excusait, c'était un comble ! – et le sanglot. Toutes les émotions accumulées en moi semblaient prêtes à déborder. Je me suis accrochée aux avant-bras de Tristan comme si ma vie en dépendait.

– Tu as découvert quelque chose ? lui ai-je demandé d'un ton pressant. Une piste, un indice ?

Tristan m'a pris la main et a caressé chacun de mes doigts l'un après l'autre avec la pulpe du pouce.

– C'est l'horreur, sur le pont, a-t-il murmuré. Toutes ces voix…

– Tu les as entendues, toi aussi ?

Il s'est immédiatement raidi.

– Attends… Ne me dis pas que tu y es allée ?

– Si. L'autre jour, quand j'étais à ta recherche. Je crois bien avoir entendu…

Gênée, j'ai renoncé à poursuivre.

– Quoi ? Qui ? m'a encouragée Tristan. Qu'est-ce que tu as entendu ?

– Ma mère. Et Steven Nell.

La simple évocation de ce nom m'a donné envie de vomir. Je me suis redressée et concentrée sur l'immensité de l'océan.

– Sur le coup, j'ai cru que je devenais folle.

– Non, rassure-toi, tu es loin de l'être, Rory. Moi aussi j'ai entendu des gens que j'avais connus de mon vivant. Ou bien qui étaient passés par Juniper Landing un siècle plus tôt. Je les avais presque oubliés. On aurait dit qu'ils essayaient de me parler, ou qu'ils parlaient de moi. Voire qu'ils se moquaient de moi.

– Oui, c'est exactement ça. Tu te rends compte, Tristan ? Si c'est déjà le cauchemar sur ce pont, ce que ça doit être à Shadowland ?

La mine de Tristan s'est assombrie. Je savais que nous partagions la même douleur. Cette île et la mission qu'on lui avait confiée étaient sa raison d'être. Savoir que cette machine parfaitement huilée avait défailli et conduit tant d'innocents en enfer le bouleversait plus que tout.

– On va les ramener, Rory, je te le jure. J'irai jusqu'au bout, mais je réussirai.

– Comment ?

– Je n'en sais rien pour l'instant. Mais je suis sûr qu'il y a une solution.

Tristan s'est remis à contempler le dais de brouillard qui tournoyait lentement au-dessus de nous. À travers quelques rares trouées, le ciel s'était éclairci. Il était plus mauve que gris.

– Tu m'as toujours affirmé qu'il était impossible de pénétrer à Shadowland, ai-je insisté. Pour les CAP, je veux dire.

– Oui. Et alors ?

– Alors je pourrais me procurer une pièce trafiquée et…

– Hein ? Non ! Hors de question !

– Pourquoi ? ai-je riposté avec fougue. Désolée, mais je trouve que ça vaut la peine d'essayer.

– Ah ouais. Et comment tu reviendras ?

– Je me débrouillerai.

J'ai changé de position pour regarder Tristan au fond des yeux.

– J'y arriverai. Il le faut.

– Tu n'as aucune chance, a-t-il objecté. C'est trop dangereux, je ne te laisserai pas prendre un risque pareil.

– Mais si je…

– Non, Rory. Je ne veux pas te perdre. Sans toi, mon existence ici n'aurait plus aucun sens. Tu es tout pour moi, tu comprends ? Tout.

J'ai appuyé mon front contre le sien.

– Tristan…

– Ne me quitte pas, Rory, a-t-il murmuré.

Il a pris mon visage entre ses deux mains et glissé ses longs doigts sous mes cheveux.

– Promets-moi que tu ne me quitteras jamais, Rory.

J'étais incapable d'émettre un son. Je me suis contentée de hocher la tête en plongeant mon regard dans le sien jusqu'à ce que nos lèvres se touchent.

Jusqu'à maintenant, je m'étais méfiée de mes réactions. Mais là, tout est devenu clair. Limpide. J'ai compris que je devais mettre toute mon âme dans ce baiser. Ses lèvres avaient un goût de sel auquel se mêlait une étrange saveur épicée. J'ai éprouvé une sensation de fusion totale, comme si je rentrais chez moi après une longue absence. Oui, j'étais chez moi. En parfaite harmonie avec mon corps et tout ce qui l'entourait. L'univers entier devait le percevoir. Cette fois, je ne me suis pas dérobée. Nous nous sommes embrassés, embrassés, embrassés jusqu'à ce que l'air vienne à nous manquer.

– Je t'aime, m'a dit Tristan.

– Moi aussi, je t'aime.

Il avait encore les mains en corolle autour de mon visage. Sans m'en rendre compte, j'avais retroussé son tee-shirt, dévoilant ses superbes abdos en tablette de chocolat. Il m'a lâchée des yeux un bref instant, puis m'a de nouveau regardée en souriant.

– Tu as vu ?

– Quoi ?

Il a orienté mon visage vers le pare-brise. Cinq rayons de lumière perçaient le plafond de brume et répandaient une clarté irréelle sur les vagues en bas de la falaise. C'était magnifique.

– Le soleil ! ai-je soufflé avec ravissement.

Tristan a ri.

– Oui, ce bon vieux soleil !

L'idée d'une fête

Tristan a mis de la musique et on a roulé vers la ville toutes vitres baissées. Une main sur le volant, l'autre sur la mienne, il avait retrouvé la fière allure du garçon dont j'étais tombée amoureuse : grand, beau, décontracté – juste un peu moins bronzé que d'habitude. Le SUV cahotait joyeusement sur la route défoncée. Ce trajet truffé de bosses et de nids-de-poule, que je trouvais pénible en temps normal, me paraissait soudain très amusant.

La présence de Tristan à mes côtés me donnait un regain d'optimisme et d'énergie. Je savais qu'il ne renoncerait pas tant que mon père et Darcy seraient prisonniers de Shadowland. À nous deux, on élaborerait un plan, on arriverait à les sauver, j'en étais maintenant persuadée. Les promesses de Tristan n'étaient pas des paroles en l'air.

Quand il s'est garé à proximité de la grande place, je me suis rendu compte que la population de Juniper Landing était dans le même état d'esprit que nous. Les gens flânaient sur les trottoirs, s'arrêtaient pour discuter de la soudaine amélioration du temps ou simplement offrir leur visage aux rayons du soleil. Deux garçons avaient déjà sorti un Frisbee, qu'ils s'amusaient à se lancer sur la pelouse en enchaînant des effets de plus en plus compliqués. Liam et Lalani se tenaient adossés à un pilier, dans l'ombre du store à rayures du snack. Ils n'étaient pas franchement collés l'un à l'autre, mais ils avaient le sourire aux lèvres.

Partout on voyait circuler des cyclistes, des skateurs ou des joggeurs. Un type que je ne connaissais pas est passé près de nous, hilare, en rebondissant sur un bâton sauteur. Le plus agréable, c'était que plus personne ne nous jetait de regards noirs. Au lieu de chuchoter derrière leur main comme des conspirateurs, nos visiteurs bavardaient aimablement entre eux, calmes, tranquilles, détendus. La magie du soleil agissait sur le moral de tout le monde.

– On se croirait au cirque, a commenté Tristan tandis qu'on marchait main dans la main.

– Mais dans le bon sens du terme, ai-je complété. Dieu merci, il n'y a pas de clowns !

Plusieurs CAP, dont Fisher et Kevin, sont sortis de l'épicerie. J'ai souri en les voyant grimacer de façon théâtrale face à la lumière éblouissante. En nous apercevant, Fisher est venu à notre rencontre à travers le parc. C'est alors que Joaquin a émergé à son tour du snack. Il ne lui a pas fallu trois secondes pour me repérer et remarquer dans la foulée que Tristan me tenait par la main. Ses traits se sont durcis. D'un geste nerveux, il a mis ses lunettes de soleil. J'ai failli lâcher la main de Tristan, mais finalement j'ai résisté. C'était lui que j'avais choisi. Lui que mon cœur avait élu. Et Joaquin nous avait donné sa bénédiction. Enfin, dans une certaine mesure.

Il a traversé la rue, puis nous a rejoints au pas de course.

– Comment tu vas, T ? a-t-il demandé à Tristan en lui donnant une grande claque dans le dos.

Tristan a accusé le choc mais gardé bonne figure. Je n'arrivais pas à capter le regard de Joaquin, je ne voyais que mon image déformée à travers ses lunettes miroir.

– Plutôt bien, a répondu Tristan. En tout cas, nettement mieux depuis que le soleil est de retour.

– C'est vrai, a souligné Fisher. Le soleil est de retour, toi aussi... ça se fête, non ?

– Excellente idée, a repris Joaquin. On fait ça sur la plage ? On commence par une petite partie de beach-volley, ceux qui veulent sortent les kayaks, ensuite on file au Cygne faire provision de bouffe. On peut même inviter les visiteurs.

– Oui, d'autant qu'on n'a plus personne à transférer maintenant qu'on est en panne de pièces, a souligné Kevin en écartant les bras.

– Attendez un peu, est intervenu Tristan. On a tous besoin de se détendre, je suis d'accord, mais est-ce que c'est vraiment le moment de faire la fête ? La famille de Rory est encore à Shadowland. Sans compter les autres.

Fisher a affiché une mine de ballon dégonflé. Le sourire de Joaquin s'est immédiatement effacé.

– Qu'est-ce que tu insinues ? a-t-il lancé en se plantant face à Tristan avec un air de défi. Que je me moque de la famille de Rory ?

Je me suis mise en état d'alerte. À ce train-là, ils allaient bientôt en venir aux mains. Mais curieusement, Tristan a apaisé le débat.

– Je n'ai jamais dit ça, a-t-il déclaré, presque confus.

– Tant mieux, parce que c'est faux, a riposté Joaquin. Alors dis-nous ce qu'on est censés faire, toi qui as réponse à tout. Tout le monde t'attendait comme le Messie, alors vas-y, on t'écoute.

Tristan a lâché ma main, puis croisé les bras, les mâchoires serrées à bloc.

– Si je le savais, tu ne crois pas que j'aurais déjà agi ?

– Alors pourquoi tu joues les rabat-joie, mec ? On n'a pas vu le soleil depuis deux semaines et on en a bavé, tous autant qu'on est. S'accorder quelques heures pour souffler et se divertir un peu, je ne trouve pas que ce soit un crime. Mais si tu n'es pas de cet avis, on se pliera à ta décision, comme toujours. C'est comme ça que ça marche, non ?

– Du calme, tous les deux, ai-je réussi à placer en m'avançant. Personnellement, je suis d'accord avec ce projet de fête. Ça nous fera du bien d'oublier nos problèmes pendant un moment. Et puis, qui sait ? Entre-temps, Pete se sera peut-être réveillé, et on aura enfin des explications.

Joaquin s'est borné à me fixer sans rien dire. Je me suis tournée vers Tristan.

– Je suis très touchée que tu penses à moi, mais franchement, un peu de distraction nous ferait du bien à tous.

Après une seconde d'hésitation, il m'a souri. Je l'ai senti évacuer le flot de testostérone que son altercation avec Joaquin avait déclenché.

– Entendu, a-t-il annoncé à la cantonade. D'accord pour la fiesta !

***

Une demi-heure plus tard, la fête battait son plein. Depuis la ligne de touche, j'ai regardé Bea se détendre en l'air, prête à frapper le vieux ballon de volley comme si elle voulait l'éventrer. Avec son bikini rouge, ses cheveux flamboyants et ses yeux étincelants, elle avait tout d'une tueuse en puissance. Liam et Lauren, qui jouaient contre elle et un visiteur qui devait frôler les deux mètres, ont plongé dans le sable en quatrième vitesse pour se mettre à l'abri.

Joli coup. La balle est partie comme un boulet de canon et a ricoché sur le sable avant d'atterrir sur les planches, pratiquement dans les pieds d'un joggeur qui passait par là. L'homme nous l'a renvoyée, invective à l'appui. Galant, Liam a aidé Lauren à se relever.

– Tu ne m'as pas dit que tu étais super bon à ce jeu ? a-t-elle râlé en guise de remerciement.

– Et toi, tu aurais pu me prévenir que vous aviez une joueuse olympique, a contré Liam avec la tranquille autorité du maître-nageur qu'il était redevenu.

Lauren s'est penchée et a épousseté le sable de ses jambes à petits coups de main rageurs.

– Elle était championne olympique de plongeon, pas de volley ! a-t-elle précisé.

Bea et son partenaire se sont congratulés bruyamment et tapé dans la main, après quoi on les a vus chuchoter en grand secret, sans doute pour mettre au point leur prochaine tactique.

– On n'a plus de chips ni de sauce mexicaine ! a soudain crié Kevin. Quelqu'un veut m'accompagner ?

– Oui, moi ! s'est aussitôt proposé Liam.

Indifférent aux protestations de Lauren, il s'est éloigné pour aller dire quelques mots à Fisher, qui se tenait un peu plus loin. Un instant plus tard, Fisher enlevait sa chemise et venait le remplacer sur le terrain. Liam et Kevin ont monté les marches et disparu en direction du Cygne Noir.

– Eh bé ! Tu te laisses aller, Fish ! a raillé Bea en examinant le physique de son nouvel adversaire d'un œil sans complaisance.

– Ils se défoulent bien, on dirait, a lâché Joaquin en se penchant pour prendre une bouteille de bière dans la glacière derrière moi.

Machinalement, j'ai tourné la tête vers l'océan. Tristan était parti en kayak avec Teresa. Ils s'étaient arrêtés de ramer et discutaient coque contre coque, les pagaies posées sur leurs genoux. Sans doute parlaient-ils de l'état de Pete. J'espérais que Tristan reviendrait avec de bonnes nouvelles.

– Bea est plutôt forte, hein ? a repris Joaquin en ouvrant sa bière sur le rebord de la glacière.

Sa proximité me troublait. Je me suis absorbée dans mon verre d'eau avant de répondre.

– Oui. Super forte.

– Tu devrais voir Krista. Elle, elle écrase tout le monde !

Joaquin est resté debout à côté de moi, dans une posture faussement désinvolte, les deux pieds largement écartés, les mains dans les poches arrière de son jean. J'ai tout de suite réprimé l'attirance que j'éprouvais pour lui et reporté mon attention sur le filet de volley.

– Krista ? Sérieux ?

Joaquin a hoché la tête avant de porter le goulot à sa bouche.

– Oui ! Elle y jouait au lycée. Elle aurait facilement pu intégrer une équipe universitaire si elle était allée jusque-là.

Je n'avais jamais imaginé Krista en sportive de haut niveau. Comme quoi les apparences sont souvent trompeuses.

– Mais au fait, elle est où ? s'est subitement interrogé Joaquin en regardant autour de lui. Elle tuerait son père et sa mère pour un match de volley !

– Elle viendra quand elle aura fini de bosser. La maire l'a réquisitionnée pour ranger la salle de jeux. Maintenant que les enfants sont partis, elle la tanne pour tout remettre en ordre dans la maison.

Bea a servi, Fisher a fait une passe à Lauren, qui a rattrapé le ballon en catastrophe et l'a renvoyé de justesse par-dessus le filet. Le géant du camp adverse l'a reçu et passé à Bea, qui s'est préparée pour un nouveau smash. Juste après que la balle a percuté le sol, Fisher s'est redressé et a braqué les yeux sur l'océan.

– Oh non, pas encore ! a-t-il gémi.

Tout le monde a suivi son regard. Tristan et Teresa étaient en train de remonter les kayaks bleu vif sur la plage, pressés par une épaisse brume qui déferlait sur eux à vitesse grand V. Comme les autres, je suis restée médusée. Tristan a commencé de se diriger vers moi tout en m'épinglant du regard, comme pour s'assurer qu'il parviendrait à me retrouver malgré la grisaille galopante.

De fait, le brouillard nous a engloutis en l'espace de quelques secondes.

– Il n'y avait pas de transfert prévu, si ? a émis Bea d'une voix d'outre-tombe.

J'ai pivoté sur place, totalement désorientée. Quelle que soit la direction, on n'y voyait pas à trente centimètres. La voix de Bea venait de la droite alors que je la croyais sur ma gauche.

– Bea ?

– Ouais ?

J'ai sursauté. À présent, elle semblait juste derrière moi.

– Bon. On ne bouge plus, OK ? ai-je réussi à articuler.

J'avais oublié à quel point c'était oppressant. Quelqu'un a dû passer dans les parages, car j'ai senti le brouillard tourbillonner sur ma gauche. Mais on ne distinguait aucune silhouette, aucune ombre, aucune variation de lumière. Rien qu'une atmosphère cotonneuse, complètement opaque.

Je suis restée sur place, impossible de savoir combien de temps. Ce brouillard avait l'art d'accélérer, de ralentir ou d'arrêter le temps. Quand on était à l'intérieur, tout semblait en suspens. Sauf ma peur.

Soudain, quelqu'un m'a attrapé la main. J'ai étouffé un cri.

– Tristan ? ai-je hasardé avec espoir.

C'est seulement quand il m'a attirée à lui et plaquée contre ses hanches que j'ai reconnu Joaquin.

– Non, ce n'est que moi, m'a-t-il répondu d'une voix enrouée. Je me suis dit que c'était ma dernière chance.

Et il m'a embrassée sauvagement, forçant mes lèvres avec sa langue, m'enlaçant de ses bras musclés. Mon pouls s'est emballé sous l'effet de l'ivresse et du plaisir que j'ai ressentis à cet instant. La raison aurait voulu que je le repousse, mais mon cœur – cet organe stupide et sadique – n'était pas de cet avis. J'ai fermé les yeux et agrippé son dos avec ardeur à travers le tissu de sa chemise. Je me suis abandonnée tout entière à son étreinte, sans chercher à savoir si c'était un baiser d'adieu ou une tentative désespérée de me reconquérir.

– Merde alors !

C'était la voix de Fisher. J'ai rouvert les paupières, l'estomac noué, redoutant la suite. Le brouillard s'était dissipé. Fisher, encore torse nu, se trouvait peut-être à deux mètres de moi. Il me fixait avec un mélange d'incrédulité et d'indignation. Joaquin m'a lâchée, j'ai reculé en vacillant, englobant la scène d'un seul coup d'œil. Un peu plus loin, Tristan s'était figé comme une statue de sel. Il avait l'air anéanti. J'ai ouvert la bouche pour tenter de m'expliquer mais je n'en ai pas eu le temps.

– Avis à tous ! a claironné Dorn dans nos talkies-walkies. Pete est réveillé !

J'ai regardé Joaquin.

– Vas-y, m'a-t-il dit.

Sous-entendu : je m'occupe de Tristan. J'ignorais ce qu'il en résulterait mais je le découvrirais bien assez tôt. Pour l'instant, ma famille passait avant tout.

Au milieu de l'escalier, j'ai vu Krista arriver en courant, les yeux fous, à moitié échevelée. Elle s'est précipitée sur la rambarde et, sans même reprendre haleine, a annoncé devant tout le monde, les visiteurs, les CAP :

– Ça recommence ! Trois âmes viennent d'échouer à Shadowland.

Un nouveau suspect

– Euh, c'est quoi, Shadowland ? a demandé un jeune visiteur.

Personne ne lui a répondu, mais la question a tiré Tristan de sa torpeur. Il a remonté la plage à grandes enjambées dans son caleçon à fleurs.

– Où vas-tu, Tristan ?

Il m'a dépassée sans m'accorder un regard. Je ne l'avais jamais vu dans un état pareil. Il émanait de lui une telle fureur, une telle détermination, que tout le monde s'est écarté prudemment sur son passage.

– Non, sérieux, c'est quoi ce Shadowland ? a répété le même garçon.

Nouveau silence général. Lui expliquer, c'était le condamner à y aller directement, et nous avec. Il ne restait plus qu'à espérer qu'il n'insisterait pas, sinon il faudrait que la maire lui efface la mémoire. Tant que personne ne pipait mot, on était tranquilles.

– Tristan, attends !

Il a fait volte-face, des éclairs dans les yeux.

– Tu veux parler à Pete ? Eh bien, allons-y, qu'on en finisse une fois pour toutes.

Après avoir décoché un regard assassin à Joaquin, ils'est remis en route, indifférent à la stupeur qui se lisait sur tous les visages.

Nous sommes restés un instant désarçonnés, les cheveux au vent, ignorant s'il fallait le suivre ou non.

Le cœur en lambeaux, je me suis tournée vers Joaquin. Ses yeux se sont durcis, et quelque chose en moi s'est brisé.

– Allons-y, a-t-il décidé.

Il s'est élancé à l'assaut des marches et nous l'avons suivi comme un seul homme. Finalement, Tristan avait raison : cette fête n'était pas une bonne idée. On avait baissé la garde trop tôt. Notre manque de vigilance avait eu des répercussions dramatiques.

– On a un autre problème, a déclaré Krista en réglant son pas sur celui de Joaquin.

Je marchais juste derrière eux, filant au ras des vieilles demeures victoriennes et baissant la tête pour éviter les branches d'arbres dénudés, dégoulinantes d'humidité.

– Les jumeaux ont réussi à fausser compagnie à la maire avant qu'elle ne gomme leurs souvenirs.

– Je vois le tableau, a grogné Joaquin. À l'heure qu'il est, ils doivent raconter à tout le monde que les locaux font disparaître des gens sur le pont. Super ! C'est la meilleure nouvelle de la journée.

Le teint de Krista a viré au gris.

– Grantz est parti à leur recherche, a-t-elle ajouté. Pourvu qu'il les trouve rapidement et qu'il les boucle, eux aussi.

Joaquin a forcé l'allure pour réduire l'écart entre Tristan et nous. Une fois dans le centre-ville, on l'a vu traverser le parc en trombe et grimper deux par deux les marches du commissariat. Au moment où il poussait la porte, je me suis arrêtée pour contempler la maison de la maire. À mon arrivée à Juniper Landing, je l'avais prise pour un hôtel cinq étoiles. Elle m'apparaissait à présent comme un repaire de sorcière, symbole de tout le mal qui s'était abattu sur l'île. La girouette s'obstinait à indiquer le sud en dépit du vent.

Après m'avoir rattrapée, Bea m'a demandé ce que Tristan comptait faire.

– Je n'en sais rien, mais je suis sûre que ce sera intéressant.

On est reparties en courant, coiffant Joaquin au poteau sur la dernière marche. Dès l'entrée, on a entendu Tristan qui hurlait depuis le sous-sol du commissariat. Jusqu'à présent, je ne l'avais entendu élever la voix qu'une seule fois, à l'occasion d'une dispute avec Joaquin. On a dégringolé les marches à toute vitesse et poussé la porte au bout du couloir. Bea a ouvert des yeux ronds, et moi aussi. Les genoux ramenés sous le menton, Pete était assis dans un coin de sa cellule, face au mur du fond, pendant que Tristan lui criait dessus tout en secouant les barreaux frénétiquement. Dorn se tenait dans l'angle opposé, les bras croisés, surveillant chaque nouvel arrivant d'un œil sévère.

– Tu l'as tuée, Pete ! a aboyé Tristan, hors de lui. Tu as assassiné Nadia ! Tu comprends ce que ça veut dire ? Tu sais ce qui t'attend, le jour où on te transférera ? Tu finiras aux Oublis, c'est ça que tu veux ?

– Tristan, calme-toi, a dit doucement Bea.

Entre-temps, les CAP avaient envahi les quelques mètres carrés d'espace entre les cellules et le mur. Comme nous étions arrivées les premières, Bea et moi, on était les plus proches de Tristan, mais on gardait nos distances. Il était tellement tendu qu'on voyait ses muscles tressauter sous son tee-shirt. On aurait dit un animal féroce. De son côté, Pete a commencé à se balancer lentement d'avant en arrière, toujours de dos, le front posé sur les genoux.

– Ta seule chance, c'est de nous aider, Pete, a réattaqué Tristan. Si tu refuses de parler, je jure devant Dieu que je t'arracherai moi-même de cette cellule pour te traîner jusqu'au pont et t'expédier direct aux Oublis. Et je le ferai avec plaisir !

Pete a étranglé un sanglot. J'ignorais ce que je lui aurais dit pour le rendre plus coopératif, mais en tout cas j'aurais choisi d'autres mots. Malgré mon appréhension, j'ai posé une main sur l'épaule de Tristan. Il a tressailli comme sous l'effet d'une décharge électrique, puis s'est décontracté quand il s'est rendu compte que c'était moi. J'ai laissé ma main glisser le long de son dos, très, très lentement.

– Tristan, s'il te plaît, ai-je murmuré. Tu t'es entendu ? Ça ne te ressemble pas.

Il m'a lancé un regard fulgurant. L'espace d'une seconde, j'ai cru qu'il allait m'incendier, mais il s'est borné à soupirer.

C'est alors que Liam est entré. Nos yeux se sont croisés juste avant qu'il ne se faufile au milieu des autres CAP, mais j'ai eu le temps de remarquer qu'il était essoufflé et que son débardeur blanc était marbré de sueur.

– Liam, ai-je lâché spontanément, sans pouvoir cerner le doute qui commençait à poindre dans mon esprit.

Il s'est arrêté près de Fisher et, sans rien dire, a baissé la visière de sa casquette de base-ball.

J'ai essayé de mettre de l'ordre dans mes pensées. Liam se trouvait sur la plage avant l'arrivée du brouillard. Ensuite, il était parti avec Kevin. Kevin, le seul d'entre nous qui n'était pas présent dans cette pièce.

– Où étais-tu passé ? l'ai-je questionné. Kevin n'est pas avec toi ?

– Non, je l'ai perdu dans la brume.

En entendant sa voix, Pete a cessé de se balancer. Je les ai regardés tour à tour, de plus en plus soupçonneuse. Il y avait quelque chose entre eux, cela m'a soudain paru évident. Un vague souvenir a tenté de faire surface, mais je ne suis pas arrivée à mettre le doigt dessus.

– Vous êtes allés où, après que tu as abandonné le match ? ai-je continué.

Liam a gloussé, comme si ma question frôlait le ridicule.

– Tu sais bien : au Cygne Noir, chercher du ravitaillement. Au retour, on s'est perdus de vue à cause du brouillard. Pourquoi, il y a un problème ?

À travers la fente de ses paupières, Dorn nous observait attentivement tout en suçant ses dents.

– Non, ai-je menti. Je trouve juste bizarre que Kevin ne soit pas parmi nous, voilà tout. Tu es sûr que tu ne sais pas où il est ?

– Non, je te le répète, a grogné Liam. Bon sang, Rory ! C'est quoi cet interrogatoire ?

Tout en parlant, il obliquait vers la porte. Les autres s'écartaient pour le laisser passer. Visiblement, personne ne se doutait de rien à part moi. C'était pourtant clair : Liam avait peur, je le voyais à ses yeux. Il avait beau feindre l'indignation, il tremblait intérieurement. Finalement, Dorn s'est posté devant lui pour lui barrer la route.

– Rory, où tu veux en venir ? m'a demandé Tristan.

– Il y a un truc pas net entre Pete et lui, ai-je déclaré.

Tout à coup, la lumière s'est faite, et j'ai pu m'expliquer.

– Hier, quand je suis venue ici avec lui, Liam s'est mis à flipper quand il a appris que Pete pouvait se réveiller d'une minute à l'autre. Et l'autre jour, quand on était tous près du pont, Pete a fait demi-tour en vitesse dès qu'il a aperçu Liam. Ils nous cachent quelque chose, j'en suis sûre.

– C'est un peu maigre, Rory, a objecté Bea.

– N'empêche que Liam a sauté sur l'occasion de quitter la plage quand Kevin a demandé un volontaire pour l'accompagner, a souligné Joaquin. Et depuis, Kevin est introuvable.

Les traits de Tristan se sont à nouveau durcis.

– Liam, où est Kevin ? a-t-il grondé.

– Je n'en ai aucune idée, punaise ! Tu n'as qu'à l'appeler, tu verras bien.

– OK, je m'en charge, a aussitôt déclaré Joaquin en portant son talkie-walkie à l'oreille. Kevin ? Tu m'entends, mec ? Terminé.

Seul un lointain grésillement lui a répondu. Tous les regards se sont braqués sur Liam, qui est devenu blême. Après un silence pesant, Tristan a repris la parole.

– Dorn, bouclez-le.

Liam a esquissé un mouvement de fuite, que la carrure imposante du policier a immédiatement tué dans l'œuf. Dorn l'a empoigné et forcé à reculer.

– Non ! Vous n'avez pas le droit ! a protesté Liam en nous jetant des regards désespérés. Vous n'avez pas le droit de m'enfermer !

Fisher avait déjà ouvert la deuxième cellule. Dorn a jeté Liam à l'intérieur avant de refermer rapidement la porte derrière lui. Liam s'est jeté sur les barreaux.

– Laissez-moi sortir !

Bea s'est tournée vers les autres CAP. Chacun avait l'air choqué, ou indécis, ou haineux, voire les trois à la fois.

– Je crois qu'on est un peu trop nombreux, non ? a-t-elle glissé à Tristan.

– Oui, fais-les sortir, lui a-t-il répondu.

Bea a commencé à pousser tout le monde vers la porte et le petit troupeau a reflué dans le couloir jusqu'à ce qu'il ne reste plus que Tristan, Dorn, Krista, Joaquin et moi dans la pièce. Liam avait fini par se taire. Il s'est laissé tomber sur l'étroite paillasse, qui a gémi sous son poids, puis a observé Pete à travers les barreaux avec hostilité.

– C'est pas vrai, j'hallucine ! a-t-il grommelé.

Pete n'a pas bougé d'un poil.

– Dis-nous juste où tu es allé après avoir quitté le Cygne Noir, ai-je tenté de négocier. C'est simple, non ?

– J'ai été rejoindre Lalani, a-t-il avoué tout en me fusillant du regard. Voilà, vous êtes satisfaits ? Je suis libre ?

– Comment ? a questionné Joaquin.

Liam l'a dévisagé, l'air ahuri.

– Comment ça : comment ?

– Oui, comment tu as fait ? a embrayé Krista en se coinçant les cheveux derrière les oreilles. On n'y voyait pas à un mètre, avec ce brouillard. Comment as-tu pu la retrouver ?

– À tâtons, a rétorqué Liam sur un ton sarcastique.

– Donc, tu as réussi à la rejoindre ? ai-je insisté, soucieuse de mettre les points sur les I.

– Ouais. À propos, vous aviez tout faux : elle se souvient très bien de son frère et elle se demande ce qu'il est devenu.

Tristan et moi avons échangé un bref coup d'œil. Encore un coup des Tse, c'était sûr et certain.

– Écoute, Liam…, ai-je repris.

Coup de poing

Le vent soufflait rageusement. Deux
sortaient d'un magasin de produits de beau
un cri d'effroi en voyant une tuile se fracass
elles sur le trottoir. À dix centimètres près
vaient sur la tête. Quelques visiteurs attablé
côté rue, contemplaient l'horizon avec u
évidente. J'ai vite compris pourquoi : d'é
gris ardoise s'amoncelaient au-dessus de la

Le beau temps n'avait même pas duré u

– Ça ne présage rien de bon, a déclaré Tr
tant près de la fontaine centrale du parc.

L'eau du bassin, pourtant peu profond
de vaguelettes. Bea, Fisher, Lauren et quelc
nous attendaient un peu plus loin, abrités
la boutique de location de vélos.

– On se croirait revenus à l'époque de
Tristan tandis que le vent ébouriffait se
blonds.

– Non ! Je ne dirai plus rien. Je vous faisais confiance, et vous m'avez embobiné. Vous m'avez menti ! Et maintenant vous me jetez en taule ! Vous vous prenez pour qui, bordel ?

Il a projeté les bras à travers les barreaux. J'ai reculé avec effroi. Joaquin lui a attrapé le poignet et l'a tordu jusqu'à ce que Liam pose les genoux au sol en grimaçant de douleur. Puis il s'est penché sur lui, le visage déformé par la colère.

– Ne t'avise pas de la toucher, sinon tu le regretteras !

Krista et moi avons échangé un regard estomaqué.

– Du calme, J, a tempéré Tristan.

Joaquin a serré les dents mais il a relâché Liam, qui s'est relevé en se massant le poignet. Puis il s'est recroquevillé sur lui-même, tel un escargot rentrant dans sa coquille.

– On devrait peut-être aller prendre l'air cinq minutes, a proposé Tristan en se tournant vers nous. Suivez-moi, on va discuter dehors, OK ?

– Fine stratégie, a lâché Dorn. J'approuve.

– Sauf qu'on ne peut pas les laisser tous les deux seuls, a souligné Joaquin.

– Je reste, a décrété Krista en relevant le menton.

Même pâle et décoiffée, elle trouvait le moyen de ressembler à un top-modèle.

Dorn lui a donné une petite tape sur l'épaule en disant :

– En cas de besoin, tu as ton talkie, hein ?

– Oui, lui a-t-elle répondu en tirant l'appareil de sa poche et en le pointant sur lui comme s'il s'agissait d'un pistolet.

Avant de suivre les garçons dehors, j
coup d'œil à Liam. Il fixait Pete à travers
une expression de haine totale.

– Arrête, mec, ça n'a rien à voir, a répliqué Joaquin.

– Tu plaisantes ? Je te signale que tu as failli casser le bras d'un type contre lequel on n'avait aucune preuve de culpabilité.

– Tu aurais préféré qu'il porte la main sur Rory ?

– Si je devais tabasser tous ceux qui posent la main sur elle..., a insinué Tristan en se plantant devant son meilleur ami.

Joaquin l'a repoussé des deux mains.

– Garde tes distances, OK ?

– Non !

Tristan s'est de nouveau avancé avec un air de défi.

– Arrêtez, tous les deux ! suis-je intervenue dans l'espoir de calmer le jeu.

Peine perdue. Joaquin s'est écarté de Tristan, puis lui a envoyé son poing en pleine figure. Il y a eu un horrible craquement d'os. Tristan a valsé en arrière et percuté le torse de Dorn. J'espérais que celui-ci s'interposerait entre eux deux, ou du moins retiendrait Tristan, mais il l'a carrément renvoyé vers Joaquin, comme pour attiser le combat.

– Dorn ! me suis-je indignée.

Il a haussé les épaules avec une moue fataliste. Tristan s'est rué tête baissée sur Joaquin, qui a été projeté en arrière et a atterri sur le dos. Il est resté au sol, la respiration coupée, les yeux à moitié exorbités. Tristan s'est approché, a brandi le poing droit, prêt à l'assommer pour de bon.

– Tristan ! Non ! ai-je hurlé.

Il s'est arrêté net dans son élan. J'en ai profité pour lui saisir le bras gauche et l'écarter en toute hâte.

– Laisse-le, il ne peut plus respirer !

Avec l'aide de Dorn, Joaquin s'est assis péniblement, toussant comme s'il allait cracher ses poumons.

Entre-temps le vent avait redoublé et les nuages avaient fini par étouffer les derniers rayons de soleil, replongeant l'île dans une atmosphère lugubre. Pour compléter le tableau, des corbeaux volaient en cercle en croassant à qui mieux mieux, comme pour encourager l'orage à se déchaîner sur nous.

Joaquin reprenait peu à peu son souffle. À la façon dont il me regardait, j'ai compris qu'il faisait son maximum pour se dominer. Puis il a attrapé la main de Dorn et s'est remis debout.

– Je vais essayer de retrouver Kevin, a-t-il lâché d'une voix blanche. Dorn, veillez à ce que le nouveau ne s'échappe pas de sa cellule.

– Compte sur moi, a rétorqué Dorn.

– Quant à vous deux, allez vous reposer, a ajouté Joaquin en s'adressant cette fois à Tristan et à moi. On se retrouvera demain matin chez la maire pour faire le point et prendre les décisions qui s'imposent.

– Quelles décisions ? a voulu savoir Tristan.

Joaquin a ricané.

– Tu sais très bien de quoi je parle, T. Vu son attitude, Pete ne dira rien. Si ça continue, on court à la catastrophe.

Tristan l'a fixé, la mine sombre, les mâchoires contractées.

– Tu ne veux quand même pas qu'on… ?

– Écoute, ce type t'a frappé avec une batte de base-ball. Il t'a quasiment tué, il a carrément tué Nadia et sans doute Cori aussi. Il nous a tous trahis. Il a bafoué tes croyances, semé la pagaille dans toute l'île. Si on veut redresser la situation, il n'y a qu'une solution : le faire parler à tout prix.

Joaquin a esquissé un pas vers Tristan, qui s'est aussitôt mis sur la défensive.

– Je te demande juste d'y penser, T, a repris Joaquin sur un ton apaisant. La nuit porte conseil.

Il a considéré le ciel qui s'obscurcissait de seconde en seconde.

– Espérons qu'on tiendra jusque-là.

Sur ce, il a tourné les talons et couru vers les autres pour leur donner des directives. Après une profonde inspiration, Tristan a dit à Dorn :

– S'il retrouve Kevin, prévenez-moi.

– Entendu. Mais je suis certain qu'il te contactera de son côté.

– Moi, je n'en suis pas si sûr, a répliqué Tristan en observant son ami de loin.

Voyant qu'il commençait à prendre le chemin de sa maison, je lui ai attrapé le poignet. Son regard s'est alors posé sur ma main, puis a remonté lentement le long de mon bras, de mon épaule, et s'est finalement concentré sur mes yeux.

– Non, tu ne rentres pas chez toi, lui ai-je dit d'une voix ferme malgré ma peur d'être rembarrée.

– Ah non ? Et où je vais ?

J'ai lâché son poignet pour entrelacer mes doigts avec les siens.

– Chez moi.

Deux cœurs

Le vent soufflait avec une telle violence que nous marchions accrochés l'un à l'autre pour mieux résister aux rafales. Tandis que nous remontions la rue des Magnolias, des pétales de fleurs et des feuilles mortes nous giflaient la figure. À un moment donné, un bout de papier s'est plaqué sur mon tibia comme un autocollant. Quand je me suis penchée pour ouvrir le portillon du jardin, il s'est ouvert à toute volée dès que j'ai tiré le loquet et s'est rabattu contre la barrière avec tant de force que les gonds se sont arrachés. Tristan a tenté en vain de le retenir. Le portillon est parti dans la rue en tourneboulant sur lui-même et a fini sa course contre une maison voisine.

– Rentrons vite, m'a soufflé Tristan.

On a parcouru les derniers mètres en nous arc-boutant contre le vent. Malgré mes tremblements, j'ai réussi à insérer la clé dans la serrure, et Tristan a maintenu la porte pour l'empêcher de subir le même sort que le portillon. Une fois à l'intérieur, il s'est empressé de tirer le verrou pendant que j'allumais les lumières tellement il faisait sombre. Tristan m'a suivie dans le salon. On s'est regardés de part et d'autre de la table basse en merisier.

J'étais affreusement nerveuse et mal à l'aise. Une heure plus tôt, Tristan m'avait surprise en train d'embrasser un garçon qui n'était autre que son meilleur ami. Et maintenant nous étions là, seuls, face à face. Les mots étaient dérisoires, j'en avais parfaitement conscience, mais il fallait que je me lance.

– Tristan, je voulais te dire… à propos de Joaquin…

Il a fermé les yeux, comme si le simple fait d'entendre ce prénom lui était douloureux.

– Inutile, Rory, m'a-t-il interrompue en levant une main.

– Si, je tiens à t'expliquer.

Une bourrasque particulièrement violente a ébranlé la maison, si bien que les parquets et la vieille charpente ont émis une série de craquements inquiétants. J'ai commencé à contourner la table. Tristan, lui, n'a pas bougé. J'ai jugé que c'était un signe plutôt encourageant.

– Écoute, ai-je repris, je ne vais pas prétendre que Joaquin n'est rien pour moi, ce serait faux. Sans lui, jamais je n'aurais pu surmonter les épreuves de la semaine dernière.

Tristan a gardé un visage impassible.

– Mais dès que je t'ai revu, à la seconde même où on

s'est touchés, j'ai compris que… que c'était toi. Que ça avait toujours été toi. Avec Joaquin, c'était…

– Arrête.

Tout en parlant, je m'étais rapprochée petit à petit. Je suis restée figée sur place, si près de lui que je distinguais le début de barbe blonde qui couvrait son menton et ses joues. Mon regard a dévié vers ses mains.

« Fais un geste, par pitié, l'ai-je imploré silencieusement. Rien qu'un… »

– Alors tu es décidée à le quitter pour de bon ? m'a-t-il demandé brusquement. Tu n'es pas amoureuse de lui ?

– Non. C'est toi que je veux, Tristan.

Je le sentais encore méfiant. Dans le même temps, je devinais qu'il faisait des efforts terribles pour résister.

– Tu en es sûre ? Réfléchis bien, Rory. Parce qu'on est voués à rester ici pour l'éternité, tous les trois. Si jamais tu changes d'avis… ce sera une torture. Pour moi, pour lui et pour toi.

Je l'ai regardé au fond des yeux. Mon cœur tambourinait comme un fou.

– J'en suis sûre et certaine, Tristan. Je veux rester avec toi. Pour toujours.

Après avoir exhalé un long soupir de soulagement, il a pris ma tête entre ses mains.

– Je t'aime, Rory. Je ne souhaite qu'une chose : qu'on ne soit plus jamais séparés.

– Moi aussi, Tristan.

– Ça tombe bien, car tu ne te débarrasseras pas de moi facilement, je te préviens, m'a-t-il dit en souriant.

Je me suis rendu compte que j'étais en larmes.

Tristan s'est penché, il a posé ses lèvres sur les miennes, et ç'a été comme une libération. Toute la frustration accumulée au cours des deux dernières semaines, les malentendus, la peur, l'angoisse, tout cela s'est volatilisé pour céder la place à une délicieuse sensation de chaleur et de bonheur qui m'a envahie de la racine des cheveux à la pointe des orteils. Je me suis abandonnée tout entière dans ce baiser. Tristan m'avait tellement manqué ! Maintenant il était à moi, et j'étais à lui. En ce bref instant de béatitude, je ne me souciais plus de rien, ni de Pete, ni de Liam, ni de l'univers, ni de Shadowland.

C'est alors que nos talkies-walkies ont retenti, nous rappelant brusquement à la réalité. La voix paniquée de Krista est venue briser notre petit cocon.

– Alerte, alerte ! Il y a urgence ! Terminé.

Juste après, on a entendu frapper furieusement à la porte. Pendant que Tristan se précipitait pour ouvrir, j'ai décroché le talkie-walkie de ma ceinture et appuyé sur le bouton rouge pour prendre la parole.

– Que se passe-t-il, Krista ? Terminé.

– On a un problème avec les visiteurs, j'arrive ! Terminé.

Avant que j'aie le temps de lui en demander plus, Krista est apparue sur le seuil, trempée jusqu'aux os. J'en ai lâché mon talkie-walkie.

– C'est quoi, ce problème ? lui ai-je lancé.

Elle s'est engouffrée dans la maison pour échapper au mauvais temps et s'est appuyée, hors d'haleine, sur la console de l'entrée.

– Les visiteurs sont tous rassemblés sur la place. On craint une émeute, il faut absolument gérer la situation.

Malléable

J'avais beau savoir que l'île était surpeuplée, je ne m'attendais pas à une foule pareille. Le parc était carrément noir de monde. Certains étaient perchés sur les bancs, d'autres se cramponnaient par grappes aux réverbères. Ceux qui n'avaient pas encore rejoint le gros de la troupe émergeaient du snack et des boutiques, se dévissant le cou pour tâcher de comprendre la raison de cette affluence malgré la pluie diluvienne.

Bien entendu, les Tse occupaient le point stratégique, près de la fontaine au cygne. Ils haranguaient les visiteurs en agitant les bras avec fureur. De là où nous étions, il était évidemment impossible de les entendre, mais on voyait bien que l'auditoire buvait leurs paroles.

– Merde, ça sent mauvais, a commenté Tristan en s'arrêtant à l'angle de la rue des Freesias, juste à l'entrée de la place.

Sous les regards hostiles d'un groupe de jeunes vêtus de capes en plastique, Joaquin, Fisher et Kevin se sont dirigés vers nous au pas de course. Peu après, Ursula et le commissaire Grantz sont venus nous rejoindre en rasant les murs.

– Kevin ! s'est exclamée Krista. Tu vas bien ? On te croyait mort !

– Ouais, ça va, merci. Quand le brouillard a déferlé, j'ai perdu Liam de vue, alors j'ai décidé de rentrer chez moi en attendant que ça passe. J'étais tellement épuisé que je me suis endormi en moins d'une minute. Joaquin m'a dit que vous vous étiez fait un sang d'encre, je suis désolé.

– L'important, c'est que tu sois là, lui a dit Tristan en lui donnant une petite tape dans le dos.

Attirés par lui comme des papillons par une flamme, d'autres CAP sont arrivés après avoir prudemment contourné le parc ou longé les rues adjacentes. Lauren et Bea, qui étaient près des quais, se sont pointées à leur tour.

– À propos de Liam, on a un problème, a déclaré Fisher.

Il a respiré un bon coup avant de nous annoncer la suite.

– Il a disparu.

– Hein ? me suis-je écriée. Comment c'est possible ?

– J'avais passé la clé à Dorn. Il a abandonné son poste cinq minutes, à cause de visiteurs qui ont débarqué au commissariat pour lui demander de passer des appels longue distance. Quand il est redescendu au sous-sol, la clé n'était plus là, Liam non plus. De toute évidence, quelqu'un l'a libéré. Mais vu que Pete est toujours muet comme une tombe…

Tristan a serré les poings, visiblement accablé par cette nouvelle.

– Quel est le salaud qui l'a fait évader ?

– Étant donné les circonstances, je dirais que c'est le cadet de nos soucis, a souligné Fisher en considérant la foule d'un œil inquiet.

– Pourquoi on ne reprend pas les transferts ? s'est enquise Ursula d'une voix encore enrhumée. Il y en a pas mal qui sont prêts, ça nous permettrait de faire un peu de vide.

– Impossible, a rétorqué Joaquin. Comme on n'a plus de pièces, personne ne quittera Juniper Landing avant un bon moment.

– Bon, a repris Tristan. Procédons par ordre. En premier lieu, il faut qu'on remette la main sur Liam. Bea, Rory : rassemblez une vingtaine de CAP et fouillez l'île de fond en comble. Ça ne devrait pas être long, Liam ne connaît pas le terrain aussi bien que nous. Fisher, Kevin : prenez les gars les plus costauds avec vous et filez jusqu'au pont. Quoi qu'il arrive, il est hors de question que d'autres innocents soient acheminés vers Shadowland.

– Tu ne préfères pas que je reste ici pour maîtriser la foule ? a suggéré Fisher en se frappant la paume de la main avec le poing.

– Non, je m'en charge. Grantz, Dorn et Joaquin me donneront un coup de main si nécessaire.

Des acclamations enthousiastes ont salué la péroraison de Sebastian Tse.

– Je vais aller leur parler, a poursuivi Tristan.

– Tu vas leur dire quoi ? a demandé Joaquin.

– Je ne sais pas, j'improviserai. Et si ça ne suffit pas, on pourra toujours recourir à notre pouvoir. À nous quatre, on devrait arriver à calmer les plus excités. Fisher, Kevin, Bea, qu'est-ce que vous attendez ? On perd du temps, là !

– On y va, T, a répliqué Fisher.

Ils se sont aussitôt dirigés vers une file de voitures et de pick-up qui attendaient en bordure du parc, phares allumés, essuie-glaces en action.

– C'est de ma faute, a gémi Krista. J'aurais dû rester au commissariat comme prévu. Mais j'étais tellement crevée que Dorn m'a dit de rentrer chez moi et...

– Tout va bien, Krista, l'a réconfortée Tristan en la secouant doucement par les épaules. Ne t'en fais pas, on le retrouvera.

Il m'a regardée. Une goutte de pluie, pareille à une larme, coulait sur sa joue gauche.

– Tu ne veux pas faire équipe avec Bea ?

– J'aimerais mieux rester avec toi, lui ai-je avoué tandis qu'un couple passait en nous dévisageant d'un air méfiant.

Tristan a saisi ma main et l'a pressée tendrement.

– Reste plutôt avec Krista et souhaite-moi bonne chance.

– Bonne chance, Tristan.

Sur un signe de lui, Joaquin et Grantz lui ont emboîté le pas, et tous trois ont traversé la rue en direction du parc. Joaquin a sorti son talkie et demandé à Dorn de les rejoindre.

Krista m'a entraînée vers le commissariat. C'était une riche idée : du haut de l'escalier surmonté d'un chapiteau en pierre reposant sur deux colonnes de marbre, non seulement nous étions à l'abri de la pluie mais de plus nous avions une vue imprenable sur la place et le parc. J'ai aperçu Tristan qui s'approchait de Sebastian.

– Rory ? m'a lancé Krista.

– Oui ?

– J'ai la trouille.

– Moi aussi.

On s'est serrées l'une contre l'autre en grelottant, sans pour autant perdre une miette de la scène qui se déroulait sous nos yeux. Tristan a sauté sur le bord du bassin au cygne, de sorte à dominer la foule de plus en plus bruyante, puis il a levé les bras dans l'espoir d'obtenir le silence. Au moment où il s'apprêtait à prendre la parole, Dorn a jailli du commissariat et dévalé les marches afin de rejoindre son collègue et Joaquin dans le parc.

– S'il vous plaît ! a crié Tristan. S'il vous plaît, écoutez tous !

– Qui vous êtes, d'abord ? a braillé un grand barbu qui logeait dans la même pension de famille que les jumeaux.

– Je m'appelle Tristan Parrish. Je suis le fils de la maire de Juniper Landing et je serai ravi de répondre à toutes vos questions.

De nombreuses voix se sont aussitôt élevées. Sebastian et Selma ont échangé un regard complice.

– Si vous parlez tous en même temps, je ne comprendrai rien, a essayé de tempérer Tristan avec un sourire indulgent. S'il vous plaît, levez la main et je répéterai votre question de façon que tout le monde puisse l'entendre, après quoi je ferai de mon mieux pour vous donner satisfaction.

Trois douzaines de mains se sont immédiatement pointées en l'air.

– Il s'en sort bien, ai-je murmuré.

– Pour le moment, oui, m'a concédé Krista, moyennement tranquillisée.

Elle a jeté un coup d'œil anxieux vers la double porte du commissariat.

– Euh… Rory, il y a quelqu'un avec Pete en ce moment ?

Mon cœur a chuté au fond de mes baskets. Celui qui avait volé la clé de la prison avait très bien pu libérer Pete entre-temps.

– Allons vite voir !

Krista m'a précédée à l'intérieur. On a traversé le hall en courant, nos semelles couinant sur les dalles de marbre gris, puis on s'est ruées au sous-sol. Double soupir de soulagement : Pete était dans sa cellule, toujours assis par terre, les bras autour des genoux. Il a levé la tête en nous entendant entrer. Il avait les yeux injectés de sang et une longue traînée noire sur une joue. Krista est allée se percher sur un tabouret au fond de la pièce. Pete a braqué son regard sur elle.

– Bon. Tu es encore là, ai-je lâché.

– Où veux-tu que j'aille ?

J'ai sursauté à l'écoute de sa voix sèche et éraillée. C'était la première fois qu'il ouvrait la bouche depuis jeudi. Mon pouls s'est accéléré. Je ne pouvais pas laisser passer cette chance, j'attendais cet instant depuis trop longtemps. Je me suis agenouillée face à lui et j'ai agrippé les barreaux. Ils étaient si froids que j'en ai eu mal aux doigts.

– Pete, qui a aidé Liam à s'évader ? Il t'a dit où il comptait aller ?

Pete a lâché Krista des yeux et les a tournés lentement vers moi, mais sans me regarder en face.

– Non.

– Pete, arrête, ça commence à devenir lassant ! Pourquoi tu ne veux rien dire ? Tu n'en as pas marre de moisir ici ?

Il a baissé la tête en se mordant la lèvre. Il m'a soudain paru terriblement vulnérable et malléable. Il faisait partie des plus jeunes CAP, presque un gamin. Il avait été promu juste avant Krista, qui elle-même avait été nommée peu de temps avant moi, Darcy et Liam. J'ai compris qu'il s'était laissé influencer en échange de quelque chose qu'il désirait ardemment. Cela m'a attendrie. En dépit du mal qu'il avait pu faire, Pete restait l'un des nôtres. Un être humain, avec ses failles et blessures.

– Darcy s'est toujours montrée sympa avec toi, non ? lui ai-je dit avec douceur. Elle te trouvait drôle, même tes plus mauvaises blagues la faisaient rire. Et puis… elle adorait ta musique.

J'ai enfin réussi à capter son regard. J'y ai vu passer une ombre de remords. Il commençait à fléchir. J'ai décidé d'enfoncer le clou.

– Darcy ne mérite pas toutes ces souffrances, Pete, tu le sais. Je suis sûre que tu en as conscience. Toi seul peux la libérer de Shadowland. Je t'en supplie, dis-moi comment la sauver !

Il a pincé les lèvres et s'est accroché encore plus fort à ses genoux. Le dilemme qui le tourmentait était presque palpable.

Soudain, des cris de protestation nous sont parvenus du dehors malgré l'épaisseur des murs. J'ai jeté un coup d'œil à Krista, apparemment aussi angoissée que moi. Le temps filait à une vitesse effarante. Si on ne réglait pas le problème rapidement, les conséquences seraient si tragiques que l'affaire Jessica ferait figure de sinécure en comparaison.

– Tu as eu un moment d'égarement, voilà tout, ai-je dit à Pete en essayant d'injecter suffisamment de persuasion dans ma voix en dépit de mes craintes. Tu as cru à la promesse qu'on t'a faite, ça t'a poussé à mal agir. Mais si tu acceptes de m'aider, tu te rachèteras aux yeux de tout le monde. Et je plaiderai ta cause, je ne te laisserai pas tomber, je te le jure.

Après un soupir interminable, Pete a posé le menton sur son avant-bras et regardé dans le vide.

– Dix-huit pas, a-t-il lâché tout bas.

Krista s'est levée si brusquement que le tabouret s'est renversé.

– Quoi ?

– Il faut avancer de dix-huit pas sur le pont, a-t-il développé. Ensuite, tourner à gauche et confesser le pire péché qu'on a commis dans sa vie. C'est comme ça qu'on ouvre les portes de Shadowland.

Je me suis redressée à mon tour, complètement sidérée.

– C'est tout ?

– Oui. Mais à une seule condition : dire la vérité.

La surprise m'a fait éclater de rire.

Pete m'a accordé un bref coup d'œil, puis il a reniflé et s'est frotté le nez.

– Et ensuite ? ai-je demandé. Comment on fait pour libérer les innocents ?

– Si un CAP entre à Shadowland de son plein gré, et avec des intentions pures, tous ceux qui n'y ont pas leur place peuvent en sortir.

– C'est aussi simple que ça, tu en es sûr ? Pas de prix à payer, pas de contrepartie ?

– Non. Faut croire que les puissances supérieures ou je ne sais quoi n'ont jamais imaginé qu'un CAP puisse être assez dingue pour y pénétrer volontairement.

– Eh bien, tu en as une devant toi, ai-je déclaré en m'agenouillant de nouveau pour être à hauteur d'yeux avec lui. Merci, Pete. Tu ne peux pas savoir ce que ça représente pour moi. Merci !

Après lui avoir serré l'avant-bras, je me suis relevée en vitesse et j'ai couru vers la porte.

– Allons-y !

– Hein ? s'est écriée Krista. Tu es folle ou quoi ? Si ça se trouve, il ment. Tu seras bien avancée si tu te retrouves coincée à Shadowland, toi aussi !

– Écoute, Krista…

– Non ! Je t'interdis d'y aller sans renforts, c'est trop dangereux.

La voyant prête à alerter les autres, je me suis précipitée sur elle et lui ai immobilisé le bras.

– Rory, sois raisonnable ! a-t-elle protesté.

– Si tu les préviens, ils feront tout pour m'en empêcher et je n'aurai plus aucune chance de sauver ma sœur et mon père.

Je lui ai arraché le talkie des mains, je l'ai éteint, puis je l'ai regardée droit dans les yeux.

– Tu viens avec moi ou pas ?

Un abîme de noirceur

– Par pitié, Rory, ne fais pas ça ! Tu es ma meilleure amie sur cette île pourrie, je ne veux pas te perdre !

– J'ai bien l'intention de revenir, crois-moi, ai-je répliqué, même si, concrètement, je n'avais aucune idée de ce qui allait m'arriver.

– Comment peux-tu être aussi sûre de toi ? m'a très justement demandé Krista.

– Je le sais, voilà tout, ai-je menti avec aplomb.

Au fond de moi, j'étais terrifiée.

On est sorties du commissariat par la porte de derrière. La voiture des Parrish était garée à quelques mètres de là. Soudain, de nouvelles huées ont éclaté du côté du parc. On s'est figées sur place. À l'évidence, la foule était toujours remontée.

– Et Tristan ? s'est enquise Krista.

J'ai serré les mâchoires. Malgré mes sentiments, ce n'était pas le moment de voler à son secours. Maintenant que j'avais toutes les informations pour libérer mon père et

Darcy, je ne pouvais pas reculer. Nous avions chacun un rôle à jouer, et ma place n'était pas ici, en ville, mais sur le pont. Si j'arrivais à passer et à délivrer ma famille ainsi que toutes les âmes injustement condamnées à Shadowland, alors tout rentrerait dans l'ordre. On pourrait recommencer à transférer nos visiteurs sans aucune crainte.

– On ne peut rien pour lui, ai-je déclaré au moment où retentissaient d'autres clameurs de colère. Si les choses dégénèrent, Grantz et Dorn lui prêteront main-forte. Arrête de t'inquiéter et donne-moi les clés.

– Je t'en prie, Rory, ne m'oblige pas à faire ça. Si jamais il t'arrive quelque chose…

– Passe-moi les clés !

Krista a fini par capituler. Tandis qu'une grosse larme roulait sur sa joue, elle a sorti les clés de sa poche et me les a tendues à contrecœur. Je culpabilisais à mort, mais je les ai prises quand même.

– Je suis désolée, Krista, il faut que j'y aille. Plus vite j'arriverai là-haut, plus vite on en aura terminé avec tout ça.

En pleine hésitation, elle s'est retournée, comme pour tenter d'apercevoir Tristan à travers le bâtiment du commissariat. Je me doutais qu'elle aurait tout donné pour pouvoir rentrer chez elle et se cacher sous la couette en attendant qu'on vienne lui annoncer un heureux dénouement. Mais dès que la foule s'est remise à rugir, elle a couru vers la voiture. Elle s'est assise à côté de moi, trempée, en pleurs.

J'ai démarré sur-le-champ et foncé vers le nord de l'île.

***

– Oh non, Rory, même pas dans tes rêves !

Fisher s'est montré intraitable sur la question « Ouverture des portes de Shadowland ». Il était campé devant moi, jambes solidement écartées, ses bras musclés croisés sur son torse massif, indifférent à la pluie qui s'abattait sur son crâne fraîchement rasé. J'avais l'impression d'être face à la Grande Muraille de Chine. Dans une autre vie, ce type aurait fait un malheur dans le milieu du catch professionnel. Il ne lui manquait plus qu'un surnom ridicule et une ribambelle de tatouages.

– Tu n'as pas envie de retrouver Darcy ? lui ai-je lancé dans l'espoir de toucher une corde sensible. Elle endure les pires tortures pendant que tu restes planté là !

Kevin et les autres s'étaient déployés de chaque côté de Fisher pour barrer l'entrée du pont, mais aucun n'était aussi intimidant que lui. En l'absence de Tristan et de Joaquin, Fisher assumait *de facto* le rôle de leader. J'ai compris que si j'arrivais à le convaincre, personne n'élèverait d'objection. J'ai jeté un coup d'œil à Krista. Elle avait remonté jusqu'au menton la fermeture de son ciré blanc et serré à fond les cordons de la capuche, qui formait un O parfait autour de son visage. On voyait bien qu'elle aurait souhaité être ailleurs, de préférence très, très loin d'ici.

– Écoute, a repris Fisher, j'ai reçu l'ordre de ne laisser passer personne et je m'y tiendrai.

– Eh bien, ça a le mérite d'être clair, a dit Krista. Allez viens, on rentre.

Elle m'a prise par la main mais je me suis dégagée d'une secousse. Un éclair impressionnant a déchiré le ciel, précédant de peu un coup de tonnerre assourdissant. Krista a poussé un cri.

– Ça, c'était avant que Pete se décide à parler, ai-je argumenté. Et il se trouve que c'est à moi qu'il s'est confié. Ça mérite une exception, non ?

Fisher a plissé les paupières et fait passer le poids de son corps d'une jambe sur l'autre. Puis il m'a toisée de toute sa hauteur, tel un général devant un misérable troufion osant contester son autorité.

– Et je suis censé te croire sur parole ? Qu'est-ce qui me prouve que tu dis la vérité, Rory ?

Cette fois, j'ai regardé Krista avec insistance. Il était temps qu'elle s'implique. Voyant qu'elle se bornait à ouvrir des yeux effarouchés, j'ai perdu patience.

– Mais enfin, parle, Krista ! Raconte-lui ce qu'on a appris !

Elle a baissé la tête, puis s'est résignée à lâcher à mi-voix :

– Pete prétend que si on ouvre les portes de Shadowland, les innocents seront automatiquement libérés. Mais je ne vois pas pourquoi ce serait à toi d'y aller, Rory ! a-t-elle ajouté en s'animant subitement. On ne peut pas envoyer un CAP plus âgé ? Quelqu'un qui n'aurait ni amis, ni famille, ni...

– On n'a pas le temps de chercher un volontaire ! ai-je riposté avec véhémence. Essaie un peu de comprendre : il s'agit de mon père, de ma sœur et de mon meilleur ami, bon sang ! Il faut agir tout de suite !

Il y a eu des murmures dans le rang des garçons réquisitionnés par Fisher. Certains ont commencé à nous regarder d'une autre façon. Avec respect. Voire une certaine admiration.

L'expression de Krista s'est durcie.

– Très bien, alors je t'accompagne, a-t-elle déclaré avec une assurance inattendue de sa part.

– Hein ? se sont exclamés Fisher et Kevin comme un seul homme.

Krista s'est éclairci la gorge avant de poursuivre.

– Tu me vois annoncer à Tristan que je t'ai laissée partir seule, Rory ? Tu imagines les retombées si tu échoues ? Je préfère encore affronter les horreurs de Shadowland.

– Ouah ! J'avoue que tu m'épates, là, a dit Fisher en la considérant soudain d'un autre œil, lui aussi.

Elle a haussé les épaules.

– Rory est ma meilleure amie. Presque une sœur pour moi. Je ne veux pas me séparer d'elle.

Fisher a murmuré quelque chose à l'oreille de Kevin. Puis ils nous ont tous deux tourné le dos et ont continué leurs messes basses pendant un moment. La tension était à son comble. Finalement, Fisher a fait volte-face et a crié :

– OK !

– Comment ça : OK ? a rétorqué Krista en se raidissant.

– Vous pouvez y aller. Mais je viens avec vous. L'union fait la force, pas vrai ?

Il s'est rangé à nos côtés, laissant un trou dans la ligne de défense. L'énorme structure du pont se dressait devant nous, lugubre et menaçante, avec ses gigantesques piliers en partie noyés dans la brume. J'avais la gorge sèche comme le Sahara. L'adrénaline qui courait dans mes veines me donnait le tournis, mais je me suis forcée à avancer sans me retourner, sachant que Krista et Fisher me suivaient de près.

Arrivée à la lisière entre le chemin de terre et le tablier métallique du pont, je me suis arrêtée. Plus que dix-huit pas et je reverrais Darcy. Plus que dix-huit pas et je délivrerais mon père. Et Aaron. Et Jennifer. Et tous ceux qui souffraient injustement à Shadowland. Fisher est venu se placer à ma gauche, Krista à ma droite.

– Je vous préviens, c'est super flippant, leur ai-je dit. On entend des voix, des chuchotements. La dernière fois, j'ai senti des trucs qui essayaient de me griffer ou de m'agripper. Je ne sais pas ce que c'était mais… j'en tremble encore.

– Je crois que je vais vomir, a hoqueté Krista.

– Ne t'inquiète pas, je suis là, l'a réconfortée Fisher en lui pressant l'épaule.

J'ai respiré à fond.

– Prêts ?

Fisher s'est retourné vers Kevin et lui a adressé un bref signe de tête. Aussitôt, Kevin a pris son talkie-walkie.

– Joaquin ? Rory, Krista et Fish sont sur le point de franchir le pont. D'après eux, ils savent comment accéder à Shadowland. Ramène tes fesses en vitesse.

– Fisher ! me suis-je insurgée en même temps que Krista.

– Ben quoi ? a-t-il répliqué. On ne part pas en guerre sans assurer ses arrières. Maintenant, je vais sauver ma copine. Qui m'aime me suive !

Il a avancé d'un pas. J'ai serré les dents et je l'ai imité. Nul doute que Joaquin était déjà en route – et Tristan aussi, si toutefois il avait pu s'échapper – mais je m'en fichais. Le temps qu'ils arrivent, l'opération serait terminée.

Dès la seconde où le brouillard m'a enveloppée, je me suis crue seule au monde. J'avais beau avoir conscience de la présence de mes amis à mes côtés, je ne les distinguais ni l'un ni l'autre. Soudain, une main s'est refermée sur la mienne et Krista a réapparu. Elle a esquissé un sourire, et moi aussi.

– C'est parti.

Nous avons commencé à compter ensemble.

– Deux... trois... quatre...

Des murmures nous ont sifflé aux oreilles.

– *... elle a amené une amie...*

– *... jolie ! Très jolie...*

– *... leur grignoter les orteils un par un...*

Krista m'a littéralement écrasé la main. Je n'en menais pas large non plus. Tel un poison, la peur s'insinuait dans tous les pores de ma peau. Mais je ne pouvais plus reculer. Le sort de ma sœur et de mon père dépendait de moi. Pour me donner du courage, j'ai imaginé leur visage, leur sourire, la joie de nos retrouvailles. J'avais déjà survécu à cette épreuve, je la surmonterais bien une seconde fois. Pour eux.

– Cinq… six…

Un doigt glacé m'a effleuré la joue. Krista a poussé un cri perçant et s'est assené une grande claque sur la nuque.

– C'était quoi ? a-t-elle gémi.

– Rien. Ne fais pas attention, c'est juste pour nous déstabiliser, ai-je tenté de la rassurer.

– Mais qui fait ça ?

– Le pont. Avance, on y est presque.

– Sept… huit… neuf…, ai-je continué de compter toute seule.

– *… toujours aussi naïve…*

– *… elle ne sait pas ce qu'elle…*

– *… l'obscurité totale…*

– Rory ! a couiné mon amie en tournant la tête de tous les côtés. C'était une mauvaise idée. Je veux m'en aller. On fait demi-tour, d'accord ? S'il te plaît !

Elle s'est remise à hurler. J'ai vu ses longs cheveux se dresser en l'air, comme si d'invisibles doigts cherchaient à les lui arracher du crâne.

– Oh mon Dieu, oh mon Dieu, non ! Lâchez-moi !

– Il n'y a rien, je t'assure. Avance. Dix… onze… douze…

Un tourbillon de brume s'est formé sur ma gauche. Puis il s'est immobilisé et a commencé de s'enfler et se dégonfler à une cadence régulière, comme quelqu'un en train de respirer profondément. Et de nous épier. Krista s'est collée à moi.

– Fisher ? ai-je risqué.

Le ricanement qui m'a répondu était si diabolique qu'il ne pouvait provenir d'un être humain. Sur le coup, j'ai cru que j'allais m'évanouir de peur. Krista m'a agrippée des deux mains. Elle était au bord de l'hystérie. Théoriquement, c'était moi la plus courageuse de nous deux. Si je m'écroulais, on était fichues.

– Laisse tomber, m'a soufflé Krista. Tu n'as plus besoin de ta famille. De toute façon, vous auriez été séparés. Maintenant tu m'as, moi. Et Tristan, et Joaquin. C'est ce qui compte, non ? Pourquoi tu t'entêtes pour rien ? Fichons le camp d'ici en vitesse, Rory !

J'ai serré les dents et décidé de rester sourde à ses paroles, sinon j'allais lui taper dessus. J'ai continué à avancer, la traînant de force derrière moi.

– Treize... quatorze... quinze... seize.

– Non-non-non-non-non, pleurnichait Krista. Par pitié, non !

– ... *allez, venez, montrez-vous !...*

– ... *jamais pensé que ça se terminerait comme ça...*

– ... *approche, ma jolie... encore plus près...*

Un doigt osseux m'a coincé une mèche de cheveux derrière l'oreille. Ce contact odieux m'a donné la chair de poule et j'ai failli hurler. Krista s'est arc-boutée en arrière pour freiner notre progression. Heureusement, j'étais plus forte qu'elle. Je l'ai tirée d'un coup sec et on a effectué les deux derniers pas.

– Dix-sept... dix-huit.

On s'est arrêtées. Krista tremblait comme une feuille, je l'entendais claquer des dents. Mon cœur battait si violemment que je ne sentais plus que lui. Rassemblant le peu de courage qui me restait, j'ai tourné à gauche. Aucun signe de Fisher. Contrairement à ce qu'il nous avait affirmé, il n'était plus en mesure de jouer les protecteurs. On était seules, Krista et moi. J'espérais que Fisher continuerait à marcher tout droit et qu'il se retrouverait au point de départ, comme moi deux jours plus tôt.

– Roryyyyyyyy…, a gémi Krista.

La sueur qui nous collait les mains s'est transformée en glace.

– T'inquiète, tout va bien se passer, ai-je répliqué.

Encore une fois, j'ai pensé à mon père, à Darcy, à Aaron. Ensuite, j'ai fermé les yeux et, malgré l'aversion que m'inspirait cette image, je me suis représenté Steven Nell à l'instant de son agonie.

– J'ai tué quelqu'un, ai-je lâché.

Juste après cette confession, il s'est produit un *bang !* tonitruant, semblable à celui d'une benne à ordures s'abaissant brutalement. Le pont a vibré sous nos pieds. Krista m'a broyé la main. Devant nous, la brume s'est agitée, d'abord de manière désordonnée, comme la fumée d'un feu de bois, puis elle s'est rapidement organisée en un vortex qui s'est mis à tournoyer à l'oblique, tel un cyclone à la gueule béante. Pourtant, il n'y avait pas un souffle de vent.

Je me trouvais face à un gouffre ténébreux, un abîme sans fond, d'une noirceur absolue. Certaine de m'être fait berner, je m'attendais à ce qu'une chose froide et gluante en jaillisse pour nous entraîner en enfer, Krista et moi.

À cause de mon obstination aveugle, mon amie allait passer l'éternité à Shadowland.

– Va-t'en, cours ! lui ai-je crié, au comble du désespoir.

Alors que je m'apprêtais à lui donner une bonne impulsion pour la pousser à s'enfuir, j'ai soudain entendu la voix de ma sœur. Si proche qu'elle semblait à moins d'un mètre de moi.

– Rory ! Tu es venue !

– Darcy !

J'ai tendu le bras et rencontré le tissu d'une manche. J'y ai enfoncé mes ongles. Je la tenais. Je tenais Darcy. J'ai tiré de toutes mes forces pour l'amener vers moi, mais quand elle a émergé des ténèbres, je me suis rendu compte que ce n'était pas ma sœur.

C'était Steven Nell.

Il n'avait pas changé depuis la dernière fois que je l'avais vu. Toujours les mêmes cheveux filasse tombant sur le front, les mêmes lunettes perchées sur l'arête étroite de son nez, le même sourire cruel sur ses lèvres minces et pâles.

Dans un horrible flash-back, j'ai de nouveau senti la lame de son couteau s'enfoncer dans mon ventre. Revu ma sœur couverte de sang. Mon père s'écroulant à terre. J'étais en train de revivre le cauchemar qui me hantait depuis des semaines, mais en direct et dans les moindres détails.

– Rory Miller ! Nous voilà enfin réunis ! m'a-t-il dit joyeusement.

C'est alors que j'ai compris. Il allait recommencer. Il s'en réjouissait d'avance. Il allait nous assassiner, nous massacrer l'un après l'autre, ma sœur, mon père et moi. Cette abomination allait se reproduire sans fin, jusqu'à la nuit des temps.

Quand je me suis retournée pour fuir, je me suis heurtée à Krista.

Elle m'a regardée, ses grands yeux bleus assombris par la rage.

– Krista ?

– Bienvenue à Shadowland, Rory.

Avec une force dont je ne l'aurais jamais crue capable, elle m'a poussée dans les bras de Steven Nell.

De plein gré

Tout en dévisageant Krista avec effroi, je sentais sur ma nuque le souffle humide et chaud de Steven Nell. Étaient-ils complices ? Non, c'était impossible ! Krista était mon amie. Ma meilleure amie. Je la considérais comme ma sœur, et jusqu'à présent je pensais que c'était réciproque. Comment avait-elle pu me laisser accuser à tort, envoyer ma famille à Shadowland, comploter dans mon dos et mentir à la face de tout le monde ?

Krista me toisait froidement. C'était encore la fille que j'avais toujours connue : ravissante, innocente, gentille, sympa avec tout le monde. Mais seulement en apparence.

– Je ne peux pas m'emparer d'elle, tu le sais bien, a déclaré Nell en braquant ses yeux mouillés sur elle. Rory doit venir de son plein gré.

De son bras droit, il m'a enserré la taille et m'a plaquée contre son torse. Puis il m'a caressé la joue avec le dos de la main. La griffure de ses jointures sèches sur ma peau m'a soulevé le cœur. Les poils drus de sa barbe me piquaient le crâne. Un flot de bile m'est monté à la bouche. J'ai tenté de me débattre, mais il me tenait si étroitement que j'avais l'impression d'être dans un étau. La mort semblait avoir décuplé ses forces.

Le sang battait mes tempes, je luttais en vain pour maîtriser mes tremblements, et dans le même temps j'étais hors de moi. De mon vivant, j'avais toujours réussi à lui cacher ma peur.

– Krista ? ai-je lancé. Tu peux m'expliquer ce qui se passe ?

Du coin de l'œil, j'ai détecté un mouvement au sein des ténèbres. Une très vague silhouette. Mon père ? Darcy ? Était-il encore possible de les sauver ?

– Je veux juste rentrer chez moi, a répondu Krista d'une voix atone. Je n'ai rien à faire ici.

– Alors c'était à cause de ça ? Ton putain de bal de promo ?

– Réfléchis un peu, Rory. Comme tu le sais, je n'étais pas censée mourir. Le soir où j'ai escorté Steven Nell sur le pont, il m'a appris que l'au-delà était au courant de mon cas. Quand quelqu'un se supprime par accident, l'équilibre universel s'en trouve bouleversé. Alors il m'a fait une proposition. Il te voulait comme animal de compagnie éternel. Seulement, Shadowland n'aurait jamais ouvert ses portes à une sainte-nitouche de CAP comme toi. À moins que tu acceptes d'y entrer de ton plein gré. Et Nell connaissait le moyen de t'y pousser…

– Mais Darcy n'est pas venue ici volontairement, ai-je souligné.

Krista m'a souri d'un air suffisant.

– Tu oublies une chose, Rory : elle n'était pas encore CAP. Pas officiellement.

– Tu es complètement folle, ai-je répliqué tout en m'agitant pour échapper aux doigts de Nell qui me caressaient lentement la tête. Pour rien au monde je n'accepterais de passer l'éternité avec lui !

– Oh, je crois que si, a-t-il glissé sur un ton badin.

Il a soulevé une mèche de mes cheveux et l'a reniflée bruyamment. Avec un répugnant frisson de plaisir, il l'a ensuite portée à ses lèvres. J'ai fermé les paupières et ravalé à grand-peine un sanglot pour ne pas lui donner en plus la satisfaction de me voir pleurer.

– C'est lui qui m'a fourni les pièces corrompues. Il m'a assuré que, si je réussissais à envoyer dix-huit âmes à Shadowland, y compris ta petite famille (Krista a craché ces mots comme s'ils lui brûlaient la langue), je reviendrais sur terre et je reprendrais ma vie là où elle s'est arrêtée. Comme je savais que je ne pourrais pas gérer ça toute seule, j'ai demandé de l'aide à Pete. Je lui ai dit que Shadowland le récompenserait pour le mal qu'il se donnerait.

– Qu'est-ce qu'il voulait en échange ?

– Revoir son frère, celui qu'il a perdu quand il avait huit ans. Je lui ai promis qu'il pourrait le rejoindre dans la Lumière.

– Et j'imagine que tu n'as jamais eu l'intention de tenir ta promesse ?

Nouveau sourire condescendant de la part de Krista.

– Comment je pourrais ? Je ne suis pas grand-chose ici, tu sais. En revanche, je suis très persuasive. C'est vraiment trop bête que Cori m'ait suivie, le soir où j'avais rendez-vous avec Pete après sa prétendue disparition. Ça craint, mais comme elle a tout entendu, j'ai été obligée de la pousser du haut de la falaise.

La gorge me brûlait, les larmes me piquaient les yeux. Je n'arrivais pas à croire que ces mots soient sortis de la bouche de Krista. Et encore moins qu'elle ait pu commettre un crime aussi abominable.

– Mais pourquoi dix-huit âmes ? Pourquoi ma famille ? lui ai-je demandé.

– Comme monnaie d'échange, Rory. Et pour que Nell puisse conclure un autre marché. Avec toi, cette fois.

Je me suis hérissée en sentant les ongles crochus de Nell me peigner les cheveux.

– Quel marché ? ai-je questionné avec une angoisse grandissante.

Krista s'est avancée d'un pas. Le menton relevé, elle m'a regardée droit dans les yeux. Les siens m'ont semblé morts tellement ils étaient froids.

– Ton âme éternelle contre leur délivrance, Rory.

J'ai cru que mon cœur volait en éclats. Nell s'est mis à rire comme un malade mental, me soufflant son haleine fétide dans le cou. Son corps agité de soubresauts rebondissait par à-coups contre le mien. J'ai tourné la tête et contemplé le noir impénétrable derrière moi. Mon père et ma sœur se trouvaient là, quelque part, et j'étais la seule à pouvoir mettre fin à leurs souffrances.

À condition que je me sacrifie.

C'était eux ou moi. Mais la question ne se posait même pas. Ils étaient morts par ma faute. Si je n'avais pas échappé à Nell ce jour-là dans les bois, ils seraient encore en vie. Certes, ma disparition leur aurait fait de la peine, mais avec le temps ils s'en seraient remis. Seulement voilà, les choses s'étaient déroulées autrement. Non seulement ils étaient morts, mais ils avaient gagné un aller simple pour l'enfer. Grâce à ma petite personne.

Le choix était donc évident. C'était à moi, et pas à eux, de rester coincée à Shadowland jusqu'à la fin des temps.

Forte de cette résolution, je me suis livrée à un rapide examen de conscience. Ni ma famille, ni les seize autres âmes qui avaient été expédiées à Shadowland ne méritaient ce sort épouvantable. Mais moi ? Steven Nell avait beau être un tueur en série, c'était un être humain. Et je l'avais poignardé. Volontairement. Le pire, c'est que j'en avais éprouvé une certaine satisfaction, voire un malin plaisir. Sur le coup, ce meurtre m'avait semblé justifié.

Conclusion : j'avais peut-être ma place à Shadowland.

Les paupières closes, je me suis représenté ma mère, mon père et ma sœur. Après avoir fixé leur image sur le disque dur de ma mémoire, je leur ai dit adieu.

– Non, Rory ! ai-je entendu Darcy hurler, sans savoir s'il s'agissait d'une hallucination ou de la réalité. Non ! Je t'en supplie, ne fais pas ça !

Je suis restée sourde à ces cris, c'était plus simple pour moi.

J'ai ouvert la bouche pour dire oui. Oui, j'étais prête à entrer de mon plein gré à Shadowland pour sauver dix-huit âmes innocentes.

J'ai considéré Nell et son ignoble sourire qui s'élargissait, comme s'il avait deviné ma décision.

– Je…

– Rory, non ! Arrête ! C'est un piège !

Cette fois, c'était la voix de Tristan.

Une chance infime

Joaquin et Tristan ont émergé de la brume. Aussitôt, Krista a fait volte-face et, telle une furie, s'est jetée sur Joaquin. La surprise passée, celui-ci a réagi en deux temps, trois mouvements : après l'avoir empoignée par un bras, il l'a fait tomber en lui balayant les jambes d'un coup de pied et l'a plaquée face contre terre.

– C'est quoi, cette embrouille ? m'a-t-il lancé.

– C'est Krista qui envoyait les gens à Shadowland. Depuis le début, c'était elle.

Tristan et Joaquin ont échangé un coup d'œil. Ils avaient l'air moyennement étonnés.

– Donc, Liam disait la vérité, a lâché Tristan.

Sentant la coupable s'agiter, Joaquin s'est penché sur elle et lui a grogné à un millimètre de l'oreille :

– Si j'étais toi, je me tiendrais à carreau.

Et pour appuyer ses paroles, il a posé le pied au creux de ses reins.

– Rory…

Tristan s'est avancé vers moi, mais Nell, sans me lâcher, a immédiatement reculé de quelques pas vers l'abîme. J'ai lancé un regard désespéré à Tristan. Il avait souvent volé à mon secours lorsque j'étais en danger, mais je savais que là, il ne pouvait rien faire.

– Rory, écoute-moi, a-t-il ajouté sur un ton d'urgence. Bea a retrouvé Liam. Il se trouve que Pete et lui se connaissaient dans l'autre monde, ce qui explique leur comportement bizarre. Liam ne nous a rien dit parce qu'il craignait que son lien avec Pete le rende suspect à nos yeux, et de son côté, Pete n'a rien dit non plus pour ne pas impliquer Liam. C'est Krista qui l'a libéré de sa cellule, hier soir, histoire de nous lancer dans une nouvelle chasse à l'homme. En réalité, Liam était chez Lalani, près des docks. Il va bien.

– Bon. Tant mieux, ai-je commenté.

Au moins un élément positif. Liam était hors de cause, ça prouvait que ma première intuition à son sujet était la bonne. Pour une fois, je ne m'étais pas trompée.

– La prétendue confession de Pete était une mise en scène, a poursuivi Tristan. Ils voulaient que tu sois la seule à l'entendre. Un peu plus tôt, Krista s'était débrouillée pour soustraire les jumeaux Tse à l'emprise de la maire afin qu'ils remontent les visiteurs contre nous. Encore une manœuvre de diversion. Pendant qu'on essayait de calmer la foule, elle s'est rendue à la prison avec toi, et Pete a fait semblant de lâcher le morceau. Mais tout ça c'était un coup monté, Rory. C'est un tissu de mensonges.

– Ma famille à Shadowland, ce n'en est pas un, Tristan. Et j'ai maintenant les moyens de la sauver.

– Il n'y a rien de moins sûr ! a-t-il objecté avec un accent de détresse. Essaie de comprendre. Je te parle du mal à l'état pur. Tu crois vraiment que tu peux leur faire confiance ? À lui comme à elle ?

Le regard de Tristan est passé de Nell à Krista.

– Même si tu ne dis pas oui ouvertement, tu risques de rester coincée là-bas pour toujours, Rory.

Cette éventualité m'a terrifiée.

– Vous me traitez de menteur ? s'est offusqué Nell en resserrant sa poigne.

Les yeux de Tristan se sont mis à flamboyer de rage. Je devinais qu'il brûlait d'envie de lui sauter à la gorge. Pourtant, il a réussi à se dominer. Ignorant Nell, il s'est concentré sur moi.

– Je t'en supplie, Rory, ne fais pas ça. Tu ne mérites pas de finir à Shadowland.

– Peut-être que oui, peut-être que non, ai-je répondu. Ça marchera ou pas, mais je dois essayer. S'il y a une chance, aussi infime soit-elle, pour que je sauve mon père et Darcy, il faut que je la tente.

J'ai tourné la tête vers Nell malgré la répulsion que j'éprouvais à voir son visage si près du mien.

– J'aimerais leur dire au revoir, ai-je murmuré.

L'affection que j'ai lue dans le bleu délavé de ses yeux était encore plus insoutenable que tout ce qu'il m'avait fait subir. J'avais l'impression de devenir sa chose.

– Je te donne une minute, m'a-t-il dit en me lâchant.

Chancelante, je me suis dirigée vers Tristan. Il m'a serrée si fort dans ses bras que nos deux cœurs semblaient siamois.

– N'y va pas, m'a-t-il implorée. Ne me quitte pas. On restera ensemble à tout jamais. Je t'en supplie, Rory. Reste. Reste avec moi.

Sans chercher à contenir mes larmes, j'ai levé mon visage vers lui.

– C'est impossible, Tristan. Je te demande pardon. Je t'aime. Je ne cesserai jamais de t'aimer, je te le jure.

Nos lèvres se sont unies dans le baiser le plus intense et le plus triste du monde. J'y ai mis toute mon âme, comme pour laisser une part de moi en lui. À tout jamais.

– Moi aussi, je t'aime, m'a-t-il dit.

– Je sais.

J'ai trouvé la force de m'écarter et je me suis avancée vers Joaquin. Il respirait avec peine et ses yeux étaient baignés de larmes. Je me suis hissée sur la pointe des pieds et l'ai embrassé sur la joue.

– Au revoir, Joaquin.

Il n'a rien répondu. C'était inutile. Je comprenais ce qu'il éprouvait. J'étais consciente du mal que je leur faisais à tous les deux. Mais je savais aussi que j'avais pris la bonne décision.

Après avoir jeté un dernier regard à Krista, qui souriait sous la botte de Joaquin, je me suis présentée devant Steven Nell, tout sourire lui aussi.

– Non, Rory, ne fais pas ça ! Non, non, non ! a hurlé Tristan.

Relevant le menton avec défi, j'ai alors prononcé les mots qui allaient transformer mon pire cauchemar en réalité.

– Oui, je vous suis.

– Nooon ! a gémi Tristan en tendant les bras vers moi avec impuissance.

Puis il a disparu de ma vue. Un horrible bruit de succion m'a avertie que c'était fini. Que je venais d'être engloutie. Dévorée tout entière. Sans espoir de revoir ma famille, ma maison et l'amour de ma vie.

Cruel dilemme

– Rory ! Roooo-ryyyy ! C'est l'heure de se lever, chérie ! Une nouvelle journée commence.

J'ai inspiré à fond pour me raccrocher au sommeil, sachant que si j'ouvrais les yeux, la voix de ma mère disparaîtrait, tout comme elle-même avait cessé d'exister. Elle prononçait mon nom en chantonnant, et je ne voulais pas que cette douce mélodie s'arrête.

– Et moi qui croyais avoir le sommeil lourd ! a ironisé Darcy.

– Laisse-la tranquille, après tout ce qu'elle a enduré…

Ça, c'était la voix de mon père.

– Allez, ma puce, a quand même insisté maman. Montre-moi tes beaux yeux.

J'ai cligné des paupières. J'étais allongée sur un matelas de coton moelleux, dans une vaste salle blanche, et ma mère me regardait tendrement. Elle n'avait pas du tout le visage jaune et émacié qu'elle avait le jour de sa mort. Elle semblait en parfaite santé. Comme si le cancer ne l'avait jamais atteinte.

– Ah, voilà qui est mieux ! m'a-t-elle dit d'une voix chaude.

Dès que je me suis assise, elle m'a entourée de ses bras et d'un délicat parfum de lilas. Ses longs cheveux blonds m'ont caressé la joue. J'avais oublié combien ils étaient doux.

– Maman ? Mais… où sommes-nous ?

Mon père et ma sœur se tenaient juste derrière elle. Ils étaient habillés exactement comme le soir de leur disparition. Darcy en jean et tee-shirt bleu moulant, papa avec son polo beige et son pantalon kaki.

– Je suis en plein rêve, hein ? C'est un rêve ?

– Non, chérie, tu es bien éveillée, m'a répondu ma mère avec un grand sourire. Nous sommes ici grâce à toi. Tous ensemble, grâce à toi.

– Moi ?

– Tu étais prête à te sacrifier pour nous, a poursuivi maman en posant sa main sur la mienne – une belle main bronzée, ornée de son alliance à l'annulaire. Tu as accompli un acte de pure abnégation, et c'est ce qui t'a permis d'entrer au royaume de la Lumière.

Le cœur battant la chamade, j'ai levé les yeux vers mon père.

– Et les autres ? ai-je voulu savoir.

– Ils sont tous là, m'a appris Darcy. Aaron est fou de joie.

Je me suis mise à rire et à pleurer en même temps.

– Et Nadia ? Et Cori ?

– Elles sont là aussi. On leur a proposé de retourner à Juniper Landing, mais elles ont décidé de rester.

J'ai eu l'impression qu'on m'ôtait un poids énorme de la poitrine.

– Alors je n'aurai pas à aller à Shadowland ? Je ne serai pas obligée de tenir compagnie à...

– Chut, m'a interrompue ma mère en posant un doigt sur ses lèvres. Ne prononce plus jamais ce nom.

Je me suis effondrée contre elle en sanglotant. Je pouvais enfin évacuer toute la peur, toute l'angoisse, tous les doutes accumulés depuis si longtemps. Tout en me câlinant, ma mère me communiquait sa force. Dans ses bras, j'oubliais tous les tourments passés. Le simple fait d'être avec elle était un bonheur. Le plus beau des cadeaux.

– Je suis si fière de toi, ma Rory, a-t-elle murmuré en déposant un baiser sur ma tête. Quand je pense à tout ce que tu as accompli, toutes les épreuves que tu as traversées, tout le courage dont tu as fait preuve...

– Tu me voyais ? ai-je demandé à travers mes larmes.

– Tu plaisantes ? Bien sûr que je te voyais ! Je te surveille depuis le jour de ma mort. Je ne t'ai jamais quittée, Rory.

Ma mère s'est tournée vers ma sœur et mon père.

– Vous non plus, a-t-elle ajouté avant de s'adresser de nouveau à moi. Quoi que tu décides de faire par la suite, je serai toujours auprès de toi.

– Comment ça : par la suite ? lui ai-je demandé avec une pointe d'inquiétude.

Elle m'a tendu les deux mains pour m'aider à me relever. J'ai abandonné le matelas de coton et posé les pieds sur un sol chaud, d'une blancheur immaculée. Tout en continuant à me tenir d'une main, maman a levé l'autre bras et effectué un mouvement de va-et-vient, comme si elle nettoyait une vitre. Aussitôt, une image s'est formée : à l'entrée du pont, on voyait Tristan à genoux et Joaquin, debout derrière lui. Tristan sanglotait, le dos rond, la tête baissée.

– Que s'est-il passé ? ai-je voulu savoir. Et Krista, où est-elle ?

– D'après le marché qu'elle avait conclu, elle aurait dû retourner sur terre. Mais comme toutes les âmes innocentes ont été libérées grâce à ton altruisme, Shadowland s'est emparé d'elle à titre de compensation. Quant à Tristan et Joaquin, ils sont dans l'ignorance totale, ils te croient condamnée à tout jamais.

– Ils pensent donc que j'ai échoué ? ai-je croassé, la gorge sèche.

– Ils pensent que tu t'es fait piéger, a corrigé ma mère. Mais à présent, c'est à toi de décider : soit tu restes avec nous dans la Lumière, soit tu reprends ta place à Juniper Landing.

Je n'avais jamais été confrontée à un dilemme aussi cruel.

– Et toi ? ai-je questionné Darcy. Tu as fait ton choix ?

– Oui. Je reste ici.

– Ah.

– Tu sais, j'ai bien réfléchi, a développé ma sœur. Avec Fisher, ça n'aurait pas duré très longtemps, et notre rupture serait un véritable drame, du moins pour lui. Je suis au-dessus de tout ça maintenant, tu comprends ?

– Et ta mission de CAP, alors ? Ça ne t'intéresse plus ?

Darcy a haussé les épaules.

– Concrètement, je n'ai jamais été CAP. Donc je ne sais pas trop en quoi ça consiste, ni ce que je perds en y renonçant. Franchement, je me trouve mieux ici.

– Rory, est intervenu mon père, quelle que soit ta décision, je veux que tu saches que nous la respecterons et que nous serons contents pour toi. Si tu veux retourner à Juniper Landing, nous le comprendrons parfaitement. Nous serons toujours avec toi, quoi qu'il advienne.

Songeuse, j'ai hoché la tête en regardant ma mère. Au cours des quatre dernières années, je n'avais souhaité qu'une seule chose : la revoir. Entendre à nouveau sa voix. La serrer contre moi et l'entendre dire qu'elle allait bien. Je venais d'en avoir la confirmation. Mon vœu le plus cher avait été exaucé. Comment me séparer d'elle alors qu'on venait tout juste de se retrouver ?

– Je ne veux pas te quitter, maman, ai-je déclaré. Quand tu m'as appris que tu étais malade, j'ai été terrifiée à l'idée de te perdre.

– Je sais, chérie.

– C'est comment ici ? Tu es heureuse ?

– Je suis en paix, m'a-t-elle doucement répondu. Ici, il y a une sorte d'évidence, de plénitude. On sait qu'il ne peut rien nous arriver de mal, il n'y a plus de confusion, plus de désirs, plus de culpabilité. On « est », tout simplement.

Plus d'ennuis, plus de souffrances, plus d'angoisses, plus de conflits... La perfection, en somme. Pourtant, d'après l'intonation de ma mère, j'ai compris qu'elle cherchait à me dire autre chose, sans le formuler ouvertement.

– Mais ça signifie aussi qu'il n'y a plus de Tristan, plus de passion... plus d'amour, ai-je souligné, croyant compléter sa pensée.

– Oh, de l'amour, si ! Il est omniprésent. Mais sous une autre forme. Rien à voir avec ce que tu éprouves pour Tristan.

Ma mère m'a attirée à elle et m'a entouré la taille de son bras, me chatouillant légèrement. Je n'ai pu m'empêcher de rire.

– Dis-moi, chérie, a-t-elle poursuivi sur le ton de la confidence. Tu l'aimes, n'est-ce pas ? De tout ton cœur ?

– Oui.

– Et ta mission... elle te plaît, elle te procure des satisfactions ? Lorsque tu aides des visiteurs à se racheter en vue du salut de leur âme, tu as le sentiment de faire quelque chose d'utile et de bénéfique ?

– Absolument, ai-je répondu sans hésitation.

Je me suis détachée d'elle à regret.

– C'était mon vœu le plus cher de mon vivant, a ajouté maman en nous regardant tour à tour, Darcy et moi. Qu'un jour, vous veniez m'annoncer que vous étiez comblées, que vous aviez trouvé le grand amour. Avec tous les malheurs qui nous sont arrivés, je pensais que ce jour ne viendrait jamais... et pourtant nous y sommes.

Elle m'a regardée en souriant, les yeux brillants, et j'ai deviné qu'elle me donnait sa bénédiction. Elle voulait que je sois heureuse, que je mène ma vie, aussi étrange et peu conventionnelle qu'elle soit dans cet entre-deux qu'était Juniper Landing.

– L'univers fonctionne d'une drôle de façon, non ? a-t-elle lancé gaiement.

J'ai acquiescé en émettant un curieux bruit, mi-rire, mi-sanglot.

– Tout va bien, Rory. Pars, cours rejoindre ton Tristan. Tu mérites d'être heureuse.

De nouveau, elle m'a serrée contre elle, le menton niché au creux de mon cou.

– J'aimerais tellement qu'on reste ensemble, maman, ai-je hoqueté.

– Je sais, ma chérie, je sais. Mais nous sommes déjà passées par là, nous arriverons bien à surmonter cette épreuve une seconde fois.

Elle s'est écartée, m'a tenue à bout de bras, et m'a dit tout en me regardant au fond des yeux :

– Qui sait ? On trouvera peut-être le moyen de se revoir dans le futur. Nous, les filles Miller, on a le chic pour contourner les règles !

Gagnée par son optimisme, j'ai laissé échapper un rire étranglé. Indifférente aux larmes qui baignaient mes joues et à mon nez qui coulait, je me suis approchée de mon père et je l'ai serré dans mes bras pour lui dire adieu. Il a réussi à se dominer pendant cinq secondes, après quoi il a poussé un cri pathétique qui a failli me faire craquer. Ensuite, je me suis tournée vers Darcy. Elle aussi m'a étreinte avec émotion tandis que j'enlaçais sa taille toute fine.

Puis elle m'a ébouriffé les cheveux et embrassée sur le front.

– Dis au revoir à Fisher pour moi, m'a-t-elle glissé. Et à l'autre crétin aussi.

– Entendu, l'ai-je assurée en souriant.

Le moment était venu de faire un dernier câlin à ma mère. Après m'avoir déposé un baiser sur chaque joue et sur le front, elle m'a dit d'une voix ferme :

– N'oublie jamais qui tu es.

– Et je suis qui, déjà ? ai-je demandé à travers mes larmes.

– Rory Miller. Une jeune femme solide, intelligente, courageuse, honnête, pleine de fougue, d'attention et de compassion. Quelqu'un de bien. Tu es ma fille, et je serai toujours à tes côtés.

J'ai grimacé un sourire et réussi à articuler, malgré ma gorge nouée :

– Merci, maman. Merci pour tout.

– De rien, ma puce.

Pendant un bon moment, on est restées face à face. Même si c'était un adieu, même si je ressentais tout le poids de la tristesse dans mon corps, cette séparation était totalement différente de celle que nous avions vécue sur terre. À l'époque, elle avait un caractère définitif, irrévocable, nous étions dans l'incertitude absolue. Aujourd'hui, je savais où était ma mère ; je savais qu'elle était heureuse, en parfaite sécurité, et qu'elle veillait sur moi. Cette nouvelle réalité m'a rendu le cœur plus léger.

Ma mère m'a prise par les épaules et fait pivoter lentement. Peu à peu s'est formé devant nous un grand tourbillon blanc, nettement moins menaçant que le précédent.

– Je t'aime, m'a-t-elle murmuré à l'oreille.

– Je t'aime, maman.

Un petit sac en velours s'est alors matérialisé entre ses mains. Elle me l'a tendu. Il était lourd et gonflé. Je me suis vaguement doutée de son contenu.

– Tu vas en avoir besoin, a précisé ma mère.

– Merci, tu as toujours eu l'art de trouver le cadeau parfait.

– C'est parce que je te connais mieux que quiconque, ma chérie.

Après lui avoir adressé un dernier sourire, j'ai plongé dans le tourbillon.

Le retour

De retour à Juniper Landing, je me suis retrouvée à l'entrée du pont, juste derrière Joaquin, qui lui-même se tenait juste derrière Tristan. Tous deux étaient exactement dans la même position que sur l'image que m'avait montrée ma mère au royaume de la Lumière, comme s'il ne s'était écoulé aucun temps depuis. Au-dessus de nous, les nuages commençaient à se disperser, laissant apparaître de maigres bandes de ciel bleu.

– Salut ! ai-je lancé. Quelqu'un est mort ?

Joaquin a fait volte-face, tellement estomaqué qu'il a failli perdre l'équilibre.

– Rory ?

Tristan s'est levé. Il est resté de dos pendant des siècles, m'a-t-il semblé, avant de se décider à me faire face. Son visage était hagard, ravagé comme après plusieurs nuits blanches. Il avait des cernes violacés sous les yeux et des larmes suspendues au menton.

– J'arrive trop tôt, peut-être ? ai-je lancé, histoire de dédramatiser.

– Rory ? C'est bien toi ?

En deux enjambées, Tristan a gommé la distance qui nous séparait et, sans transition, il m'a embrassée avec passion, m'inclinant en arrière dans le berceau de ses bras. Je sentais la chaleur du soleil sur ma figure et celle de l'amour qui irradiait de nos cœurs.

Finalement, Tristan m'a redressée et regardée avec émerveillement.

– Je pensais t'avoir perdue, m'a-t-il dit. Je te croyais partie pour toujours.

– Je sais. Moi aussi.

Le ciel s'éclaircissait de plus en plus. J'ai contemplé les abords du pont et les dizaines d'empreintes de pas dans la boue.

– Où sont passés les autres ? ai-je demandé.

– Je les ai envoyés en ville s'occuper de la foule, m'a répondu Tristan sans lâcher ma main. Espérons qu'ils contrôlent la situation.

– Que t'est-il arrivé là-bas ? a voulu savoir Joaquin en s'approchant sur ma gauche. Tu as pu délivrer ta sœur et ton père ?

– Oui. Ils vont bien. Ils ont rejoint la Lumière. Darcy, mon père, Aaron, Jennifer, on s'est tous retrouvés là-bas. Tout le monde… sauf Krista.

Ces derniers mots ont jeté un voile de tristesse sur nous trois. Krista avait été des nôtres, nous l'avions crue digne de notre affection, de notre amitié, de notre confiance. Nul doute qu'il nous faudrait un bon moment pour nous remettre de sa trahison.

Un crépitement soudain a brisé le silence, et la voix de Bea s'est fait entendre.

– Tristan, tu es là ? Terminé.

Tristan a décroché le talkie-walkie de sa ceinture et enclenché le bouton rouge pour lui répondre.

– Oui, Bea. Je t'écoute. Tout se passe bien ? Terminé.

– Pas vraiment. On a réussi à apaiser une bonne partie de la foule, mais les jumeaux et une douzaine de rebelles sont en route pour le pont, et je peux te dire qu'ils sont fumasses. Terminé.

– Merde ! a pesté Joaquin. Qu'est-ce qu'on va faire ?

– On va se servir de ça, ai-je annoncé en soulevant le sac en velours que m'avait remis ma mère.

Tristan a ouvert des yeux ronds. Joaquin m'a pris le sac des mains et a dénoué le cordon qui le fermait. Des dizaines de pièces d'or ont alors étincelé sous le soleil.

– Où les as-tu trouvées ?

– C'est ma mère qui me les a offertes, lui ai-je appris, la larme à l'œil.

– Tu as vu ta mère ? s'est écrié Tristan, sidéré.

J'ai respiré à fond.

– Oui. Elle m'a donné le choix : rester dans la Lumière... ou bien revenir ici.

Le moteur d'un pick-up a grondé dans le lointain, annonçant l'arrivée prochaine des réfractaires. J'en ai éprouvé une pointe d'appréhension passagère. Les Tse allaient nous donner du fil à retordre, c'était clair, mais en définitive nous arriverions à calmer le jeu et à les transférer dans la foulée, eux et les autres. J'avais désormais l'intime conviction que tout se terminerait bien.

Tristan a pris mes mains dans les siennes et a embrassé le dos de mes doigts.

– Tu aurais pu rester avec ta famille, mais tu as choisi de revenir parmi nous, a-t-il murmuré, conscient du dilemme auquel j'avais été confrontée.

– Je ne regrette pas ma décision, lui ai-je répondu d'une voix assurée. Ma place est ici, et ma famille, c'est toi maintenant.

Un rayon de soleil a magnifié le sourire qui illuminait son beau visage. Tristan m'a pressée contre lui, me faisant mesurer sa solidité et savourer la perfection de ce moment.

Nous étions enfin réunis, ensemble dans notre monde à nous, ensemble afin de poursuivre notre mission et voir grandir notre amour. Plus rien ne nous séparerait.

Rory et Tristan.

Pour l'éternité.

La première voiture a surgi au détour du chemin. Joaquin s'est placé spontanément à côté de moi, les épaules carrées, tel un lutteur prêt au combat. Entourée de lui et Tristan, j'ai sorti une pièce du sac et je l'ai lancée en l'air avec un sourire plein de confiance.

– Au travail, les garçons !

Remerciements

Maintenant que voilà achevé ce projet doux-amer, je tiens à remercier de tout cœur mes CAP personnels :

Lanie Davis
Emily Meehan
Sarah Burnes
Katie McGee
Logan Garrison
Laura Schreiber
Sara Shandler
Josh Bank
Les Morgenstein
Lizzy Mason
Jamie Baker
Kristin Marang
Liz Dresner

Ainsi que mes fidèles lecteurs, que je garderai à tout jamais dans mon cœur.

Cet ouvrage a été mis en pages
par DV Arts Graphiques à La Rochelle

Impression réalisée par GRAFICA VENETA
en juin 2017
pour le compte des Éditions Bayard

Imprimé en Italie